U0102995

博客思出版社

牆上的將軍

陳鉞◎著

目錄

童話一則

在很久很久以前——那時人們的願望往往能夠變成現實——城外的一處地方生活著一對老夫妻，他們的兒子名叫寶貝兒。寶貝兒出生的時候，國王的星象家正巧路過，他聽到了嬰兒的哭聲便預言說：「這是一個了不得的孩子，他將來會和公主結婚。」鄰居們聽了他的話都向夫妻倆道喜。

星象家回到城裡，把這件事稟報了國王。國王生氣地說：「我的女兒只能嫁給高貴的人，我絕不把嫁妝送給窮鬼！」他命令把公主送到了遙遠的海島上，關進城堡並且由一個巨人負責看守。

一晃十幾年過去了，寶貝長成了大人。他想結婚了，於是就對老父親說：「親愛的爹，我要成家。既然我註定要和公主結婚，那我現在就去找她。」

「可是我的兒，公主被關在海島上，你需要翻過七座高山，趟過七條大河，穿過七片森林，還要在汪洋大海上航行七個晝夜才能到達那裡。她身旁有一個兇殘的巨人做看守。我的兒，你會送命的。」

寶貝兒滿不在乎地回答：

「那又怎麼樣，如果我命中註定要和公主結婚，就沒有什麼能阻擋我。」

「可是，我們都老了，恐怕等不到你回來。」

「放心吧爹，我早去早回，明天天一亮我就出發。」

第二天，寶貝兒上路了。老夫妻把他送到了門口，老頭連連歎息，老奶奶止不住地流淚。他們說：「我們恐怕再也見不到自己的兒子了。」寶貝兒向他倆揮揮手，就上路了。

他翻過了七座險峻的高山，趟過了七條湍急的大河，穿過了七片陰暗的森林，又在汪洋大海上航行了七個晝夜，終於來到了一個小島。寶貝兒上了岸，想辦法溜進了囚禁公主的城堡，公主正坐在窗口歎氣呢。

寶貝兒走上前去大聲說道：「美麗的殿下，我是你命中註定的丈夫，請接受我的求婚吧。」

公主吃了一驚，等問明原委，她便笑著說：「哦，你看我說的對不對，你的名字叫寶貝兒，家住在郊區，父母都是種地的。你既沒有爵位也沒有產業，唯一的優點就是消化好。」

「正是如此！」

「那你來幹什麼？」她問。

「我來向你求婚，問你願不願意做我的妻子？」

公主想了想，說道：「沒問題，我願意！」

寶貝高興壞了，他說：「那親愛的未婚妻，請你馬上去收拾行李，咱們還有好多的路要走，一刻也耽擱不得。」

聽了這話，公主不高興了：「怎麼，要我走路。你連汽車都沒有?那以後我想進城看望我的父王可怎麼辦?難道要讓石子磨破我的腳趾不成。不行，我不能嫁給你！」

正在這時，巨人回來了，公主趕緊把寶貝兒藏在了門後面。

巨人一進屋就嚷道：「這裡有生人的氣味，誰來過了！」

「誰也沒來過，」公主說：「是你的鼻子發炎了，熱敷一下就好。」說著用一條熱毛巾堵住了他的鼻子。

寶貝兒趁機逃了出來。他回到家，見到了爹娘。老夫妻又驚又喜，連忙問道：「怎麼樣孩子，公主答應嫁給你了麼？」

「沒答應，不過就差一點。她說如果沒有汽車就不跟我回家。」

夫妻倆互相看了看，說道：「讓我們想想辦法吧。」

於是，他們賣掉了房子和牲口，給寶貝兒買了一輛汽車。

第二天，寶貝兒又上路了。老夫妻把他送到門口，老頭皺著眉頭歎氣，老奶奶用衣角抹淚。他們心想：「我們的兒子恐怕不會回來了。」

寶貝向他們揮揮手，開著車一溜煙地跑了。他翻過了七座高山，越過了七條大河，穿過了七片森林，又在大海上航行了七個晝夜，終於來到了囚禁公主的小島。寶貝像上次一樣進入了城堡。這時公主正坐在窗邊打哈欠呢。

寶貝兒走上前大聲說道：「美麗的殿下，我是你命中註定的丈夫，請接受我的求婚吧。」

公主認出了他，說道：「哦，原來是你，你的名字叫寶貝兒，家住在郊區，父母都是種地的。你既沒有爵位也沒有產業，唯一的優點就是消化好。對麼？」

「正是如此。」

「你來幹什麼？」

「我來向你求婚，問你願不願意做我的妻子，和我一起開車回家去。」

「我當然願意！」公主說

「太好了！咱們馬上就出發，我的爹娘正在家裡等著咱們呢。」

可是公主又不高興了：「怎麼，你居然沒有自己的房子？那日後我高貴的朋友來拜訪咱們可怎麼辦，多不方便。不行，我不能嫁給你！」

寶貝兒剛想解釋，想不到巨人回來了，公主連忙把他藏在了衣櫥裡。

巨人進了門，皺著鼻子聞了聞，說道：「這裡怎麼有人的氣味，是誰來過了？」

「誰也沒有來，是你的鼻炎又犯了，得熱敷。」

趁著混亂，寶貝趕快逃了出來。他回家見到了爹娘。

「怎麼樣孩子，公主答應嫁給你了吧？」他們問。

寶貝兒懊惱地答道：「就差了一點，她不願意跟我回來，因爲我沒有自己的房子。」

「那讓我們去想辦法吧。」

夫妻倆投靠了一家財主，拿典身錢給寶貝兒蓋了新房。房子蓋成他們就病了。這一天寶貝兒來到病床前向父母告別。老頭搖著腦袋歎氣，老奶奶默默地流淚，他們覺得自己的兒子肯定回不來了。

寶貝兒揮了揮手，上路了。他翻過了七座大山，跨過了七條大河，穿過了七片森林，又在海上航行了七個晝夜，再一次來到了囚禁公主的小島。當他走進城堡的時候，公主正在窗邊挖鼻孔呢。

寶貝兒上前大聲說道：「美麗的殿下，我是你命中註定的丈夫，請接受我的求婚吧。」

「你又來了，」公主說：「我還沒有忘記你呢，你的名字叫寶貝兒，家住在郊區，父母都是種地的。你既沒有爵位也沒有產業，唯一的優點就是能吃能喝。對不對？」

「正是如此。」

「那麼，你來幹啥？」

寶貝兒胸有成竹地回答道：「我來向你求婚，問你願不願意做我的妻子，和我一起開車回我自己的家……」

話還沒說完，公主就跳起來叫道：「我願意！願意得不能再願意了！」

於是，他們擁抱，接吻，像小麻雀一樣又蹦又跳。

正在這時，巨人回來了。公主急忙把寶貝藏在了床底下。

巨人在房間裡轉了一圈，疑惑地說：「我聞見了一股味道，不知是從哪兒發出來的。沒准是我的鼻子壞了吧？」

「恰恰相反，這說明你的鼻炎已經好了，祝賀你！」公主說。

當天晚上，寶貝兒和公主一起逃出了小島。當他們回到家的時候，發現爹媽已經死掉了。寶貝兒這才意識到自己已經漂泊得太久了。於是他發誓在有生之年絕不再離開家鄉和親人。公主對他的誓言感到滿意。

從此以後，他們就在一起過著幸福的生活，如果沒有死的話，到今天還仍舊活著呢！

未解之謎

一

婦女節這天早晨，田田，一個三年級的小學生，坐在教室裡了。他昨天晚上挨了揍，十點鐘才上床睡覺，這讓他覺得生活一片灰暗，充滿了不幸。他把書包放在腿上，看了一眼課程表，歎了口氣，擺出一副聽天由命的架勢，準備上課。

這個時候值日生正在做掃除，弄得到處都是潮濕的塵土味。屋裡沒有開燈，陽光從厚窗簾的縫隙射進來，像新鮮的蜂蜜一樣金燦燦的。小學生們起得很早，這會兒爲了趕走睡意，就大聲地說笑，扯著嗓子爭論，毫不相讓地對罵；女孩子冷不防地尖叫，聲音像用指甲撓玻璃，聽得人頭皮發麻。

數學老師是一個中等身材體格健壯的人，穿一件沒有燙平的西裝，胸前別著鋼筆。他在教室門口逡巡了一會，看了看表，然後推開門，悄沒聲地溜了進來。

教室裡慢慢地安靜下來。

他貼著牆走上講臺，把書本放下，整理了一下領帶，不知爲什麼緊張起來，臉上直冒汗。他一會摸摸這兒，一會又碰碰那兒，然後再看看手心，仿佛在檢查衛生一樣。

「講臺，講臺應該擦一下。」教師囁嚅著說，聲音太小，值日生並沒有聽見。他只好裝作什麼也沒說，低下頭去看講義了。

田田昨天晚上立了字據，保證以後一定勤奮學習：「各方面都走在班級的前面」。爲了討好老師他趕緊攤開課本，表情嚴肅地，出聲地念起來。其他孩子受了感染，也跟著他學。這下可把教師嚇壞了，他害怕學生們看了書會提出問題來，尤其害怕他們看出上節課講錯了的地方，於是趕忙拍了拍手，宣佈道：

「嗯——好了，那個……同學們，我們早一點開始上課。大家把口算作業拿出來，我要，那個檢查一下。」

孩子們把作業本打開了攤在桌子上。教師走下講臺，沿著過道一個一個地檢查。他故意走得很慢，背著手，在每個人跟前停留一下。有的學生搞惡作劇，給他看英語作業。他仍舊和藹地微笑，點頭表示鼓勵。每次他從窗前走過，就在地下映出一個又瘦又長的影子，活像馬戲團裡踩著高蹺的長人一樣。

「很好……大多數同學都完成了。」他說，回到講臺後面站定，有心再講點什麼，等著上課鈴響。「不過有個別同學做得不理想，錯誤比較多，總是不夠細心……下課以後小組長把本子收上來。嗯……我記得在上第一節課的時候，我就跟大家說過，數學不僅僅是教你怎樣計算，更重要的是培養嚴謹、細緻的學習習慣。也就是說必須要細心才能學好數學，研究科學必須要細心，否則是學不好的……現在我們學的東西還比較簡單，可是到了高年級，就要接觸分數還有小數，到那個時候如果還馬馬虎虎的，你就要吃苦頭了。這可不是嚇唬大家。嗯……這兩天我看了一本書，上面說在美國還是歐洲——地點我記不太清了——有一個科學家，有一天晚上，他正在觀測天體，看著，看著，就發現有一顆很大的小行星正在朝地球飛過來。於是他就計算，用各種方法推理、證明，最後算出來這顆小行星要在兩天以後撞擊地球，造成世界末日……得出這個結果以後，他把望遠鏡一放，就自殺了。後來呢，大家聽我說……稍微安靜一下。聽我說，後來有別的科學家檢查他的算式，對了，發現算錯了一位小數，其實小行星根本撞不上地球，是撞向月球的。大家看看，一個科學家就這麼白白地犧牲了，多麼可惜啊。所以說我們一定要養成檢查作業的好習慣，每次做完題都要驗算幾遍，保證萬無一失，當然，最好還是一次成功，免得浪費時間，對吧。好，咱們現在上課，大家把課本打開，第二十頁……請仔細讀一下黑體字的部分。」

孩子們看書，數學教師就用三角板在黑板上畫圖。他一邊畫一邊念念有詞，似乎想借此分散大家的注意力，讓他們別看得太仔細。

「一，二，三。現在我畫了一個三角形。那麼大家一起回答我三角形有幾條邊呢？對了！非常好。同學們都非常聰明。那我們再看一下三角形有幾個角呢？大家可以一邊看書一邊回答我。」

教師有很重的外地口音，每次說話之前，都要先用鼻子發出「嗯——」的一聲，聽起來像是高燒病人無意識的呻吟似的。爲了聽懂他說話，孩子們必須全神貫注。可是等到他回過頭，發現大家都在盯著自己，就又感到緊張了。

「大家抓緊時間看書，不要走神啊。」他說，轉過身繼續畫圖。

「我們說，正方形實際上是一種特殊的長方形，它的四條邊……有什麼特點呢。」

「相——等——」孩子們拖著長音一齊回答。

「相等。」田田也張開嘴說。然而相等的是什麼，爲什麼相等他卻根本不知道。那個世界末日的故事很合他的口味，他幻想著很多年以後自己上完了所有的數學課，成了一名科學家。然後就跑到山洞裡隱居。當小行星再一次飛向地球的時候，所有人都束手無策，因爲他們不懂得小數和分數的知識，搞不清地球會不會毀滅，於是就跑來向自己求教。領頭的是聯合國秘書長，後面是各國的領導人、老師和同學們。爸爸媽媽也來了——他倆又悔恨又羞愧，痛哭流涕地請求原諒。不過為時已晚，由於小時候經常挨打，田田已經不認識他們了。聯合國秘書長走過來，拉著田田的袖子，說：

「人類的幸福全靠您了，請接替我的位置吧，我不如你。」

同學們再也不敢笑話他了，全都畢恭畢敬地站著，聽候發落。田田於是皺起眉頭數落他們：

「你們還記得當初是怎麼欺負我的麼？有本事就別來找我啊。我是不愛寫作業，可是我現在比你們強。生氣麼？還有你們三班的，我也記著呢，你們玩什麼都耍賴，一輸了就打架，上體育課跟我們班搶地方，我……」

這個時候，他突然聽見有人叫自己的名字，數學老師不知從什麼地方冒出來了，他手裡拿著大三角尺徑直走過來，說道：

「請你來回答我。」

「叫你呢，快起立！」有人小聲說。

田田愣住了，他發現有人在笑自己，一下子慌了。

「老師，什麼問題啊。」他說。

教室裡一陣哄笑。

「嗯——沒關係，」數學老師趕緊說，尷尬地朝四下看了看，彷佛大家笑的是自己：「坐下好好想一想。同學們都注意，我們一起來解答。」

教師走遠了，聯合國秘書長又湊了過來。

「請問小行星會撞上地球麼？Please, Mr.」他說，黝黑的臉上現出懇求的表情：「全世界的科學家只有你會這道題。我現在代表全人類向您請教。」

「那好吧，我告訴你，」田田說：「但是有一個條件：你不許把答案告訴別人，尤其是我的小學同學，讓他們一輩子都不知道，有本事就自己去算吧！你就這麼跟他們說。」

課間的時候，田田喝了一點水，然後趴在桌子上打盹。過了一會他感覺有人拍自己的後背，同時聞見一股好聞的洗衣劑的味道。田田從胳臂底下往外看，瞧見一個滾圓的小肚子緊貼著自己的課桌。

「眞討厭。」他暗想。

「你爸爸昨天又打你了吧，」晨晨一邊吃東西一邊說，臉蛋上的肉有節奏地顫動著：「我在樓下都聽見了，是不是還罰你不許睡覺來著……你爲什麼老是不寫作業啊？作業一點都不難，我一會兒就能寫完。」看田田沒有答話，他就歎口氣，語重心長地繼續說：「你以後要是有不會做的題，就來找我，我可以幫助你。但是你得認眞聽講，積極回答問題，這樣老師才能知道你會還是不會……上學是爲自己上，你懂麼？還有，我跟你說，剛才我去老師辦公室，看見你那本書了。」

「在哪兒看見的。」

「就在他抽屜裡，你得跟老師承認錯誤，讓他把書還給你。」

「嗯，我知道了。」

「你必須先給我看，是我告訴你的。」

田田低下頭繼續打盹。

晨晨像個小大人似的，倒背著手，莊重地走開了。現在他對一切都滿意，在他看來上學、寫作業、考試，就跟睡覺、喝水、吃奶油麵包一樣是天經地義，自然而然的事情。有時候他跟大人一起看電視劇，聽見裡面的人哭訴說要過一種「平淡、幸福的生活」，就猜想他們大概是想過得和自己一樣吧。現在他認眞地聽了一節課，學到了不少知識，心情暢快，想要做點好事了。他斷定田田因爲不寫作業，日後一定會落到沿街乞討的地步，但是現在自己平等地和他交往，並且無私地挽救和幫助他，這顯然是一件非常值得表揚的好事。他希望田田能夠記住這些，日後即使做了乞丐也不要忘了感激自己。

二

第二節是科學課，預備時間稍微長一點，教室裡很安靜，沒有人講話。過了差不多五分鐘，一個穿套頭運動衫的年輕人走了進來。他長著一張白淨的四方臉，戴一副黑框眼鏡，前額已經禿了，不得不把後面的頭髮留長了垂下來。他皺著眉，在門口站了一會，然後用食指和拇指抹了抹鼻子，彷彿上面沾了什麼東西似的。

「怎麼不開窗戶啊，」他說：「値日生把窗簾拉開，放放空氣。」

過了兩分鐘，他走進教室，四下環視了一周，然後從口袋裡取出一個透明的圓東西，說道：

「同學們，請你們注意看，我手裡有一個眼鏡片。不過，這不是一般的眼鏡片：它是由樹脂做成的，表面看上去就像普通的玻璃一樣，然而它有一個神奇的特性——摔不碎。你們看……」

還沒等大家反應過來，他就使勁一揮胳膊，把那東西扔出去了。

只聽「啪」的一聲，鏡片摔了個粉碎，在水泥地上留下了一個淡淡的，楔形的白印。

小學生們驚呆了，坐在座位上一動也不敢動，膽子小的幾乎要哭了。科學教師也同樣震驚，但很快就恢復了鎮定，揮揮手說道：

「碎了麼，嗯……沒關係，大家別管他了。都看我這兒……我跟你們說，我出家門的時候也這樣摔過一次，那時候它就沒碎……興許是摔出裂紋了。咱們教室的地面太硬了，我用的勁也大了點。但是同學們想一想，普通的玻璃只要輕輕掉到地上就會碎掉，根本不用這樣費勁，對不對？所以這說明樹脂要比玻璃堅硬，大家說呢？」他的目光掃過孩子們的臉，誠懇地徵詢意見：「嗯？大家說，對不對。」

見沒有人反對，他欣慰地點點頭，說：

「那麼大家一定想知道是爲什麼吧？好，我這就給你們解開其中的奧秘。」

於是他打開電腦，按照順序播放幻燈片，講解碳原子和氧原子是怎麼結合到一起的。他的教案準備充分，講起來也十分流暢，然而剛才那個小變故打擊了他的信心，使他對所講的東西產生了懷疑——這對於教師來說是最壞的事情。而且他覺得學生們既然已經承認：樹脂比玻璃堅硬；碳有六個質子，氧有八個，那爲什麼還要費力氣去向他們證明呢？假如這時有個孩子站出來說：「老師，你胡說！我不同意。」那倒好了，他就可以用各種深奧難懂的科學術語擊退他，甚至還可以運用一點辯論的技巧，讓反對者出一出醜，受到大家的嘲笑。

不過沒有學生會做那樣的傻事，他們年紀雖小，卻異常謹慎，早就習慣了對權威盲目服從，卽使在課堂上宣佈：人是比目魚變來的，他們也會相信並且牢牢記住的。

由於主要的教學目的已經達到，教師就由著性子壓縮課程：有些地方一帶而過，有些地方乾脆省略掉了。

「那麼就請大家思考，爲什麼金剛石和石墨的性質會有這麼大區別呢？」他說，用這句話作爲結尾，然後看了一下手錶，發現離下課還有十多分鐘。

「現在大家都來想這個問題，開動腦筋……不要說話，默默地想，自己獨立研究，這就是今天的作業。」

說完他拉過一把椅子來，先朝椅墊上端詳了一會，然後坐下來，開始喝水、休息。

年輕教師心裡其實非常不好受。他本來已經教了兩年的歷史課，自認爲成績突出，很受學生歡迎，但這學期卻莫名奇妙地接到通知，暫時改教科學。他覺得這是對自己的迫害，原因是他爲人耿直，而且沒有後臺。這件事他沒有告訴家裡人，只和女朋友談過。在學校他故意表現得精力充沛，比過去更加開朗，而且眞心誠意地幫所有人的忙。他要用這種方法打擊自己的敵人，讓他們得意不起來。

「同學們，你們一邊思考一邊聽我說兩句，」他說：「自己幹自己的事，聽著就行了。咱們這門課平時沒有作業，也不考試，所以有的同學就不重視了，這是不對的。任何一門課都有自己的價值，都同樣重要。你們現在可能還不太理解，科學是什麼呢？科學技術是第一生產力，是國家競爭力的體現。在國際上，所有發達國家對科學家都非常尊重，給他們最好的待遇，而且千方百計想把別國的科學家拉過來。假如說你們以後想要到外國留學，或者旅遊，人家先得審查你。得，檔案拿來一看。這個人是幹什麼的？有什麼特長？如果你是搞美術的，或者學英語的、學數學的、作曲的，那對不起往後排吧。相反假如你是個科學家，那沒問題，一路綠燈。爲什麼呢？

因爲大家都在爭奪人才啊。」他看到學生們抬起頭來了，感到滿意，於是站起來，繼續說道：「你們要是不信就回去問問家長，就說這是陳老師說的，問他們有沒有這回事……一個國家強大不強大，主要看他尊重不尊重人才，這是被歷史證明了的。我看過一本書，上面說這個地球上的文明，還有我們人類，其實都是很早很早以前由外星人從宇宙裡帶來的……我們都是外星人的後代。你們懂麼？當然這是有科學根據的。」

「老師，外星人是坐小行星來的吧？」田田突然問。

「什麼，誰說的？」

「數學老師說，宇宙裡有小行星……可以飛到地球上來。」

「啊，是他說的。」教師笑了笑，讓他坐下，接著說道：「外星人有宇宙飛船——叫UFO，形狀就像……怎麼說呢，就跟咱們家裡的鍋蓋差不多，又有點像杏仁，飛得很快。小行星又沒有發動機，怎麼能坐呢？坐上就得摔死……大家聽我說。在世界各地，有很多很多人都看到過UFO，這說明外星人是經常到我們地球上來的。書上說，到了某一個時期，地球文明發展到一定程度之後，外星人還會回來。當然了，那是在遙遠的未來。我們現在還太落後……所以說同學們，發展科學技術有沒有用處呢？道理就在這。我們接著說UFO——你們要是願意聽我就多講一點，但是要安靜——據說在二十世紀初，有個德國的探險家在西藏發現了一個墜毀的UFO。他就給皇帝寫了一封信，說：『如果把飛船研究一下，那我們的科技能夠至少前進一千年。』於是皇帝就下令和英國開戰——因爲當時西藏是英國的勢力範圍——這就引發了第一次世界大戰。結果德國失敗了，又割地又賠款……但是他們不死心，等到希特勒上臺之後——你們知道希特勒麼？對，對，所以他和日本結盟，一個在西邊一個在東邊，都想佔領亞洲。這就是二戰爆發的原因……嗯，所以你們看，直到現在德國和日本都是科學最先進的國家，道理就在這兒……」

教師看了看錶，好像突然想起了什麼，說：「大家休息一會吧，喝點水，下節課還是我上，咱們一起來做小墩布。」

三

整個上午，教員辦公室裡只有數學老師一個人。他打掃了衛生，領了報紙，然後提著四五個暖壺去打開水，走到一半才意識到今天用水的人少，於是只打了一壺，然後慢慢地往回走。

這時還沒有下課，走廊裡又暗又靜。一個小男孩站在辦公室門口，看見教師走過來了，就規規矩矩地站到一邊。

「老師好！」孩子很有禮貌地鞠了一躬。

教師還了禮，認出這就是那個剛才在課上被大家笑話的孩子，一下子臉就紅了。

「嗯——你有什麼事？同學。」

「陳老師讓我下樓來拿勞動課的教具，他說讓您幫著往上送一下。」

「好的，好的。我馬上給你拿。」

教師開了門，從牆角拉出一個大紙箱子，把裡面的東西都倒在地上。

「咱們班有多少人？」

「四十五個。」

「那你幫我數一下夠不夠。」

田田蹲下來，一個一個地數。

教師看了一會，笑著說：「你看，你現在做的是加法累積，這樣多沒效率啊。咱們學沒學過好方法呀？」他等了等，看田田不說話，就咂了一下嘴，說：「乘法口訣啊！現成的方法正好可以用。你看，幾幾四十五來著？想一想，咱們背過的……對了！那咱們先點出五份來：一，二，三，四……這是一份，照這樣再做九次，不就是四十五麼？」

「對麼？你來數一下，是不是四十五個。」

田田裝模作樣地看了一陣，抬起頭回答：「是！」

「很好，正確。咱們說過：乘法就是加法的簡便運算。你記得吧？這樣一擺你馬上就理解了。」

兩個人出了辦公室，一起上樓。教師抱著箱子在前面走，田田跟著。

「待會到了班裡，我請一個同學幫我再數一遍，到時候你就舉手，好不好？」

「好。」

他們上到了三層，停下來休息。教師把紙箱放在樓梯扶手上，用肚子頂住了，騰出手來擦汗。他覺得自己和田田已經是朋友了，心裡一高興，就想和他多聊兩句。

「這東西還挺沉，」他說，把襯衫的領扣解開了：「我看看都有什麼：鐵絲、膠水、剪子……這還有個圖紙呢。啊，讓你們做手工活兒……好啊，動動手有好處，鍛煉思維。其實咱們學數學也得這樣。我記得我小時侯學珠算，老師弄了一個大算盤掛在黑板上，大家都搶著上去扒拉，很有意思。現在你們不學珠算了。其實我不太主張用計算器……我個人是這麼認爲。你們大概都沒聽說過珠算吧？」

「嗯。」田田答應著。

這時候外面突然熱鬧起來，有人在操場上一邊大聲說話，一邊走動。田田趕緊跑到窗戶邊上往外看。原來不知從哪開進來一輛裝沙子的大卡車，旁邊還有幾個工人，都拿著鐵鍬。

數學老師跟田田一起趴在窗口看他們卸沙子。

「老師，今天還上體育課麼？」田田問。

「這個我不太清楚，要問董老師，他今天倒是來了。第四節體育課？啊，對著呢。」

等了一會，教師偷偷地瞟了田田一眼，清了清嗓子，繼續說道：

「嗯——第一節課永遠都是數學課。這是爲什麼？因爲早上人的大腦最清醒，記憶力最好，得把重要的課擺在前面。怎麼不把體育課放在第一節呢？你明白了吧？所以說一定要好好學數學，你記住老師這句話，把數學弄好了，將來物理也好，化學也好，都拿得起來。要是數學底子不牢，學什麼都是夾生飯。將來就是當個出納都離不開數學，你記住老師這句話……當然，體育課也很重要，現在考大學體育不及格也不錄取。你看看，就是這麼回事，該學習的時候就學習，該鍛煉的時候就鍛煉，在學校的時候聽老師的話，在家聽大人的話，小孩可不就是這樣麼。趕到以後大學畢業了，結了婚，那你就該自己決定自己的生活了，到那時候，老師也好家長也好就都管不了你了……」

「哎，這鐵鍬使的。」教師以內行的姿態評論道，搖了搖頭。「……咱們走吧……這是幾樓了。」

「三樓。」

「對，咱們再加把勁，馬上就到了。」教師騰出一隻手，用食指勾住領口往外拉了拉，似乎怕它黏在脖子上。

「上學其實就跟爬樓梯一樣，你有了一個目標，然後就得一層接一層地往上爬，要有毅力，不能放棄。你明白吧。」

他轉過頭來，很認眞地問田田：

「你覺得上學苦不苦？」

「不苦，」田田說，伸手扶住教師的胳膊肘，生怕他絆倒了把自己壓在底下。

「哎，這就好。」教師點點頭，似乎很高興。「怎麼叫苦呢，跟農村孩子比，你們可幸福呢。」

他們上完了最後一節樓梯，穿過走廊，往教室那邊走。遠遠地就看見科學老師站在教室門口朝這邊招手。

「所以老師希望你們都能夠好好學習。」數學教師壓低了聲音繼續說：「以後的路還很長，要把握住自己。人們常說知識改變命運，沒有別的，眞是這麼回事。你看我就是個例子。你想不想當老師?你只要好好學習，將來也能站在講臺……不是有一首歌麼：『長大後我就成了你。』對吧，是這麼唱的不是?」

田田想像著自己以後會變成數學老師，覺得非常滑稽，就咯咯地笑起來。

「對呀，努力吧，從小就得有個目標。」教師說：「要好好的……」

這時候，下課鈴響了。科學教師把他們倆拉進教室，讓學生們都出去玩，然後迫不及待地從紙箱裡拿出一個塑膠袋，撕開了，把裡面的東西一樣一樣都掏出來：一截尺把長的松木棍子、一段粗鐵絲、幾條破布、一把剪子、一枚生鏽的小釘子、一瓶膠水。

科學教師愣了一會，把每樣材料都拿起來，看一看，然後再放下。他眨了眨眼睛，然後撕開了另外一個塑膠袋——裡面也是這幾樣東西。

「你沒搞錯吧，是這個箱子麼？」他突然問。

「嗯……這個不可能錯，只有這一個箱子。」數學教師漲紅了臉，答道。

「是這樣……好，我知道了。」

科學教師皺起眉頭，把兩臂抱在胸前，陷入了沉思。

時間在沉默中過去了五分鐘，眼看就要上課了。

數學教師看了同事一眼，試探地問：「陳老師，我這兒有一個說明書，應該也沒什麼用吧。」

「好，好！我知道。」科學教師抬起一隻手，示意他閉嘴，隨手把圖紙接過來，皺著眉頭瀏覽了一遍。然後他拿起一截木棍，另一隻手捏起小釘子，猶豫了一下，似乎是想把它們調換一下位置，但是最終沒有這麼做。

「根本就不行！你來看。」他指著墩布的圖紙說：「是這麼說的：『將布條纏繞在木棍上。』是怎麼個纏繞？是按螺旋形還是按圓形還是怎麼的，完全沒說清楚。一點指導性也沒有。還有這個釘子，就說釘在木棍上，可是具體釘在哪啊？這是個長方體，有六個面啊！簡直費解！膠水，要膠水幹什麼。木頭和鐵能黏得住麼？這是常識啊。圖紙沒用。最好是能找個眞墩布來，打開看看，搞清楚它裡面是什麼結構……不能光想像。」

「那我去辦公室把咱們那個墩布拿來。」

「不，先不用。我上網查一下吧，教室裡有無線。你呢，再研究一下這張紙。實在不行就先上自習，把東西發了，讓他們回家做去，有刀有剪子的，你說是不是？」

「對對，」數學教師趕忙點頭，說道：「嗯……安全爲主麼，小孩子……」

「可不是，保不齊就有把釘子塞嘴裡的，有這樣的傻孩子。」

四

按照教學大綱的要求，課程分成兩個部分。前半節課學習理論知識。後半節課動手操作。學生們每人領到一個塑膠袋，並被警告說，那裡面有很危險的東西，一定要拿回家再打開。

「我再強調一遍！」科學教師威脅似地舉起一個手指，說道：「做這個實驗的時候，必須要有家長在場，聽見沒有，否則的話，任何後果老師都不負責，聽見沒有。」

得到齊聲回答之後，他才放心，朝同事點點頭，說道：「開始吧。」

數學老師脫掉了西裝，把襯衫袖子挽到胳膊肘上，深吸了一口氣，動手了。

小學生們發現，製作墩布果眞是一件相當危險的工作——需要用手掌把釘子按進木頭裡，用手指甲把鐵絲纏緊、弄斷，必要時還要把破布條塞進嘴裡。然而即使付出這麼大的代價，也不能保證成功。數學老師第一次就沒弄好。科學老師在一旁指揮，急得滿頭大汗，不住地跺腳、歎氣，恨不得撲上去打他的嘴巴。

「您這不是墩布，是他媽馬桶刷子，」他叉著腰喊道，氣憤得要哭了：「怎麼就是不聽我的話呢……我說祖宗。」

數學老師吭哧了兩聲，他想說自己完全是按照指示操作的。可是他一看見同事那漲紅的，憤怒的臉，就沒了辯解的勇氣，只會不停地用手掌擦汗，一個勁地眨眼。

好在紙箱裡還剩下一份材料。兩位教師馬上又開始第二次努力。在快下課的時候，他們交出最後的作品。那個東西介於拂塵和撣子之間，像是在短木棍上綁了一隻垂死的，顫巍巍的烏賊，全班同學傳看了一遍，科學教師照像之後，把它送給數學老師，又由他轉贈給田田——據說只要按比例放大二十倍，它就和眞正的墩布沒有兩樣了。

五

下課以後傳來消息，說第四節課不上了，可以提前放學。孩子們集體歡呼，興高采烈地收拾東西，收拾好以後也不敢走，就抱著書包在座位上等著。過了一會，又有消息說課還是照常上，只是由室外改成室內了。

這時候有個外班的孩子跑來玩，他說自己親眼看見體育老師背著書包出了學校的大門，回家了。

「你們等會兒吧，待會老師開完會就給你們放假了。」他說。

於是孩子們又興奮起來，繼續滿懷希望地等著。

響了兩次鈴以後，門一開，科學教師又回來了。

「大家不要到操場上去，」他說：「在教室裡等董老師。班幹部維持紀律，誰說話就把誰記下來，我……」

突然，他深吸了一口氣，砰地一聲把門關上，緊張地嚷道：「誰讓你們收拾書包的，怎麼回事這是?誰也不許提前走，我跟你們說，誰要是不聽話，等你們班主任回來……我讓她處理你們。

有提前走的沒有？班長……都坐下。剛開學就要造反是不是？不要這樣！老師在不在都要好好表現。不要做兩面派。老師知道你們累了，再堅持一節課好不好？馬上就沒事了。前兩節課表現都非常好，要有始有終啊……咱們得互相理解對不對，陳老師始終都是把你們當朋友看，事事都給你們留面子，咱們也得自覺點兒啊。好，我走了，把門先開著吧。不許說話，不許亂動。還有，誰也不許把塑膠袋提前打開，這是我給你們定的三條紀律，大家互相監督，看誰遵守得好。」

科學教師退到門外，在學生們看不見的地方偷聽了一會，然後悄悄地走開了。

田田拿出數學課本，心不在焉地翻了兩頁，眨了眨眼睛，想不出有什麼好玩的事情，於是就歎口氣，開始用鋼筆塗改頁碼。他把3改成8，把0改成6，給插圖裡的小女孩畫上絡腮鬍子和刀疤，手裡添上把菜刀。

「你幹什麼呢？」晨晨回過頭來問。

田田沒理他。

「把老師給你的墩布借我看看。」

「不給。」

「我把作業借給你抄。」

田田遲疑了一下，搖了搖頭。

「老師不讓在書上亂畫，你破壞紀律，我告訴他。你等著。」

過了一會，晨晨又轉過頭來問：

「你這畫的是什麼啊？」

田田向他解釋那是黑旋風李逵劫富濟貧的故事。

「哈哈，眞夠傻的，」晨晨嫌惡地皺起了眉頭，笑道：「哎，你們快看啊，他在書上畫小人兒呢，還自己給自己講故事。大傻子！」

他把田田的書本舉起來給大家看。孩子們都笑了。

田田趴在桌子上，一聲也不吭。

這時有人喊道：

「別說話。老師來了！」

教室裡立刻就安靜了，孩子們連滾帶爬地跑回座位上，低下頭假裝看書。結果老師並沒有來，大家覺得這個惡作劇很有意思，於是一起大笑起來。

「得，給你吧。您自己慢慢玩去吧。」晨晨說。

「都別說話了，老師來了該聽不見了。」有人說：「老師一生氣，就不給咱們放假了。」

「我給你們聽著，老師來了我就拍桌子。」坐在門口的男孩說。

又過了五分鐘，有人上樓來了。他一邊上臺階一邊嗽嗓子，嗽得非常用力，那聲音聽上去就像用鉋子刨木頭一樣，一下接著一下，由遠到近，中間夾雜著短促的噴氣的聲音。緊接著，響起了一個又洪亮又痛快的噴嚏，震得屋頂上的日光燈都輕輕地搖晃起來。打噴嚏的人滿意地吭哧了兩聲終於安靜下來。

過了好一會，噴嚏的回聲從走廊盡頭反射回來。幾乎在同時，門開了，走進一個矮個子寬肩膀的男人。他大概有二十五歲左右，穿一身厚實的化纖運動服，胸前掛著哨子。

「不許說話，上自習。」他說，只用了兩步就從門口跨上了講臺，然後叉開腿坐下，打開一本包著畫報紙的書看了起來。

田田愣了，等明白過來簡直氣得要死。他揚起腦袋，瞪圓了眼睛，狠狠地盯著前面，嘴裡呼哧呼哧地直喘氣。他覺得自己幾乎忍不住要跳起來，拍著桌子大聲嚷嚷：「你憑什麼不放假！憑什麼不讓我們走！你是大騙子！」。但是他知道，自己不可能這麼做，只能想想，解解氣罷了。

體育老師心安理得地坐在那，踏踏實實地看書，絲毫沒意識到自己做了一件多麼卑鄙的事情，這讓田田難以接受，他決定稍稍搞點破壞，給對方一點顏色看看。

他找出數學教師送給自己的小墩布，端詳了一會，然後把水杯放在桌子上，口朝自己，用墩布棍當球杆，把一塊滾圓的，像車輪一樣的橡皮往杯子口裡打。這是一個非常有挑戰的遊戲，橡皮很輕，桌子又不平，稍有不當就很容易打偏，不過也正因爲如此才顯得格外有趣。田田給自己規定了目標，要讓球剛好進洞又不碰到杯子底才算成功。剛開始他每四次才能成功一次，後來手法熟練了，可以連續打出好球。

慢慢地，周圍的孩子也被吸引了，他們想不到還有這麼好玩的遊戲，都張著嘴，用既欽佩又驚奇的眼光看著田田，好像在欣賞一樁了不起的魔術一樣。這讓田田非常得意，他低下頭，鄭重其事地瞇縫起一隻眼睛，反復瞄準，每打進一個球都微笑著點點頭，輕輕讚歎一下。

晨晨一直趴在桌子上，從咯吱窩底下偷偷地瞧著。他找了個機會故意把鉛筆扔到地上，趁著彎腰去撿的當兒，回過頭，小聲說：「給我玩會兒。」

田田揚起眉毛，撇了撇嘴，連頭也沒抬，繼續玩自己的。

晨晨眼巴巴地瞧了一會兒，然後幾乎是低聲下氣說：「你借我玩一會吧，我拿作業跟你換，你想什麼時候還我都行。」

「不許出聲，好好看書。」體育老師用鼻音很重的男中音說道。

「我就看一眼，行麼？我就想看看老師是怎麼做的。」

「你求求我。」

「求你了。」晨晨抓住他的袖子搖晃著，說。

「我考慮一下吧。」

然而晨晨沒有讓他考慮，猛地把墩布搶走了。田田吃了一驚，急忙伸手去奪。兩個人使出吃奶的力氣，一聲不吭地掙扎著，僵持著。晨晨的脖子都憋紅了，臉上顯出一種走投無路的，兇狠的表情，嘴唇歪到一邊，露出了牙齒。眼看著自己脫不了身，他就騰出一隻手，拼命地撕扯墩布上的布條，好像要把它們都揪掉似的。田田被激怒了，站起來要打他的腦袋。

「鬧什麼呢！你們。」體育老師嚷道：「你們倆站起來。」

「你鬆手！幹什麼啊！」晨晨用委屈的，帶哭腔的聲音喊道：「老師，剛才他一直拿一個破東西杵我，我不理他，他還杵我。」他接著說，不知什麼時候，眼睛裡已經噙了一包淚水：「我說『你別影響我學習，你不寫作業我還寫作業呢。你再幹擾我我就告訴老師。』他說『你告去吧。』……他還伸手要打我。」

「都給我站起來。」

體育老師不耐煩地皺起眉，把手裡的書扣在桌子上，走下講臺。晨晨用手在眉毛底下揉搓著，抽抽答答地哭起來。

「怎麼回事?你們倆。」教師用平板的，不帶任何語氣的聲音說，把小墩布踩在腳底下：「這是什麼東西?」

「勞動課做的墩布模型。」

教師板著臉看著兩個孩子。教室裡靜得可怕，好像只剩下了他們三個。其他的孩子儘量不發出任何聲音，甚至不動彈，好讓自己不被注意到。

「什麼破玩意兒都玩，」教師終於開口說：「我剛才說沒說過不許亂動，嗯?」

「說過……」

「居然能在課堂上打起來，我都沒聽說過。你們班眞新鮮……班長是誰?」

「老師是我，」晨晨趕忙回答：「老師，本來我是管紀律的。他老玩東西，我就說他，他還玩。我說：『我把你名字記下來。』他還是不聽我的。我說你影響別人了……老師……他就拿木頭棍兒打我……」

「那你爲什麼不叫我啊?」體育老師打斷他，說。

「我怕影響您工作。」

「那現在就不影響了麼?你要能管得了，要老師幹什麼。」

晨晨眨了眨眼睛，一時間恍然大悟，然後低下頭抿緊嘴唇，像是在責備自己怎麼連這麼簡單的道理都沒想明白。

「你坐下。你，上前邊來。」

田田順從地跟在教師後面，朝講臺走過去。一種恐懼帶來的無力感緊緊地抓住了他。他覺得自己的血液已經變成了一種帶有麻醉性的，涼嗖嗖的東西——隨著心臟的劇烈跳動，從四肢不斷湧向頭部。他勉強地挪動著兩條腿，感到眼睛又熱又乾，額頭脹痛，就像做多了數學題一樣。這種不適感迫使他張開嘴呼吸。他聽見自己的聲音像默讀課文那樣不斷重複著：完了，完了，完了……

體育老師坐下繼續看書，田田站在離他一步遠的地方。

「去，一邊去，別在我眼前晃。」教師說，用穿著圓口布鞋的腳把他推到一邊。

田田背靠著牆角站下，把兩隻手墊在身後。他瞥了一眼自己的仇人——晨晨做出一副專心用功的樣子，趴在一堆書本上面——然後又逐一地注視同學們。他發現他們在用一種奇怪的眼光看著自己，彷彿在看一個來自文明世界之外的野蠻人。這讓他感覺好受了一點，甚至還有些得意。他想出了一個計策：待會老師問話，自己一句話也不說。這樣必然會引起老師的疑心，促使他徹底地調查事情的眞相，同學們大概也會一起作證，自己的冤屈就昭雪了。他這樣一想，覺得沒必要害怕了。

時間一分一秒地過去。體育教師仍然在專心看書。他看得很慢，緊鎖眉頭，用食指一行一行地捋著讀，很久才翻一頁。有時候他似乎被情節觸動了，抬起頭望著窗外光禿禿的樹梢，楞一會神，再接著讀下去。

田田遠遠地瞥了一眼，看見書裡的一張彩圖上面有兩個穿古代衣服的人，一男一女，都背著寶劍站在一望無際的沙漠裡，背景是雲霧繚繞的雪山，岩漿噴湧的火山和撕裂夜空的紫色的閃電。一隻大鷹張開了翅膀在他們頭頂上盤旋，爪子和嘴都像刀一樣鋒利。

「大家先別學了，」過了一會，體育老師突然合上書，說道：「來換換腦子。我教你們做一個小實驗，非常神奇。大家都看我。」

他走到教室中央，輕輕拍了拍手，繼續說道：

「大家照我說的做，先伸出兩隻手，雙手合十。然後閉上眼睛……深吸一口氣，再慢慢呼出來，氣息要均勻……大家跟著我的口令一起做——呼——吸——呼——吸……」這個時候，體育教師壓低嗓音，用一種既溫和又神秘的語氣說：「現在，大家想像自己的身體變輕了，像空氣一樣又輕又透明。然後，靜下心來，想著你要到非常非常遙遠的地方去，一直想，一直想，使勁地想……這時候你的身體就飄起來了，無拘無束，冉冉上升，一直飛向太空。你的身邊是浩瀚的宇宙，還有無數的恒星、行星、星座，他們都和你擦肩而過——大家跟著我，集中精神，我讓你想什麼你就想什麼。你什麼煩惱都沒有，什麼雜念也都沒有，腦子裡都是快樂的事情，你想到大海啊，沙灘啊，大森林啊，瀑布啊，總之都是快樂美好的地方，心裡極度地放鬆……這時候你回頭一看，看見了地球——像一個藍色的皮球一樣，那上面有長城有金字塔還有長江黃河。慢慢的你連地球也看不見了，你越飄越遠，終於來到了整個宇宙的中心……感覺到了沒有，宇宙的中心？」

孩子們陸續回答說他們已經到達宇宙中心了。

「好，現在請你想像，你有一隻手——右手吧——突然開始不停地生長，變大，變大。同時你用你的意念加在上面，你感覺手指的關節發脹，肌肉緊張，血液流動也加速了。然後我數一，二，三，你慢慢睜開眼睛。你看，你的左手……不對，是右手，右手是不是比左手稍稍的變長了一點點？快看，馬上看。」

教室裡出現一陣輕微的騷動，已經在太空裡漂浮了半天，暈頭轉向的孩子們紛紛驚呼起來。

「好，好，不用擔心，這只是暫時的，一會就會恢復了。」體育教師說，拍了拍巴掌，讓大家鎮靜：「你們知道這是怎麼回事麼？這就叫意念，也叫運氣。這是一種特異功能。我剛才引導你們進入一個境界，古人講叫『抱元守一』。一是最大的麼，一生二，二生三，三生萬物。只有你的意念到達了宇宙的中心，就是中國古人所謂的帝釋天，這時候你的氣場才能被無限地放大，才能實現功能。其實這也是符合信號傳播的原理的……啊，這就得講講宇宙的問題了。宇宙不是唯一的，能理解麼你們。咱們這兒有一個宇宙，銀河系以外還有其他的宇宙，那些宇宙什麼樣，咱們不管……但是，咱們這兒的宇宙是封閉的。就是說，他是有邊際的。」

體育教師突然從椅子裡站起來，微笑著在講臺上踱開了，似乎非常滿意能生活在一個封閉的宇宙裡。

「就因爲它是有邊際的，所以我們向外發送的訊息，總是能夠返回來。你們看我，我在講臺上走，走啊，走啊……走到邊兒上，得，沒路了。那我只好掉頭往回走，走啊，走啊，到這邊了，沒關係，我還往回走。這就叫信號回饋，懂了吧。你釋放一個意念，它在宇宙裡一直走，一直走，別管走多遠，他還能回到你身上。所以愛因斯坦講什麼時間彎曲、空間彎曲，也是有道理的，至少在氣功層面裡他是正確的。但是我們中國古人不這麼講——我們國家早就知道這個現象，就是所謂元神出竅嘛。你看我們中國人就是這樣，他沒有什麼複雜的理論，沒有什麼驗證啊，推論啊。很簡單，就四個字，都給你包括了。怎麼樣，是不是博大精深？我建議你們歲數再大一點，可以讀一讀金庸的小說，你就能明白中國的傳統文化裡其實包含了很多很博大精深的東西，不光是氣功……現在幾點了？」

「十一點二十五。」一個孩子回答。

「過去認爲氣功是迷信，其實並不準確。」教師繼續說道：「你說我學會了運氣就能怎麼怎麼樣……飛簷走壁啦，摘花傷人啦，什麼什麼的，這肯定不現實。人跟人的資質不一樣。像咱們這樣的人可能一輩子也達不到那個層次。但是我相信高層次的人肯定有，只不過不露面。我有個朋友，他說他師傅的師傅，就很厲害，九十年代的時候人家在美國做過一個大氣場，每天上午十一點到十一點半向世界各地發功。只要在太平洋沿岸的人，都可以採集他的氣。後來氣象臺找他，不讓他這麼幹了，說是幹擾氣象衛星——爲什麼有一陣天氣預報老報不准呢……你們的父母可能都知道這事兒，這其實都是冰山一角，更神奇的事情有得是……行了，就這樣，下課吧！」

體育教師夾著書，擺了擺手，消失在門外。

教室裡立刻響起了歡樂的喧鬧聲。田田走回自己的座位，低著頭慢吞吞地收拾書包。

「你們幾個快點兒，咱們一起走。」晨晨大聲說：「我請你們吃冰棍。」

田田故意落在後面，等到從窗戶裡看到同學們都出了大門，才背著書包下樓來。

他穿過光線昏暗的空蕩蕩的走廊，在教員休息室門口停下來，輕輕敲了敲門。

「進來！」科學教師在裡面答應。

田田把門推開一條縫。數學教師立刻從門背後的座位上起來，把椅子推到寫字臺裡面——據說他的身上總有一股怪味，所以只能坐在門口。

「老師，您把書還給我吧，」田田說，把手背在身後，面向兩位教師：「我爸爸說讓我跟您好好承認錯誤，把書要回來。他說讓您看我以後的表現……我寫了保證書了，您看。我以後一定好好學習，按時完成作業，不管是口頭作業還是寫的作業都按時完成。上課認眞聽講，積極回答問題，不說話，不搗亂。如果再犯一次的話，就退學不上了。老師您相信我吧……」

田田一口氣說完這些話，感覺胸口悶得慌，血直往頭上湧，差一點就要哭出來了，於是就深吸了一口氣，繼續說道：「老師我真的下決心了，我一定能改好，您再給我一次機會吧。」

科學教師扭過臉來，吃驚地看著田田。

「我沒收過你的書麼？什麼時候……叫什麼名？」

「《古今未解之謎大觀》。」

科學教師看了同事一眼，然後拉開寫字臺的抽屜。

「沒有，不在我這。」他說：「你看，小玩意兒倒是不少……這裡有你的麼？你自己看看。」

「老師，上體育課的時候董老師看來著……」

「哦，那就找他要吧。他好像從我這拿過幾本書。你能看那麼厚的書麼？啊……那你就找他要吧。要不等他看完了，我再給你，行麼？先趕緊回家吧，明天再說。好麼？」

田田低著頭想了想，然後鞠了一躬，聽話地走了。數學教師本想替自己的朋友說句話，但是他張了張嘴，什麼聲音都沒發出來，只好目送著田田的背影出去了。

在操場上，空氣非常清爽，正午的陽光照得人睜不開眼睛，但是溫度並不高，背陰的地方還是冷颼颼的。樓頂上的雪水順著鐵皮管道流到地上，曲曲折折地淌出很遠。沿著圍牆，高大的，落光了葉子的楊樹上面剛剛萌發的多疤的嫩枝向上翹著，幾乎每一枝上面都頂著四五個像毛筆頭似的褐色的花苞，在接近樹冠的地方，蓬鬆的圓形鳥巢變得格外顯眼。田田孤零零地朝學校門口走去，他突然想到外星人的飛船，於是張開手臂，嘴裡模仿著發動機噴氣的聲音，一溜煙地跑了。

樂隊指揮

星期五下班之後，我們準備去欣賞音樂。這是因爲午休的時候老闆聽見我和 Steve 討論如何拉大提琴。

我們的老闆不僅是一位成功的商人，還是個儒雅、博學的紳士。他寫得一手好文章，經常給《讀者》投稿，還能用文言文做四句或八句的古詩，愛好書法，到處題字，據說還精通好幾樣樂器。他在公司裡提倡藝術，經常送給我們一些戲票和展覽會的招待券什麼的。

「你們倆喜歡音樂？那好！」老闆說：「這個值得提倡，說明你們有品位。不像有些年輕人——成天就是吃啊，喝啊，聊的也全是什麼足球、NBA，亂七八糟。這多好。」他伸出又白又小的手拍了拍我的肩膀：「不過什麼東西光喜歡還不行，得懂得門道兒。你們去聽過音樂會沒有？沒有，嗯……其實也不一定要到音樂廳去，生活中處處都有音樂。關鍵是要學會欣賞。比方說開車的時候，或者看電視的時候，你聽見一個音樂，你能夠欣賞，能夠享受它，就行了。因爲說到底，音樂、繪畫，文學或者電影什麼的，都是爲了點綴生活，製造快樂，讓人在工作之餘能夠休息。他們是……藝術……對這些東西，不必專門去研究，只要稍微留心一下就行了。而且觸類旁通，說到底都不難。」

我和 Steve 畢恭畢敬地聆聽著老闆的教誨，不時輕輕點頭。不知爲什麼，同事們也自動地湊了過來，和我們一起聽他講話。Amy 也在其中，她用兩隻手捧著咖啡杯，睜大眼睛，歪著頭，做出一副天眞爛漫的樣子。這個女人長了一對金魚眼，厚嘴唇，人中很長，臉上有粉刺留下的小坑，她一直把我和 Steve 看做潛在的追求者，總希望我倆爲了她打一架。

「老闆你懂得眞多。」Amy 說：「你太厲害了，簡直就是百科全書。」

「這沒有什麼，」老闆說，不好意思地向別處看了看。「這都是些常識。什麼東西都應該知道一點嘛。」

「我覺得您說的特別對，」Amy 說：「我每天早晨上班，路過地下通道，都有一個老爺爺在那兒吹笛子，他吹得可好聽了。我每次路過他身邊，都特意放慢腳步，然後給他一塊錢。整個早晨心情都特別好。」

「哪個地下通道？」Steve 問。

「就是大廈門口那個呀。」

「我知道你說的那個人，」老闆說：「他吹得確實還行，一聽就是科班出來的，受過正規訓練。」

「是麼？我就聽不出來，我就是覺得好聽。」

「那咱們下班也去聽聽去。」Steve 說。

於是，事情定了，下班以後我們四個先一起去鑒賞老爺爺吹笛子，然後再找個地方「隨便坐坐，聊聊音樂」。

下午我借著送材料的機會，接近了 Steve 的辦公桌。

「臭豬！」我看四下沒有旁人便惡狠狠地罵道：「你就是個敗類你知道麼，嗯？你知道麼！」

「你別罵人啊。」Steve 嘟囔道，我們倆的目光剛一接觸，他就心慌意亂地低下了頭。

「你可眞棒，還大提琴。你想什麼呢。你知道大提琴是什麼東西？你見過大提琴麼？」

「我當然見過了，它就是，它就是，就是一種樂器唄。」Steve說：「大提琴也是……提琴。拉的時候就擱在兩條腿中間，用琴杆這樣……這樣……」說著他把拳頭放在肚臍附近來回推拉了兩次，姿勢像木匠在鋸板材。

「滾蛋，那我問你，昨天是誰腆著臉跟我說：『下班去打籃球吧，打完籃球吃飯，新疆館子。』說得好聽，這回好，改吃他媽大提琴吧！」

「那有什麼辦法，你要是不樂意可以當著老闆的面提出來麼。」

「我提？打球是你的主意你怎麼不提？我連衣服和鞋都準備好了。」我指了指腳底下：「你個小人，馬屁精。」

「你小聲點，聽我說嘛。」Steve四下看了看，壓低了聲音說。他向我做了一個手勢，要我把腦袋湊過去。「我剛才仔細研究了一下，咱們還是有機會的。你瞧啊，下班以後老闆能把咱們帶哪去呢？也就是附近隨便找個地方，坐一會，喝點東西……假設用一個小時，完了事咱倆打個車，如果不堵車的話，八點怎麼也到了。還有一個小時打籃球，咱們倆個人，才花二十塊錢——晚上便宜……嘿嘿，合算吧，這樣你還能有錢請我吃飯。」Steve一邊說一邊用手指在電腦螢幕上胡亂比劃，我也跟著他比劃，看起來就好像我們在討論什麼技術問題。

「那老頭怎麼辦？還得聽他吹笛子。」我說。

「這個我也想了，實在不行一會我去找找他，讓他換個地方吹，哪怕給他點錢呢。你說他能答應麼，就今天一天。」

「對！不成嚇唬嚇唬他，」我說：「誰讓你在這賣藝的，禁止乞討賣藝知道麼。轟走就完了。」

「也行。」

「時間還是短了點，打不痛快。」

「去晚了就該等位了。你忘了上次了？」

「行，那就這麼定了！」我說。

「哎，這就對了。我告訴你，他們家的烤腰子特別棒，也不知道有什麼秘方——外面又酥又脆，焦黃焦黃的。你就咬吧『咯吱——咯吱——』像炸薯片一樣，但是裡面的肉嫩得跟果凍似的，粉紅色……顫顫巍巍……嗯。」

Steve 皺起眉頭，帶著既幸福又煩惱的表情吧嗒了一下嘴。

「還可以喝兩口。」我提議道。

「對，可以！來一個小瓶二鍋頭……週末了嘛。」

「非常好！」

我學著老闆的樣子拍了拍 Steve 的肩膀。

下班之前的幾個小時，我是在一種痛苦的煎熬之中度過的。這種感覺可真不好受：嘴裡一點滋味也沒有，咽了半天口水，可肚子裡還是空蕩蕩的。我管 Amy 要了一塊蘇打餅乾，把它想像成色澤金黃的烤板油，結果完全不是那麼回事，一點香味都沒有。確實，人可以欺騙自己的眼睛甚至良心，但就是沒法欺騙自己的舌頭。

六點左右，我的同事們開始收拾東西，他們一個個垂頭喪氣，表情木訥，相互之間也不搭理，似乎集體在爲這即將逝去的一天默哀。他們自然體會不到我和 Steve 的心情，我們倆湊到一塊，談論著一會兒的活動，不經意地透露出一些細節，讓這件事聽上去既新奇又刺激，最關鍵的是——老闆會跟我們一起去！我不知道有多少人留意了我們的談話，但是那些不幸的人們三三兩兩走出公司大門的時候，臉上的表情的確更加沮喪了。

六點半的時候，老闆出來了，他已經穿好了大衣，毛皮領子扣得嚴嚴實實的。我和 Steve 站起來迎候他。

「沒關係，坐。」他點了點頭，表情既隨和又嚴肅：「Amy 還沒準備好？嗯，那咱們等她一會兒。呵呵，女孩子……」

老闆從前臺拉了一把花梨椅子，坐下之前先把褲腿向上拽了一下，露出了襪子。

說眞的，我們倆從未和他離得如此之近，不免有些緊張。他周身上下光鮮、平整，散發出一種既清爽又芳香的味道，像是 007 電影裡的人物。我雖然前天洗過一次澡，但是仍然害怕身上有什麼不好的味道，於是坐在那儘量一動不動，並且把嘴閉得嚴嚴的。我瞟了一眼 Steve，他也是這麼做的。

「愛好音樂，尤其是古典音樂的，一般都是比較高雅的人。」老闆說：「我其實沒想到，你們這樣的年輕人也會喜歡這些。嗯，當然了，我們的員工必然是比較優秀的。」

「謝謝您。」我和 Steve 對視了一下，笑了。

「不過要會欣賞，還需要相關知識的積澱，不能光聽熱鬧……就說大提琴，那麼，大提琴，他在交響樂隊裡，就要排在小提琴和中提琴後面，個頭兒也要大一些，聲音也更洪亮。提琴麼，屬於古典音樂。他是演奏嚴肅音樂的，是嚴肅的樂器。是非常有……那種……那種嚴肅的氣勢。」

老闆伸出手臂做了一個拉琴的動作，不經意地露出了腕表。我和 Steve 交換了一下眼色。

「瞧瞧人家！」我心裡說。

「我太太是紐西蘭人，她喜歡聽古典音樂。我們在家一般不放流行音樂，就是莫札特的協奏曲，回到家就打開，然後做飯啊，吃飯啊，聊天啊，都在音樂烘托之下，這樣才叫休息，我覺得。上次有個記者問我：假如讓你選三樣東西，帶到宇宙飛船上，你會選什麼？我選的其中一樣就是莫札特的 CD……你們聽過莫札特麼？嗯，聽慣了古典音樂，再聽流行的，就不是那個味道。當然了，流行音樂也有很好的，比方咱們公司做的一些東西。包括民樂。中國的樂器也很有意思，上回我去巴厘島參加集團年會，行政的小姑娘跳舞：配樂有琵琶有古箏還有一種叫『yuan』的樂器，具體是哪個字我不知道，但是讀音就是『yuan』。」老闆一邊說一邊用手指在空中拼寫著。

「我只是隨意談一談，你們今後如果感興趣的話，我們可以繼續交流。當然，愛好藝術是好事，沒有了藝術，我們怎麼……」他停頓了一下，做了一個指揮家般的手勢：「裝點生活呢，太乏味了嘛……」

老闆順著藝術的話題講了下去，他講到了文學、繪畫、攝影和戰爭，侃侃而談，左右逢源，一直講到 Amy 從洗手間裡出來。

「對不起，讓大家久等了！」Amy 微笑著說，故意站在燈光底下讓我們注意她剛化好的妝：「老闆，咱們走吧。」

「好！出發吧。」

我和 Steve 立即七手八腳地收拾東西。

「你們吃飯了麼?」

「我晚上不吃飯,減肥。」Amy 答道。

「我們倆……」

「我們倆不餓呢。」我搶著說。

「你們不是說要去吃烤串麼?我都聽見了。」Amy 說:「我可吃不了那東西,又髒又油膩。聞著就夠了。」

「你平常吃素吧?」老闆問。

「是啊,我覺得還是蔬菜水果好吃,吃肉的人身上都有味兒。」

「什麼味兒?」

「嗯,我也說不清楚,反正我們長期吃素的人,一聞就能聞出來。那種味兒吃素的人身上就沒有。」

「有意思,這我頭一次聽說,」老闆說:「哎,這怎麼還有個球?這是誰的?」

我順著他手指的方向一瞧,頓時魂飛魄散,地上居然有一個籃球!那一刻,我像是心窩裡給澆了一瓢冷水,兩腿一軟差點坐到地下。再看 Steve,他做出一副愚昧的,似乎喪失了理解能力的樣子,張大嘴,一個勁發出空洞的「呵——呵——」的聲音,似乎馬上要犯什麼急性病了。

籃球在老闆手裡慢慢地轉動著,隨著那雙白皙的手的動作,我感覺整個世界也開始旋轉起來。或者說世界原本就在轉,而直到那一刻我才感受到他的運動。我短暫的一生像幻燈片一樣飛速從眼前閃過，耳邊響起了一種神秘而深遠的，類似大海波濤的聲音。霎時間，我是誰？我從哪裡來？我要往哪裡去？這些亙古的謎題都有了答案。我甚至明白了世界是由誰創造的，以及它將毀於誰手……

「老闆，巴厘島美麼，我都沒去過。」Amy 問，她的話在我聽來像是從一個很遙遠的地方傳來的。

「美，確實美，我覺得你們趁著年輕應該至少去一次。」老闆把球在手裡拋了兩下，說道：「整個人生都會是一個美好的回憶。我就記得那天晚上，當地人划著船，舉著火把，把我們送到海上。月亮離海面特別近，我從來沒見過那麼大的月亮，簡直就要碰到你腦門上了。耳邊聽著海浪的聲音，隨著船的起伏……哎，然後，開場是行政的小姑娘跳舞，穿著薄薄的衣服。一陣一陣的海風，吹著身上的輕紗……跳得眞好。跳到誰那誰就得乾杯——女士喝紅酒也得乾杯，或者指定別人替你乾。」

「我眞想去巴厘島呀！」Amy 交叉雙手，做出一副感動的樣子，說：「我一定要去一次，我倒要看看，它到底有多美。」

「嗯，値得一去。」老闆說，接著又問：「今年年會你還不跳一個，我聽說有你的節目啊。」

「嘿嘿，目前保密。」Amy 側著頭，笑著，一字一頓地說。

「切——」

接著，老闆對著燈光仔細地端詳了一下球，似乎有些失望。

「這個是李寧牌的吧？」

我不知哪來的一股機靈勁兒，立刻回答道：「啊，是麼？我不知道。從來沒見過。」

他抬起頭看了我們一眼，繼續說：「你們知道，正式比賽都用斯伯丁的籃球，因爲斯伯丁是籃球運動的創始人……喜歡籃球的話，這個你們還是應該知道……所以我們說，一個好的創意有多麼重要………」緊接著他問道：「你們誰會打籃球？」

「不會！」

「一點也不會，」Steve 說「我有膽囊炎，醫生說……」

「是麼？男人哪有不會打籃球的。」

「這個，我打得不好，跟不會打一樣。」我說。

「我會！我會！」Amy 嚷道

「嗯，打籃球先得學會護球，這是最基礎的東西，幹什麼都得從最基本的學起，不能瞎玩。」說著老闆脫掉了大衣，給我們做起示範來：「就是這樣，兩腿彎曲，降低重心，把屁股朝著對手，用餘光……他從左邊來，你就往右，他從右邊來，你就往左。想搶球除非犯規。怎麼樣，你們來試試，看看管用不管用。來吧，教你一招。」

說實話，別看他的手小，拍起球來還眞靈活。我和 Steve 輪番上陣，用盡了各種辦法，卻始終碰不到球，反而把自己弄得滿頭大汗，氣喘吁吁。Amy 在一旁哈哈大笑，又拍手又跺腳。

「你們可眞夠笨的！」她鄙夷地說：「看我的。」她脫掉了高跟鞋，攏好頭髮就下場了，爲了證明自己比我倆強，她什麼手段都使出來了，又是拍又是打，又是拉又是抱，一會兒發瘋般地笑，一會又撒嬌地大叫。然而沒有用，球還是牢牢地控制在老闆手裡。他沉著地用屁股對著我們，不緊不慢地拍著球，沒有任何破綻可言。

我們玩了半個多小時，先學護球，再學傳球，然後是籃球規則，笑聲不斷，痛快極了。我和Steve尤其高興，因爲我們倆用實際行動證明了自己在體育方面是多麼的無能和不堪造就。這樣一來勢必可以洗清嫌疑——我們這樣的人要籃球有什麼用？

「運動，有時候要比音樂更有好處，」在電梯裡老闆對我們說：「音樂聽多了，人就會多愁善感，你看那些音樂家都是得病死的，身體都壞了……而體育運動正好能增強人的體質，培養果斷的性格……所以我倒不反對你們參與。下了班你們不妨去玩一玩，出出汗……不過運動完之後不要馬上坐著，也別立刻就吃東西，那樣對身體不好。」

在大廈門口我們分手了，Amy搭老闆的順風車回家，Steve和我去坐地鐵。晚間的氣溫不是很低，交通高峰也已經過去，所以我們從容地邊走邊聊，身心兩方面都感到愉悅和充實。

蛇

K先生是我的同事，一個不幸的人。我們一同乘車回家的時候，他總是坐在最後一排從左數第二個座位上。在這個世界上，大概只有我瞭解他的遭遇。

二〇〇一年那個下大雪的星期五，天氣陰沉潮濕，我們在郵電部門口等車，一邊跺著腳一邊閒聊，不時地撣一撣身上的雪。從總站發出的車晚點了，車輪把黑色的帶冰碴的泥漿甩到人行道上。我們上了車，坐在各自習慣的位置上。那個時候，樓上的大鐘剛打過六點。

過了兩站地，我把座位讓給了一位老太太，自己抓住扶手站著。車箱裡此時已經擁擠不堪，連轉身的餘地都沒有了。我聽見K在後面叫我——原來他旁邊的位置空出來了。我側著身努力往車廂後面擠，同時巧妙地把競爭者都擋在了身後。

「進裡面去，且到不了呢。」K說，側過腿，給我讓路，等我在窗戶邊上坐下，他就用膝蓋抵住前排的靠背，像關上一扇門一樣，把我關在裡面了。對於他來說這個位置實在有點不舒服。

K在我的上級部門，資歷比我老，職位也高一些，據說是個脾氣古怪極不合群的人，在大學裡是學古希臘戲劇或者詩歌的，和我一樣都是那種前途黯淡不堪造就的普通職員。因此我們互相尊重，交談起來也隨便一些。

「你結婚了麼？」過了一會，他問我：「有女朋友了吧？啊，是麼。」他不止一次這麼問過我，在我看來，這也許是他談話一種習慣——就像下棋的固定開局一樣。他繼續問我：「你們倆是同學？」

「對，我們是大學同學。」我說。

「不錯，準備什麼時候結婚。」

「還沒定呢，今年或者明年吧。」我說。

「啊，多好的事兒呀。」他說，讚賞地笑著：「我的大學同學裡有四對結婚的——同一個班裡。高中同學裡也有。小學，你相信麼，小學同學裡也有：倆人十多年沒見了，一見面聊得還挺開心，那幹什麼呀，乾脆結婚吧……這種事兒還眞不少，比起相親的成功率還高。」

「您跟您愛人也是同學？」我問。

「對，我們是那四對中的一對。但是我們在學校裡沒好，上學的時候，我們倆幾乎不認識……我沒你這麼幸運。在校園裡談情說愛，無憂無慮，這是多麼美的事兒，是不是？我說的對吧。不過我覺得這種愛情有時候會很殘酷。」他看了我一眼，繼續說道：「當然了，愛情到什麼時候都是殘酷的。特別是對失敗者。但是在學校裡，學生其實就是奴隸——他從早到晚坐在一樣的位置上，周圍是一樣的人，窗外的景色也是一樣的。這樣的生活一過就是好幾年。這和帶鐐划船的奴隸不是很像麼？當然了，他們不會吃鞭子，但也不能喝酒——自己買的也不行。據說上了學就能有遠大的前程，能遠大成什麼樣？就像這樣。」他用手在自己和我之間比劃了一下：「這本來就夠痛苦的，在這種環境裡，你要看著自己愛的人和別人在一起……這種打擊，這種折磨有多少人能忍受得了。而且你沒有辦法逃避。你要和他們一直生活下去，這種生活是以年來計算的。這完全能毀了一個人。」

我感到他的比喻特別有趣，就笑著說：「這是常有的事兒，尤其漂亮的姑娘，喜歡的人少不了。不過也沒聽說誰爲這個自殺的。」

「那是因爲他還有父母。他想起他們心就軟了。我們總是告誡孩子，在父母之前死掉是不道德的，甚至是犯罪。就像宗教認定自殺是犯罪一樣——這一條一開始恰恰是專爲奴隸制定的。從羅馬到中國你沒聽說過有哪個奴隸自殺，對麼？因爲那等於破壞生產，是必須禁止的。但是克婁派特拉自殺我們知道，亞裡士多德自殺我們知道，三毛自殺我們也知道，因爲對於大人物來說，那是勇氣的體現，値得大書特書。可是孩子呢？」他說，轉過臉去看著窗外慢慢移動著的車流：「他能怎麼辦，他的命都不是屬於自己的。他只能忍耐。我說的就是我自己，你明白麼？我體會過這種感覺。你很幸運，你愛上你的同學，她也愛你，水到渠成，多麼美妙。可是事情的另一面，或者說，它有可能變成的那種樣子，你就不知道了。但我知道，我可以給你講一講。你願意聽麼？

我表示洗耳恭聽，於是他就講起來。

「我現在住的地方，你知道，就在……去年三月份的一天，我到物業去詢問能不能種幾棵樹。不湊巧，辦公室沒有人，我就坐在沙發上等著。我想找點事情做，就拿過一份居民登記表來，一邊看一邊在心裡想：我那些幾乎沒見過面，即使見過也不知道姓名的鄰居們，他們會怎麼看我的計畫，會同意我種樹麼？

這時候，一個名字進入了我的視線。一瞬間，那個曾經日日夜夜折磨著我，讓我感到恐懼、屈辱、和絕望的噩夢又甦醒了。我在心裡對自己說：這就意味著，那個據說後來成了她丈夫的人和我住在同一個社區裡，如果傳聞是眞實的，如果他們沒有分開，那麼她也和我住在同一個社區裡。

我把那三個字讀了一遍又一遍，逐漸意識到事實也許就是這樣的。

那是一個極爲古怪的名字，取這樣的名字有雙重的好處，一來可以避免重名，二來能體現父母的博學。

但是如果我的父母給我取這種名字，我就可以認爲他們討厭我……

我想到當初我們念書的那所學校離這兒並不太遠，她和她丈夫的家又都在學校附近；這麼說，多年之後我們三個人又在一起了。

我站起來，激動地從房間的這個角落走到那個角落，來回轉著圈，險些被地上的抽水機絆倒。我已經不能冷靜地思考了，甚至忘記了來這的目的。我幾次走到門口，可是每次又都折了回來。如果當時有人正巧路過，看見我那副可笑的樣子，或許會把我當成一個驚慌失措的賊。

所有的事情都要從十五年前說起，那會我還是個中學生。我念的那所學校名聲非常不好，現在已經改成旅館了。爲了能繼續念高中，然後上大學，我除了在學校用功，還要上好幾個補習班，幾乎不能休息。大概是在初二的下半學期，我發現每個星期天的下午，我都能在回家的路上遇到一個女孩。我騎車沿著天壇的圍牆往東走，在虹橋市場前面過馬路，這時候她從北面騎過來。我們一起等綠燈，然後她往東走，我往北走。我第一次看到她就喜歡上她了，她那時候眞漂亮，你知道周圍的人怎麼看她：男人，不論年輕的或者上了點年紀的，在她面前都會變得不自在，像傻瓜一樣，有些人裝作一本正經，目不斜視，另一些人突然變成了演說家和辯論家，期望引起她的注意。年輕女人對她投以冷淡的不以爲然的目光，就像考場裡的人打量素不相識的鄰座一樣。老人和上歲數的女人看她時，目光裡則充滿了驚歎和愛憐，她們幾乎是貪婪地瞧著她，微笑著，暗自或者公開地表達自己的欣賞，那樣子像是在說：這個小姑娘，如果是我的孩子，或者乾脆就是我自己，那該有多好啊！

我們每次在相同的時間相遇，因此我猜她也在上補習班。有一次她穿了一件校服，我由此知道她也在上二年級，只是學校比我的好很多。後來，我漸漸不滿足於這樣匆忙地看她一眼了，我改變了回家的路線，開始尾隨她。我小心翼翼地跟在她後面，保持一定的距離。這樣即便她回頭也不會發現我，我卻可以一直看著她的背影。我如醉如癡地跟著她騎出一公里左右，在最後一個能回家的路口停下，悵惘地目送著她消失。

那個時候我是個瘦高個，有些駝背，胸膛凹下去，嘴唇上長著一撮鬍鬚似的絨毛，我爲自己的這幅樣子難過，十分自卑，以致沒有勇氣和她搭話，甚至不願讓她看到我。但是每到星期天，我卻總要煞費心思地打扮一番，梳洗乾淨，穿上自己認爲最新潮最體面的衣服出門。

我期盼著發生一種超自然的，類似奇跡的事情，讓我們自然而然地結識，但這種事到底沒有發生。

初二暑假的第一周，我沒有在路上遇到她。接下來的一周也沒有。整整一個暑假我再沒有見過她。我想她可能不去之前那個補習班了，要不然就是已經有所察覺，故意改變了回家的路線。

但是我沒有放棄希望，每個星期天還是要在那個路口多等一會。

有一次，我坐在路邊的水泥檯子上，心裡難受極了，怎麼也不願意回家。我從下午一直等到天黑，昏昏沉沉地睡了一覺，醒過來的時候，路燈都亮了。

回到家我撒了個謊，說自己在學校附近被小混混搶了——那一帶這種事是常有的。我父親氣瘋了，帶我去派出所要求立案偵查，他情緒激動，大喊大叫，差一點被關起來。第二天他又請假去和校長談話。上早自習的時候，我看見他穿過操場往外走，汗毛稀少的大骨節的胳膊像被打斷了一樣沉重地垂下來，在身體兩側微微搖晃著。他板著臉，眼睛通紅，像哭過似的。

這事當然不會有什麼結果。警察和教師的意見是：要麼搬家，要麼就上個好點的學校。

這是一句沒什麼意義的話，但對我卻是個啟發。我想假如我能考上她那所學校，那麼也許我們還有見面的機會——前提是她留在本校繼續念書。

那個時候的中考和現在不太一樣，和你們那會也不一樣。你們是考試之後填志願，還是之前？總之我就這樣決定了。我的志願只塡了一個學校。這麼做相冒險，我媽和老師一致反對，以爲我瘋了。我父親不明白是怎麼回事，還高興得很，直誇我有志氣。

在剩下的一年時間裡，我拼命用功，終於如願了，我的成績剛好超過錄取線。」

「您考了多少分？」我問。

「530 分，不算太高。比你肯定是差遠了。你是哪個學校的？哦，那可不是麼，這個分數在你們那兒眞不算什麼。」

「也不一定，越往後分數越不值錢，」我謙虛地說：「您那會兒總分是多少？」

K張著嘴想了想，說：「大概是 600 吧，我記不清了，語文和數學都是 120 分……英語呢。大概是 600 分吧，我們不考體育。」

「哦，那其實挺不錯的。」

「是麼？」K感激地笑了笑，繼續講下去：「我記得出成績那天，我約了一個好朋友一起看榜——他沒有參加考試，完全是陪我。那年夏天太陽特別毒，學校操場上就只有我們兩個人。我的名字在第一張紙上，排第四或者第五，我們倆幾乎同時找到的。

爲了慶祝，我們打了一下午檯球，又弄了點啤酒，喝了個爛醉。」

「那您後來見到她了?」

「見到了,就在開學的時候,」K說,然後瞇起眼睛撓了撓耳朵上面的頭髮:「報到的那天,我們從操場上聽完訓話回到教室;班主任不在。新生當中有些人以前就認識,見了面格外親熱,本校的學生做出主人翁的姿態,故意使用一些自己人才理解的切口暗語。我是唯一的外來者,誰也不認識。只好坐著。我前面是個空座位,放著一個女孩的書包……你應該能猜到了。沒錯,後來教室的門開了,她走進來了……

她手裡拿著一張紙,登記學生的家庭住址。走到我跟前的時候她先用秀麗的字跡填好自己的名字,然後把表格遞給我,輕輕地說了句什麼。我笨拙地握著筆,想把字寫得漂亮些,手上的汗把紙都弄皺了。我抬起頭,第一次那麼靠近地端詳她的臉,她似乎對我笑了。」

「那後來呢。」

「後來我們在一起上了一年學,然後我轉學了,從此以後再沒見過面。現在她和丈夫跟我住在一個社區。這你都知道了。」K苦笑著說。

「我是問後來你們倆是怎麼發展的?您怎麼追她的?」

「我沒有追過她。我只是暗戀她。從一開始到最後,我什麼都沒有做。但我猜她大概感覺到了,小女孩對這種事情都是很敏感的,只是有時候故意裝作不知道罷了。那個時候,我有一種可笑的想法,認爲我們倆已經被一種神秘的力量緊緊地聯繫在一起了,我能遇到她,最終又奇跡般地找到她,足以說明這種力量的存在。我對未來充滿了不切實際的甜蜜的幻想,覺得她理所當然的會對我產生好感,因爲我就坐在她身後。

那段時間，我什麼都不做，只是每天望著她的背影，貪婪地呼吸她身上散發出的芳香的味道，腦子裡胡思亂想。至於上的是什麼課，教課的是誰，一點也想不起來了。」

「這樣怎麼行，」我說：「暗戀是沒有好結果的，要有行動。您起碼也得表現出一個態度來……行動就有百分之五十的希望，否則就一點希望也沒有，眞的。」

「是啊，道理是這樣的。」K說，一面窘迫地微笑著，一面眨著眼睛向四下看了看，就好像我在揭露他不光彩的事情一樣：「可是當時我什麼都不懂，每天的生活就是上學然後回家，像傻子一樣。」

「那她當時對你怎麼樣？對你好麼？」

「好麼……怎麼說呢。這你知道，在學校裡每個人都有自己的小圈子，只跟固定的幾個人接觸，男生和女生不能走得太近，至少不能是公開的。我和她交往的更少，幾乎沒有正經說過話，我只記得三次，最多三次——有可能會給她留下印象。

第一次是上數學課，她被叫起來背一條定理。教師大概是存心想出她的醜，一直強迫她向前看，不許低頭。我救了她。她一邊聽我念，一邊假裝背誦，做出努力回憶的樣子，還故意出了兩個小錯。坐下以後，她把左手背到後面，給了我一個ok的手勢。

後來過了一段時間，一天午休的時候，有人叫我一起玩牌，說她也在。我們去了別的教室，她看到我就笑了，對我說『他們怎麼把你叫來了，你會玩麼？』我說我會，她說：『那好，我們一個班的一頭兒，你們別的班的一頭吧。咱倆坐一塊兒。』我挨著她坐下，緊張得頭都暈了，把僅有的一點牌技也忘光了，再加上不懂他們的玩法，一個勁出錯。到最後她乾脆替我出牌，她沒有埋怨我，因爲我們是一個班的，而且我還救過她。那次我們倆居然贏了。

除此之外，我就不記得什麼了，十多年過去了，所有的事情，所有的人，都像煙一樣飄散了，一點痕跡也沒留下。我絞盡腦汁地回憶，也只能得到一些零碎的，沒有實際意義的印象。把我和她聯繫起來的，只有這些小事而已。可是這又算什麼呢，有誰會在意上中學時和別人說過的一次話，玩過的一局牌呢？

K沉默了。我也沒有再開口，在我眼裡他是一個想法和行爲都很奇怪的人，再談下去已經沒什麼意思了。我看著車窗外，考慮著要不要下車步行回家。

我穿著大衣，坐得又不舒服，屁股和大腿都已經有些麻木了。暖氣的出風口就在我腳下，熱風烤著我的鞋底發出淡淡的焦糊味。可是外面很冷，路上還有雪。」

這時K又繼續說起來：

「還有一次，那是在我轉學之前，學校的戲劇節，我們班排演《威尼斯商人》。她演鮑西亞，我演夏洛克。全劇只有一幕，從法庭對峙開始，到她對我仁慈的判決結束。劇本是語文老師和我們一起編寫的，突出表現了金錢對靈魂的腐蝕，並歌頌了必然勝利的人類美好的天性。爲了演好角色，我把那種在每一個小錢上討價還價，不惜互相侮辱的小販與主顧們的窮酸像，和爲了一個眼神，一句閒話就大打出手的小市民的兇狠勁都放到了人物身上——這些本來都是我從小就看慣的。我的腔調和做功都非常過火，但是效果很好。我設計的噱頭引得觀衆哄堂大笑，甚至在不該發笑的地方也笑。演出一度失去了控制，沒有人注意其他演員，聽他們說話，他們自己更是不知所措，恨不得逃到後臺去。大家只注意我，欣賞我，等我再做一個怪相，再大聲擤一次鼻涕，或者從袍子裡再掉出一件偷來的東西，好大大地哄笑一陣。我在臺上看見學校的教務主任一隻手捂住肚子，一隻手捏住腮幫，笑得從椅子上滑了下去，他那張有黑斑的，肥胖的臉上，熱汗順著額頭淌下來，顯出一種奇怪的，既滑稽又可怕的表情，讓人覺得他大概馬上就要死了。

誰也不知道演出爲什麼可以進行下去，一切都是那麼幼稚、粗糙、缺乏排練。但時不時的，不知爲什麼劇場裡就會突然變得鴉雀無聲，就像喧囂的海浪暫時退向大海深處時，平整的沙灘會從水下顯露出來一樣。於是我抓住一個這樣的機會開始念那段著名的，我最喜歡的臺詞。我聲嘶力竭地咆哮，揮舞拐杖指天畫地地咒罵，踉蹌著在邊幕之間奔跑，抱著頭跺腳，把那些剛從《茶館》的演出裡學來的表演方法全用上了。我控制了舞臺，表現得比之前那個演屈原的男生還要有威力，當我氣喘吁吁地用盡最後一點氣力喊道：『我可不可以拿到那一磅肉。』的時候，感覺自己可能流了鼻涕，於是隨機應變地又擤了下鼻子，擤得手絹都飄起來了。觀衆們又笑了。坐在前排的教師們開始鼓掌，然後大家都鼓起掌來……。

我們的劇碼獲勝了。我和她被評爲最佳演員——因爲她最漂亮，我最逗笑。我們站在舞臺上，肩並著肩，身上穿著按想像剪裁的文藝復興時代的服裝，臉上還塗著油彩，下面是眞心喜愛我們的觀衆。我們一起捧起了獎盃，我出了很多汗，但她還是用修長白淨的手指觸碰了我的手，絲毫不嫌棄。」

「假如我在那個時候死掉，我就是幸福的了。」K說，陰鬱地看著我，似乎在等著我反駁。

「爲什麼呢？」

「因爲人應該在最風光的時候就死掉……這是一個英國人提出的理論，認爲在人生的頂點死去的人才是幸福的，所以他說納爾遜是幸福的，拿破崙就不幸福，不僅不幸福，甚至還很可悲。」

「也有道理。」我說。

這個時候，天已經完全黑了，雪下得更大了，路面上的積雪既不融化也不結凍，在車輪底下翻騰著，顏色像和了水的蕎麥麵一樣。黏在車窗上的雪花變成了帶冰的透明的小水珠，匯合在一起，在玻璃上曲曲折折地向下滑。我們的車用了四十分鐘開出了五站，在每一站都要耽擱很久，車廂裡有一股潮濕的臭膠鞋味兒。

K朝前面看了看，對我說：「完了，三環已經堵死了。你們家住哪兒？要我說你還不如下車走回去呢——估計坐車跟走著差不多。我不著急，我得坐到頭呢。地鐵也不行，你看看那些人……」

我朝他指的方向看，只見每個車站周圍都是黑壓壓的蠕動著的人群；人行道上已經排起了長隊，步行的人們小心翼翼地走著，有些女人打了傘，人流像送葬的隊伍一樣，默默地秩序井然地前進著。

過了一會，K問我：

「怎麼樣，不下車？」

「算了，都已經到這了，無所謂。」我說。緊接著又問道：「那後來呢，您接著說啊。」

於是他繼續講下去：

「那天下午回到學校，收拾完了東西，大家就都回家了，只剩下我和她。我故意耗著不走，好跟她多待一會。她似乎也有意留下來。我坐在座位上，拿了本習題做樣子，她站在窗口，我們就離得遠遠地聊起天來。整個學校都安靜下來了，走廊裡一個人也沒有，操場上籃球隊和田徑隊在訓練，我們說話的聲音並不大，但是在空蕩蕩的教室裡還是能引起回音。我們談演出，談考試，談電影和音樂，她附和我的話，但是顯得並不專心，我不斷的逗她笑。突然她問我：你喜歡什麼樣的女孩？我不加思索地說：我喜歡你這樣的。她說：我不信，你們男生不都喜歡那樣的麼？隨後列舉了幾個名字。我把她們一一擠兌了一番，那些人是她名義上的好朋友，她雖然嘴上替她們辯護，但似乎很滿意我的看法。她又問我覺得那個男生最帥，我說出了幾個當時學校裡公認的美男子，她嘲笑我的眼光，和我爭論起來，結論是男生和女生的審美確實不同。

我以爲她已經愛上我了，愛上我的才能和機智，因此心裡充滿了一種飄飄然的幸福感。我看著她的臉，揣摩著她每一個微小的表情，用我的目光捕捉她的目光，敏感地在她說出的每一個字裡尋找玄機。『她也喜歡我。』我想。

『我回家了，你走麼。』她說。

於是我們一同走出教室，走下樓梯，穿過操場，又一起走了一小段路，在一個路口告別了。

我獨自慢慢地往前走，微笑著在心裡重演這一天發生的事情，就像剛走出電影院的人們，回想影片的精彩之處那樣。我的內心因爲掌聲、榮譽、風頭、以及突然到來的愛，變得興奮異常，我看什麼都覺得美好，無論誰都覺著可愛，我簡直想爲我的幸福大喊大叫一番，或者隨便找一個人擁抱一下。我差一點就那麼做了。

這時，我突然想回去再待一會，秘密地重溫一下剛才的美好時光，僅僅再看一眼她曾經站過的地方也好。

當我回到學校的時候，教室已經上了鎖。我走到後門透過小窗戶往裡看——那上面的玻璃被用報紙擋住了，只留了一點小縫。

我看到了直到現在都不願相信的一幕。她還在，他們兩個人正在……K停下，吸了一口氣，繼續說：性交，現在叫做愛……交媾、行房、雲雨、行周公之禮，怎麼叫都行，都是一回事……她們不出聲，身體像蛇一樣緊緊地糾纏在一起。

那人就是他現在的丈夫，你明白了？他當時是籃球隊的明星，高大英俊，然而卻是個流氓，不學無術、沒有教養……他擅長擺出一副冷漠的玩世不恭的做派，歪著頭瞇縫著眼睛打量四周，似乎世上所有的人，所有的東西都是乏味可笑的，讓他不勝其煩。這樣的功架再配上一副低沉渾厚的嗓音，讓他成了女生心中的白馬王子。他實際上是個傻瓜，無聊到極點，當時他剛學會一句俏皮話：『女人天生愛做夢。』一有機會就要說一遍。那兩年流行辦成人禮，他是男生代表，穿漢服，領著大家拜孔子，並宣誓：謹記聖人之教，不負青春韶華。他的青春還眞是不負，不錯，確實不錯。

我曾經希望那不是她，可是就像特意要展示給我看似的，他把她翻了個個，頭朝著我這邊了。她攏了一下凌亂的披散下來的頭髮，望著我，現出一種既痛苦又迷惘的神情……

我回到家，倒在門口的地板上，一直躺到天黑。

後來我病了，沒怎麼上課，學期結束就轉走了。

看來命運不想讓我忘掉這件事，我雖然逃走了，可是到頭來，現在，我還得跟他們在一起。」

「你們眞住在一起麼，」我說：「沒准是同名同姓的人。」

「我已經見過他們了，」K笑著說：「天氣好的時候，我在院子裡弄我的樹，有兩三次正好碰見她和她丈夫。他們已經有了兩個孩子，大的會走了，小的坐在車裡。她變胖了，像上了年紀的女人那樣開始穿平底便鞋和鬆鬆垮垮的家常衣服。她一直緊緊地挎著丈夫的胳膊，靠著他的肩膀，臉上的表情既幸福又滿足，像個熱戀中的情人。

她的丈夫還是那個樣子，照例擺出一副傲慢的自以爲是的可笑做派，他新添了一個習慣，喜歡不時地甩頭，把前額的頭髮弄到兩邊去。

他們都已經認不出我來了，有一次那男人還停下來跟我攀談，問我爲什麼不給草坪澆水。我恨不得用剪枝鉗把他那張狗臉撕下來，掛在樹上……。」

「我不明白您講這些有什麼意思，」我不客氣地說道，突然有些光火：「人家的生活跟你有什麼關係呢，您失戀了，您痛苦，可是您也沒有眞正爭取過。您要把您的痛苦歸咎給誰？您想怪誰？只能怪自己。人家怎樣跟你有什麼關係呢？人家成功了，您沒有。每個人都有自己的生活！您太軟弱，這就是問題。」

「你說的對，我並沒有責怪別人。可是……」

沉默了一會，K繼續說：「好在現在都過去了，我也結了婚，過自己的日子了，和別人沒什麼不同。你說的對，每個人都有自己的生活，就是這樣。終歸過去了。你沒聽出我一直在開玩笑麼？」說著，他咧開嘴，露出兩排濕潤的牙齒，用胳膊肘推了推我：「如果我還在意的話，我會講給你聽麼？對麼？我都不怕你笑話我。」

「我不是嘲笑您，我是替您著急，」我看了K一眼，說：「機會都是爲有準備的人準備的，戀愛也是一樣嘛。您如果要是……」

「是啊，可是誰沒有年輕的時候呢。」

接下來是沉默。

「您種的是什麼樹？」過了一會，我開口問道。

「櫻桃和石榴。我想得挺好，櫻桃開白花，石榴開紅花，該有多漂亮。其實根本長不活，院子裡的土不行。還總有狗和各種動物搗亂，把樹根都挖出來了。他們家的小孩沒事兒喜歡推樹，大人也不管。我還奇怪呢，爲什麼樹幹會無緣無故總往一邊歪呢。我都想給《科學探索》打電話，讓他們來研究研究。有怪坡，怪樓，還有怪樹……」

K和我都笑了。

又過了一會，我急著去廁所，準備下車了。

「那就是明年再見了。」K說，朝我伸出手。

我愣了一下，仔細一想確實如此。週末過後，我就要去普吉島度假了，我們當眞要有一段時間見不到了。突然我的心裡生出一種酸楚的愧疚感，用力握了握他的手，說了些客套話。

我下車走進仍然在飄飛的雪裡，把大衣的領子立起來，呼吸著濕潤涼爽的空氣，隨著人流朝前走去。當天晚上我十點鐘才回到家，衣服和鞋幾乎濕透了，兩腿痙攣似的疼。

七、（60分）

24．請以「懺悔」為題寫一篇不少於800字的作文。要求選好角度，確定立意，明確文體（詩歌除外）自擬標題。不要套作，不得抄襲，不得透露個人相關資訊。

說不盡的「懺悔」

《大話西遊》絕對是電影史上的經典之作。劇中那句：「假如上天再給我一次機會，我一定……」的臺詞，已經成為了人們嘴裡的流行語。而至尊寶一遍又一遍高喊「菠蘿菠蘿蜜」，倒轉時空去和紫霞會面的鏡頭，也一再地被引用和套用。

無獨有偶，美國電影《時光倒流七十年》也因為講述了一個穿越時空回到過去尋找失散愛人的故事，成為了奧斯卡史上的不朽傳奇。

電影是美好的，而現實是殘酷的。我們無法倒轉時空去填滿曾經的遺憾，改正犯下的錯誤；或者對傷害過的人說一聲對不起。時間是一個滾滾前進的巨輪：「逝者如斯，不舍晝夜」。我們只能憑著一顆真誠而敏感的心靈，檢視過去的歲月和曾經的腳印，或痛惜，或悲憫，或自責。

這，就是懺悔。

也許有人會說：過去的事情就讓它過去吧，過分執著於事無補。但我們要說，只有誠實勇敢地面對過去，才能更好地迎接未來。悟已往之不諫，知來者之可追——懺悔不是沒有必要的。

《隨想錄》是文學大師巴金晚年傾盡心血之作，用他自己的話來說是「一個老人的懺悔。」

讀第一遍的時候，我為書中那一幕幕瘋狂的，令人髮指的人間慘劇震驚和悲哀的同時，卻也有過一絲困惑：為何大師要將懺悔的責任攬在自己一個人身上？作為文人，他本無需為整個國家和整個時代的錯誤負責，因為他並不是決策者。後來在接觸了更多他的文學作品之後，才多少有所感悟。

在我看來，大師的懺悔並不僅僅代表個人，而是整個民族的懺悔。就像魯迅試圖用吶喊喚醒沉睡的國民一樣，他也要用懺悔去感化那些曾經「由人變成獸」者，去鼓舞那些在黑暗的重壓下不曾失其本真者，去激勵那些敢講真話敢於鬥爭者。從這個意義上講，他懺悔的對象既包括那個荒唐年代的死難者，也包括仍然活著的人們，更包括他自己。金庸先生說：俠之大者，為國為民。信哉斯言。如果巴金僅僅為自己的過錯懺悔，他就不可能成為一代宗師，成為知識分子的良心。而只有當更多的人理解了他的懺悔，為他而感動的時候，我們的民族才能夠永遠告別那個將一切道德和良知踐踏在腳下的恐怖年代。

無獨有偶，在西方被稱為哲學家之王的馬可・奧勒留也將他對人生、歷史、宇宙的感悟寫進了自己的不朽名著《懺悔錄》中。讀罷掩卷，不禁感歎，東西方智者的思緒竟是如此契合，宛如心有靈犀。這充分證明了博愛、誠實、悲憫這些高貴的特質具有跨越時空和地理的人類普適的價值。由此也證明懺悔是一條將人類的心靈帶到美好的智慧高地去的小路。

這便是我對懺悔的理解。

寫到這文章其實可以結尾了，但我想再寫一點。因為我也要寫下自己的懺悔。事情是這樣的：今早我坐出租車趕到考點。在我下車之後，司機在離開時因為操作不當導致汽車失控，一

名家點評高考優秀作文

下撞向了學校門口正在看書的同學。導致一名女同學當場死亡。我站在原地目睹了這一切。血淋淋的慘狀使我萬念俱灰，我一度曾想放棄考試。但面對這個每個人一生只有一次的機會，我還是選擇了聽從老師和處理事故的民警的勸告，繼續堅強地面對。

此刻我的心緒紛亂如麻，受害者的面龐不斷地浮現在我的腦海。我在想如果我沒有搭那輛出租車，如果當時考點門口不是那麼擁擠，如果我當時衝車窗外大喊一聲……也許一切就都不會發生了。一個鮮活的生命也就不會離我們遠去，很多人的人生也將會有不同的軌跡了。

然而生活沒有如果。現在我坐在這裡，除了將事實如實地寫出，更要面對良心的拷問。我所能做的就是擔負起自己的責任，用餘下的一生像受害者的家人做真誠的，無盡的懺悔。如果可以我甚至願意做他們的女兒去補償……

懺悔不是為了回到過去，更不是為了逃避，而是為了更好的面對未來。

畢竟只有未來才是我們能夠觸及的，才是真實可信的。

最後我願意引用溫家寶總理在視察汶川災區時說過的一句話作為結束：願死者安息，生者奮發！

名家點評：

下筆天外，娓娓道來。行文流暢，筆意清新。材料充分，剪裁得體，所舉事例兩兩對照，互為呼應，充分體現出作者深厚的人文素養和寬廣的視野。思維具有一定深度，令人感動。但結尾一段補敘有蛇足之嫌，妨礙了文章整體美感。

——著名作家、學者 桑天亮

腹有詩書氣自華，作者憑藉胸中錦繡，信筆寫來，隨手點染，短短的時間內一篇美文已躍然眼前，兼顧了文學性、知識性、哲理性，讀罷令人愛不釋手。結構巧妙，頗具匠心，結尾一段看似多餘，實則為全篇有機組成部分，戲劇感強烈，給人一種面對面的衝擊，頗有後現代主義文學的韻致。總之，這是一篇難得的考場佳作。

——著名作家、節目主持人 西門儷

二十年後

K曾經是一個作家，寫過小說和劇本，還出版過一些詩集，名字被收錄在《當代作家大辭典》裡。現在他經營一家工廠，每年一月都要到海南島度假，住固定的酒店，今年也是如此。

這天下午，他睡醒一覺，坐了一會兒，撓了一陣癢癢，突然覺得自己有感冒的危險。

他下了床，呼哧呼哧地喘著，在地毯上走來走去，活動四肢，稍稍出了些汗，然後喝下一大杯水，打開了電視。

他在腋下夾了一支體溫表，坐在床頭上。

昨天這個時候，日本的電視臺轉播相撲比賽，他聚精會神地從頭看到尾，和現場的東京市民一道度過了一個愉快的下午。那些保養極好的，多半像女人一樣白皙的大胖子們，先是排成一隊，莊重且面無表情地展示他們刺繡的圍腰和錦旗。然後半裸著，在一個圓圈裡互相推搡、撲打，直到有一方摔倒或出界爲止。

K仍然想看，可惜沒有了。於是就找了個不知什麼節目隨便看了一會。五分鐘之後他取出體溫表，戴上眼鏡仔細地看了一陣，然後跑到衛生間，對著鏡子查看了一下嗓子眼，使勁地咽了幾口唾沫。

做完了這些檢查，K稍微輕鬆了一點，他認爲這種程度的感冒完全可以通過日光浴來治療，於是便穿好衣服到戶外去了。

他穿過酒店前面的小廣場，沿著潮濕的泥地上熱帶植物掩映的窄石徑向海灘走去。透過榕樹那柵欄一樣的氣根，他看見海面離自己越來越近了。那片海像是一塊平鋪開的，有著無數微小皺褶的藍色綢巾，在陽光底下微微顫動著。

路的一側是一棟閒置的別墅，窗戶上沒掛簾子，從外面可以看見房間角落裡那些蒙著罩子的傢俱，以及地板上散亂的玩具和紙張。靠近窗口的地方，一本舊雜誌的封面反射著陽光，顯出一種變幻不定的，耀眼的色彩。院子裡有一個乾涸的噴水池，水池中央，一位不知名的金甲神祇站在一個狹小的筐裡，一手揮權杖，一手攥著韁繩，威風凜凜地凝視著前方。

K停下來，隔著柵欄張望了一會，又繼續朝前走。這時，午後的微風把海濤聲和遊客的嬉笑聲一陣陣送到遠離海岸的地方。石板路的盡頭是一片茂盛的松樹林，樹下的木板浴棚裡，兩個俄國女人正在淋浴，松蔭灑落在她們身上，像是在白皮膚上罩了一件東方紋樣的透明睡袍。K擔心濺上水，小心翼翼地從她們身邊繞過去。一個紅頭髮，高顴骨，臉上有雀斑的女人抬起頭來，看了看他，說了句什麼。她的同伴於是抑制不住地笑出聲來，繼而爽朗地大笑。她的笑聲那麼清脆，那麼的具有感染力。K忍不住一邊走一邊回過頭去看她。

他登上一條油漆斑駁的木棧道，拾級而上，在斜坡頂端的一個平臺上停下來，向四下眺望——被丘陵環抱著的新月形海岸於是整個顯露出來。

這片海灘非常有名。所有關於海南的遊記和觀光指南都會提到它「純淨柔軟的細沙」和「藍綠色的海水」。類似的宣傳雖然千篇一律，確也十分奏效，遊客總是一年比一年多。他們來到這兒，看見海水和細沙與描述相符，都感到滿意。

正午的太陽高懸在頭頂，熱度灼人。藍色的天空在可望而不可及的遠處和大海連接在一起，越靠近海面，顏色就變得越稀薄，像褪了色一樣。蓬鬆的雲彩在半空中堆疊著，一面白得刺眼，另一面則顯出黯淡的灰膏泥似的青色。雲層投下的巨大陰影在蒼翠的丘陵上緩慢地移動著，將植被染成胎記般的紫紅色。

K走到酒吧的露臺上，挨著欄杆坐下，要了一杯飲料，邊喝邊漫不經心地看那些在海灘上玩球的人和在防鯊網裡游泳的人。過了一會兒，天暗下來了，K思索著到哪兒去消磨晚飯前的這段時間。他靠在椅背上，把頭向後仰，活動著頸椎，兩手摩挲著籐椅的扶手，不知怎麼的，想起了昨晚睡覺前看過的電影裡的情節：一個富翁被一動不動地捆在椅子上整整七天，到最後他情願交出全部財產，只求能讓自己站一會兒。他回想著那個商人死去活來的可憐相，感到不舒服，但是又不願意不去想。這個殘酷的情節像一根軟刺一樣紮進了他心裡，引起了潰瘍和疼痛；但他並不想拔掉這根刺，反而時不時的撥弄一下它，過癮似地體會著那種輕微的，帶著熱度的，又疼又癢的感覺。

K喝完了飲料，站起來朝外走。正在這時，一個上了年紀的胖墩墩的男人走了上來，站在樓梯口一邊喘氣一邊用手帕擦汗。K側過身子給他讓路。突然，他的心一陣緊縮，不由自主地搖晃了一下身體，張開了嘴。

「咱們坐哪兒？」老頭問他身後的女人。

「都行，隨便。」她回答：「哎，是你啊！」她也認出了K，快活地叫道，笑了。

K已經回過神來，也笑了，問道：「你怎麼在這兒呢？」

「我還想問你呢。不是吧，眞的假的，這麼巧？」

她皺起眉頭，上下打量著K。

「你來玩兒？」

「是啊，你呢？什麼時候過來的？」

K和那個男人友好地互相點了點頭。

「我們也是。」她說。「你住在什麼地方？哦，那怎麼從來沒見過你呢？」

老頭子站在一邊聽他們說話，把頭轉過來，又轉過去，尷尬地微笑著。

「給你們介紹一下。這是我先生蘇群。」她說，隨後指了指K：「這是我朋友K——我跟你提過。」

兩個男人連忙各自邁出一步，熱情地握了手。

「她都說過我什麼？」K瞥了一眼她，暗想。「這個女人……」

「咱們去那邊坐吧。」她說。

三個人揀了一張大桌子坐下，要了咖啡和果汁。老人想喝一點啤酒，沒有得到批准，於是就問K想不想喝，同時使了個眼色。

「那你也不能喝，聽見沒有。」妻子說。

K站在「男人的立場上」替他爭辯，自作主張地爲他叫了一杯，自己也來了一杯。

「給我的咖啡加鮮奶，」她對服務生說：「別放奶精。我告訴你，我能喝出來。」

「我抽個煙行麼？」她徵求男人們的意見，因爲料到會遭到報復，感到有趣，努力忍住了笑。

「您請便。」丈夫大度地說。

「抽吧，我們可是能體諒人的。」

「當然了，只有我一個女士，總得有點特權吧。」她說。

她點著一支煙，吸了一口。K立刻聞到一股甜絲絲的，像烤化的水果糖一樣的香味。

「什麼時候學會這手兒了。」他想。

她用那種女人特有的靈巧動作把煙灰彈到碟子裡。

「您現在在……」

「自己幹，做點買賣。您呢？」

「我在學校教書。」老人回答。

她把煙夾在手指中間，舉在頭的一側，用另一隻手摟住丈夫的脖子，和他臉貼著臉，說道：

「我給你介紹一下，著名德育專家蘇群，蘇教授。」

老人爽朗地笑著，像父親那樣溫柔而和善地看著她，讓K明白那不過是一個惡作劇。

「你記得咱們上學那會兒看《頑主》，裡面那個德育教授──在街上等姑娘那個……多逗啊。

沒想到我自己也找了個教授。送上門的。」

她淘氣地睜大眼睛，用小瀋陽式的東北口音說：「這是爲什麼呢？」

「緣分啊，大姐！」教授也用舞臺喜劇的腔調回答她，不過模仿的是另一位演員。

「眞他媽該死！」K心想，快活地笑起來。

教授是個討人喜歡的談話對象，有一張血氣十足的紅臉膛，皮膚光滑，戴一副無框眼鏡，聽你說話的時候，總是帶著笑意瞇縫起眼睛，抿著紅潤的薄嘴唇，輕輕點頭。他用柔和的，略微沙啞的男中音講話，談吐相當文雅。

「這真是緣分，要我說。咱們在北京沒有見面的機會，到了這兒反而聚齊了。」

「是啊，古人說『海內存知己，天涯若比鄰。』不就是這個意思麼，」教授說：「北京太大，整天忙忙碌碌。你看所謂天涯海角嘛，一個小角落，到了這兒可就沒地方可去了，反而容易見面。」

他微笑著看著她倆，期待他們能品出話中的妙處。

「您倆來了多久了？」

「上個月來的，準備多待兩天。」

「對，沒事兒別回去，」K贊同地說：「北京沒什麼可待的現在。空氣也不好，水也不好，車也多人也多，回去幹什麼。」

「還是城市發展的思路不對。」教授歎了口氣，說。

「沒錯，您就說這幾十年，多少好東西都沒了——拆了多少，毀了多少。城牆啊，城門啊這些古老的東西一樣沒留。高樓建了不少，可是環境呢。」K轉向她，繼續說：「你記得咱們上學那會，三環外面什麼樣兒？那會學校周圍還都是莊稼呢，沒事兒我淨跟三兒他們到小河邊釣魚去。這剛多少年，現在你再看看去。」

「三兒是誰？」她說。

「三兒你不知道？」K反問道。

「您說的這個，我很有同感。前兩年我寫過一篇文章。」教授皺起眉頭回憶著，舉起一隻手。「我說，北京現在的發展越來越注重商業化，忽略了人文方面的關懷，對居民缺少體諒，所以離適合居住和舒適的標準就越來越遠了。」

K點點頭，他覺得自己似乎讀過這篇文章，但在什麼地方讀到的卻沒有印象了。

「我剛才還跟她商量呢，等以後有了時間，就搬到這兒住，度假也好，隱居也好，過過與世隔絕的日子……每天看看書寫寫東西，多麼有意思。」

「這個咱們想到一塊去了。」

「不過這也是白日夢。一來你得有錢，二來還得有時間。像我這種，時間有了，錢呢。」教授歎了一口氣，兩手一攤，說道：「誰給你錢啊，這種苦你們有錢人理解不了。」

K連連擺手，說道：「您可別這麼說，我現在也都快吃不上飯了——您當我容易呢？你說開個廠子，前期投入就不說了，拼死拼活幹的時候，他不理你。哎，看你開始賺點錢了，這就都來了。今天稅務的，明天工商的，後天環保的，大後天林業的，大大後天水務的。『哎，您這個沒達標啊，您那個不合標啊，這個不讓上，那個不能用。』一年365天，能開100天工就不錯。機器停了得損失多少？沒人管。啊，是吧，我一個老百姓，我想搞點事業，我惹得起誰？《茶館》裡秦二爺說得好！」K停頓了一下，思索秦二爺是怎麼說的：「對不對，人家郭德綱不也說了麼？『我希望他好，我怕他完了……可是誰他媽愛我呀。』這都快一百年了……要不說呢，人家看得就是透。」

「有錢吶，就該吃喝嫖賭，胡作非為，可千萬別幹好事！」教授笑吟吟地引用道，用了鏗鏘頓挫的舞臺腔調。

「沒錯，您算說對了。這都不能提，一提我就一腦門子官司。」

接下來是沉默。

「那你現在還寫詩嗎？」她突然問，將煙頭撚滅了。

K看著她，遲疑了一下，然後把目光移開，微微點著頭答道：「還寫，但是很少。」

「那你們倆聊聊吧，」她說，在丈夫的肩膀上拍了一下：「快把你那詩給他念念，這也是個詩人。」

K臉紅了，趕忙說：「哪兒啊，我那是瞎鬧。」

教授也局促起來，像剛見面時一樣尷尬地微笑著，神經質地一會碰碰杯子，一會兒摸一下杯墊。

「快點，快點。」她笑著催促道：「我跟你說過，給你找一個懂行的人。」

教授拗不過，只好開口說：「這是前兩天我即興寫的一個五言詩，遊戲之作。是這麼回事：我原來的一個學生，在這邊搞了一個會所項目，請我過來剪綵，說是幫幫忙，實際就是住兩天、玩玩；當天正好有一個海角詩社的筆會，有本地的幾個詩人，廣東的詩人，作協、文聯的一些人，還有旅遊局，文化局，電臺，電視臺的一些人，」教授點著手指，數著：「弄得還挺隆重的。結果座談的時候，我這個學生非得讓我講話，講詩。我在學校裡呆得時間長了，人情世故上不太會應付——老百姓講話：看不出事兒來。讓我講我就講唄，結果我學生的助理下來跟我說：『蘇老師，我看好像詩社的老師們不太高興，您說我是不是多心了？』」

「誰呀？」妻子問。

「叫海娃的那個，還有什麼漂瓶、晨楓他們，就是吃飯的時候說他在北京買了幾套房，還要找大學生什麼的那個人。」

「不，我是問哪個是張旺的助理。」

「就是坐你旁邊那個女孩啊。」

「唱歌的那個？」

「對呀，怎麼了？」教授關切地問。

「你聽，」她說，用手指輕輕地敲了敲桌面，同時也示意K：「這是BEYOND的歌，多棒！」

「去迎接光輝歲月……」她隨著音樂輕輕哼唱起來。

「講到哪了？」教授說：「對，其實我也有感覺，文人相輕麼。我本來不應該說那麼多話，讓人家以為怎麼著似的。但是因為我是張旺的老師，他們也不好太表現出來。第二天去海邊，我坐在前面，他們幾個在後面，我從反光鏡裡看著他們好像就在那兒合計什麼呢。結果到了天涯海角，那些人就提議，要即興賦詩。題目是風花雪月四個字，讓我第一個寫。我明白，這就是要考我。我那學生也看出來了，但是也不好說什麼。這幫人你一句我一句的。我當時一笑，說：『行，那我就僭越了。』我沿著海邊的林蔭道，走了有100多米吧，就構思好了。您要是到天涯海角那兒……」

這時她的電話鈴聲響了。

她做了一個代表抱歉的手勢，站起來走開了。

教授繼續談他的作品。K饒有興味地聽著。

她走到露臺盡頭的欄杆旁邊接電話，起初平靜地聽，做些簡短的回答，漸漸地不知為什麼激動起來，提高了嗓音，皺起眉頭不耐煩地打斷對方，像辯論或演講的人那樣做著手勢，藉以加強說服力。之後她又和不同的人通了話，慢慢平靜下來，但隨後又激動了，沿著欄杆不斷地走來走去。

「結果這幫人全傻眼了，他們沒有舊體詩的功夫。」教授說：「『國』字是側聲嘛，平水韻總得講究吧？你按通韻就不能算律體了……搞得還挺尷尬。後來我學生的助理打圓場，這才找著臺階。」

「那都是混飯吃的，」K說：「您跟他們不能認眞。這種人我知道，北京少說也得有四、五萬，在這兒的都是不入流的。」

教授愣了一下，隨卽點了點頭，微笑著說：「是啊，想要憑這個吃飯可是難。魯迅說過，永遠不會有人捧著牛油麵包來獻給詩人嘛。」

「這些人，我可知道。」K擺著手說：「哪兒有什麼正經人。」

「我聽曉麗說你原來也愛寫寫。」

「那是上學的時候瞎玩，那會兒大家都寫，你要是不寫就不算上過大學。她揭我的老底兒……可是，」K端起杯子喝了一口，皺了皺眉，乾咳了一下，繼續說：「可是後來在外面，我就發現如果你說你原來是搞文學的，尤其是寫詩的，那人家就不怎麼把你當回事了，不愛跟你談。」

「對，對。在有些人嘴裡『詩人』是罵街的話。」

「王朔嘛，」K蠻有把握地說：「你丫特像個詩人。」

兩個人一起哈哈地笑了幾聲。

「這是哪個小說來著？」

「《頑主》」K滿有把握地回答，可是剛一說出口，就後悔了，似乎覺得記憶並不可靠。

好在教授並沒有異議，依舊微笑著講下去：「這個『丫』字，我寫過一篇文章，專門辨析，實際上不是你丫，而應該是『丫頭的』，罵對方是私生子。這也屬於侮辱長輩一類的罵街話。魯迅也寫過《關於他媽的》」

「對，王朔還寫過《我是你爸爸》」K說。

兩個人又相視大笑，給他們端啤酒的服務員也受了感染，笑著走開了。

「其實這也是一個文化傳統的問題。」笑夠了的教授正色繼續說：「在中國，自古以來，你做文人可以，但是不能做詩人。李白，詩寫得好不好？名氣大不大？杜甫，詩聖，也沒用。『紈絝多餓死，儒冠總誤身。』李賀，詩寫得那麼好，很早就死了。你看詩寫得好的沒有幾個得著好結果的。寫文章你還可以取功名，走仕途，但是一旦做上詩，那就沒什麼希望了。再往前說，屈原，那是最好的詩人了，他怎麼樣啊？」

「還有北島，海子。」

「是這麼回事，」教授朝旁邊的桌子看了看，繼續說：「但是王蒙有一篇文章，我不知道你看過沒有，他說：『世界上最高貴的人』……」

這時她打完了電話，往回走了。K朝那邊揚了揚下巴。教授轉過頭去，他們倆就一起瞧著她走過來。

K目不轉睛地盯著她，同時餘光注意著她的丈夫。二十年過去了，他沒想到還能有機會看著她微笑著朝自己走過來。此時此刻，沙灘、海浪、藍天、音樂，以及傍晚涼爽的海風，使他產生了一種飄飄然的，要享受生活的欲望；眼前這個女人雖然青春已逝，但仍然苗條、嫵媚，皮膚曬成深色，一舉一動都帶著一股野勁，活像小說裡那種遊牧民族的美人兒。能夠和這樣的女人一起生活，人生會變得多麼愉快，哪怕只在一起待上幾個月，個把星期，甚至幾天，都值得回味一輩子。想到這兒他嫉妒起教授來。

「她爲什麼要這麼幹？」K心想：「把自己毀了。」

他回想起當年自己是如何把她當做神女，當做繆斯，當做聖潔的白蓮花一樣崇拜，如何在深夜淚流滿面地爲她寫下那些既絕望又熱烈的情詩，又是如何在那個下著雨的黃昏，將那本從未給她看過的詩集埋在學校後面的山坡上的。

二十年來，K每天都會想起她。他準備找機會把這件事告訴她。

等她重新坐下，教授就問：「誰呀？」

「小濤，」她答道：「還是出國的事兒，我弟他們倆不同意，家裡正鬧呢。他讓我去跟他爸媽說。」

「你怎麼說的？」

「我先喝口水，淨說話了。我說，你爸媽的意見就是我的意見。你應該在出去之前想好你想要學什麼，你能學到什麼，而不是盲目地爲出國而出國。我跟他說，你知道麼，美國就是一個大染缸，你去了準備學什麼，你去了是就爲了看NBA方便麼？你既然選擇英語國家，那就應該直接去英國。人家那才是正宗的，老牌兒的資本主義國家。人家的學校都有幾百年的傳統，美國有什麼，你別看他經濟發達，說白了就是雜駁地，都是花裡胡哨的玩意兒。」

教授神情嚴肅地點著頭，表示同意妻子的話。

「美國……」他說，停頓了一下，從鼻子裡長長地出了一口氣。

「如果你愛他，就送他去美國，如果你恨他，就送他去美國。」

「多大的孩子？」

「該上初中了。」

「年齡到是合適。」

「是啊，他爸都給他安排好了。就不行，自己有主意。」

「叛逆期嘛。」教授說。

她喝了一口咖啡，放下杯子，繼續說：

「美國可不就是雜駁地麼？美國人也勢利著呢。我那朋友——方芳，九十年代初去的美國。剛開始語言也不過關，也沒有朋友，她本身長得挺漂亮的，就是不愛打扮，成天仔褲、大T-shirt，都以爲他是窮學生混綠卡的呢。有一回一個臺灣女的擠兌她：『哎呀，方小姐。』就這樣兒……」她側過臉，嗲聲嗲氣地模仿著：「『你們大陸過來的人就是能吃苦，你看你英語也不好，也沒有打工。你要知道美國的生活是很難的。』我朋友看了她一眼，說：『行啊，咱們走著瞧，你等著我，一年之後——如果到那個時候，你還沒死，我也沒死，你還能有眼睛看著我——我一定在你們美國的大街上橫著走！』」

「嚄！」教授讚歎道：「我相信，這是她嘴裡的話。」

「可不，她講話，『別惹我，惹我就弄死你！』」

「美國我去過幾次，」K說：「反正感覺沒有宣傳的那麼好。咱們國家老愛走極端，原來一說就是『美國人民生活在水深火熱之中，等著我們去解放……』」

「被一夥大資本家控制著。」教授接下去說：「黑人都是奴隸，白天幹活，晚上都住在湯姆叔叔的小屋裡。」教授接下去說，弓起背，模仿拄拐杖的老黑奴的樣子。

她嗆了一口水，一邊咳嗽一邊笑，捂著胸口說道：「你別逗我了，討厭。」

「但是話說回來，人家確實有好的地方。根本的東西是好的，比方說三權分立，大法官終身制，司法獨立。多好。還有憲法的體系。美國憲法頒佈二百二十多年從來沒有改動過，這是什麼概念，對不對？就是不一樣！」

「這個對。」教授說：「其實國家的先進和落後，說到底就差一個「法」字。」

「沒有法律，或者有法不依，這是中國最大的問題。」

「不過現在也在慢慢兒地改變……這次成克傑落馬，我眞有點想不到。我有一些搞法律的朋友，都說這個案子辦得好——國外的評價很高。」

「最後定的什麼。」

「受賄。他們這些人，無非一個是錢，一個就是色。」

K一口氣喝光剩下的飲料，閉著嘴，肩膀微微聳起，非常克制地打了一個嗝，脖子兩邊的肌肉鼓脹起來。

「還眞是，」他說：「我有個遠房親戚，是副部級，在外地，原先每年都上北京來看我媽。那會兒我看他上商場從來不帶錢，也不說話，喜歡什麼，看上什麼了，回頭底下人包好了就送來了。」

「嘿——」教授搖晃著腦袋，冷笑著說：「可不是就這樣兒。」

「後來犯事了，據說貪了三十多萬。我是不信，如果說他眞的就貪了這麼多。」K頓了一下，接著說：「要眞就這麼點兒，那我說他簡直可以算是一個……哼。」

「是啊……」教授說。

接下來是一段短暫的沉默。

忽然教授站起來，說：「不好意思，我……我去一下……」

「用我跟你去麼？」她在椅子上坐直了，說。

「不用，我一會就回來。」

「多喝點兒水，」

她從提包裡找出一個半透明的小盒子遞到他手裡。

他們倆一起目送著教授下了樓梯。

兩個人沉默了一會兒，似乎找不到別的話題，於是K不經意地問道：

「你們倆結婚多久了？」

「快四年了。」她說，開始抽第二支煙，歎息似地吐出一口廢氣。

「你呢，怎麼樣？」

「還是那樣。」

「你少抽點煙。」

「沒事幹，嘴裡得有點東西，不然難受。」

「你知道麼，」K說，笑了，似乎想讓她感覺自己在開玩笑：「我一直覺得咱倆還會再見面。」

「是麼。」

「嗯，我也不明白爲什麼會有這種感覺，但是……其實我每天都會想起你，每一天。眞的沒有一天不是……」

她笑起來，拿煙的手像驅趕飛蟲那樣在空中揮了揮。

「不說這些……」

「怎麼了？你不信麼。」

「沒有，我是說我有什麼可想的。」

K正要回答，卻看見教授出現在平臺上，於是他站起來，迎著走上去。

「我先走了，您倆待著吧，我還有點事，有機會咱們回北京再聚。」

「那好，來日方長，有機會的。」教授顯出很惋惜的樣子，又和K握了握手。

「你回頭加我微信。」他對她說：「我去海邊轉轉，漲潮了現在，你們去麼？那拜拜了。」

等K走下樓梯，教授對妻子說：「這小子真不是個省油的。」

「怎麼了？」她笑了，顯得頗爲感興趣：「他跟你說什麼了。」

「能說什麼呀，反正就是吹唄。他們這種人反正都得有當官的親戚，都做著多大的買賣。可了不得。」

「你別理他。我也不知道他現在變成這樣。生氣啦？眞小氣。」

她咯咯地笑起來。

「不過他挺有才的，我們上學那陣兒他就發表過小說——寫文革時候他們自己家的事，我看過，挺感人的。我爸當初救過他，後來直到我結婚，他每年都上我們家看老頭來。」

「結了婚就不來啦？」

「不來了唄。」

夫妻倆又坐了一會，教授一直拉著臉，非常有分寸地生著悶氣，而她則裝出一副悠然自得的樣子，自顧自地品嘗著差不多已經涼掉的咖啡，時不時偷偷看他一眼，暗暗發笑。

「去迎接光輝歲月……」

「我餓了，不知道有沒有人願意陪我去吃飯啊。」

她仰起頭朝著空中說。

「想吃什麼？」

「什麼都行，只要有人請客就行。」

「還吃必勝客？」

「走！」她一拍椅子扶手，站了起來。

「走！」

夫婦倆下樓結帳，卻發現已經有人付過錢了。

「生意人。」教授撇了撇嘴，嘟囔道。

這時月亮已經出來了，他們沿著仍有餘溫的沙灘朝燈火閃亮的遠處的岬角走去。教授又一次說起了十幾年前他寫過的那篇文章，在那篇文章裡他指出：必勝客這個名字在翻譯上有些欠妥——餐廳怎麼能聲稱要「勝」過顧客呢？這恐怕會讓消費者難以接受。妻子安靜地聽著，就像第一次聽到這個典故一樣。

不相同，經過嚴格的培訓，然後悄無聲息地分赴世界各地的麥當勞餐廳進行檢查監督。他們將檢查的報告向總店匯總，以定獎懲，可以說「神秘顧客」掌握著「生殺予奪」的大權，但是分店的員工，甚至是經理也不知道這些「神秘」的顧客何時到來，又怎樣進行檢查。所以在平時，麥當勞的員工很自然的會把每一名顧客都看做「神秘顧客」，竭盡全力的為他們提供最優秀的服務。

這，雖然是肯德基全部管理藝術的一個側面，但這樣以顧客的身份和角度，又用專業挑剔的眼光進行檢查，的確能夠保證檢查的公正、有效、真實，從而也真正起到了檢查應該起到的作用。

這，使我不禁想起了我們國家時下對企業的各種名目繁多、種類各異、層出不窮的各種檢查來。每次檢查，領導帶隊，少則五六人，多則數十人。檢查日期早早通知下來。檢查過程走馬觀花。檢查結果嘛，自然是你好我好，皆大歡喜了。一句話，我們的檢查多還反映著計劃經濟的思想，而人家的檢查則完完全全體現的是市場經濟的觀念。兩相比較高下立判。這也難怪麥當勞自進入中國以來會以席捲千軍之勢迅速佔領市場了。

說到這，我不禁想起了自己生活中的一個例子。在我家樓下的小市場有三四家菜攤。人一老，記性變差，難免丟三落四。但是他們對我這丟三落四卻採取了不同的態度。那位農村來的大嫂，一次我交了錢，忘了拿菜，轉身就走，她喊我，耳朵背，又聽不到，她放下生意，硬是追出十幾米把我拉回來。從此以後，凡是我買菜，她都會留心提醒我，別忘了拿菜，還贈給我一個大大的塑膠袋。我自然很感激。一個小姑娘的菜攤，以前我常去，因為她的菜水靈、新鮮，現在，不去了。一次，這次我印象很深，我到她那兒買菜，早晨出門時口袋裡有兩張十元的票子。買了幾樣菜，菜錢是2元7角，她找給我錢時，故意慢吞吞的，最後只找了兩元三角。我和她爭辯。她竟然一臉驚訝的說：「您老又犯糊塗了吧，明明是五塊，怎麼說是十塊呢。」她把收錢的盒子一股腦倒在地上，說：「您老自己翻吧，翻出十塊的，我認罰。」一把年紀了，怎麼好和她較這個真，就當花錢買個教訓，也就是了。從那以後，我就再也不到她的攤子買菜了。

時間一長，總是淳樸的微笑著的大嫂，生意更好了，那個小姑娘，門可羅雀，不得不離開這裡。由此我想，在市場裡，確實有看得見的手，也有看不見的手。經營管理之道，在於誠實守信，童叟無欺，時時處處為顧客著想。顧客的選擇和回報就是市場裡那只看不見的手，這只手可以把你的生意捧得更紅火，也會把那些不服從市場規律者推出局外。

《北方消費者報》 1995.2.22

一張舊照片

退休之後，時間仿佛多得用不完，為了打發時光，除了時不時寫一點小稿之外，收拾舊物件成了我的一大愛好。這不，前兩天我就在雜物堆裡翻出了一堆舊的學習資料。那些書籍紙張已經泛黃，卷首還有語錄和「最高指示」，束之高閣已經不知幾度春秋了。翻著翻著，一張舊照片從書頁中間飄飛落地，映入了我的眼簾。

拿起這張30多年的老照片，看著上面那些曾經在一起工作、學習的同事們，沉澱在記憶之門深處幾乎淡漠的記憶，那麼清晰、那麼鮮明的又浮現在眼前。

左起第一位，是機關的勤雜員魏師傅，人很樸實。他知道我喜歡看書報雜誌。有時候就把機關訂閱的書報先拿給我看，要知道當時我只是個小小的幹事啊。初學寫作那會，隔三差五的給報紙投稿，卻總是泥牛入海，杳無音信。突然有一天，小魏推開辦公室的門，當著同事們大聲說：「趙幹事，報社給你來信啦。」我急不可耐的拆開信封，一眼就瞥見了「決定發表」四個字。看著他那被凍得通紅的興奮的面孔，我難以抑制心中的激動，一下子跳了起來。太好了！

就是這樣一個好人，後來卻在一場車禍中離開了這個世界，撇下了年輕的妻子，和四個幼小的孩子。要知道他可是全家唯一的經濟來源啊。

前幾年回原單位處理事情，聽老人們說起他的情況，據說他的妻子仍然健在，幾個兒女也都成家立業，過的不錯，由此我心裡也感到一絲欣慰。畢竟老天爺還是保佑好人的。

左邊第二位是我的一個好朋友，由於種種原因，他的姓名我不能透露。我們倆好到什麼程度呢？住家在同一個院，上學在同一間學校，畢業後又分配到同一個單位同一個部門，又先後被列為入黨積極分子。可謂「形影不離」。那會我倆都住單身宿舍，意氣相投，可以說是無話不說的「鐵哥們」。一位女同學給我來信，字裡行間閃爍出一絲朦朧的好感。這事我和父母也沒說，卻讓他看了那封信。他身體弱，怕冷，我把我的一件毛背心送給了他穿。他文筆不錯經常幫我修改文章，提提意見……

不久以後，反右鬥爭開始了。我這個朋友喜歡文藝，經常抱著本《宋詞選》搖頭晃腦的背。尤其喜歡那些哀婉淒切的篇章，這在當時被認為是「缺乏革命鬥志」，和「對社會主義悲觀失望」的表現。組織上多次找他談話，把他列為重點幫助的對象，但這還不是最可怕的。頂可怕的是，就在這個節骨眼上，宿舍失竊了，財物損失不提。他鎖在抽屜裡的日記本居然也不翼而飛了。後來，那本日記不出所料的交到了領導手裡。組織上給他定的性是「不滿社會」，「同情右派，立場反動。」緊接著是鋪天蓋地的批鬥。他最終沒有經受住壓力，爬到大煙筒上，一頭栽下來，結束了僅僅二十出頭的花季年華。照片上他依舊那樣意氣風發，直到今天我也看不出這樣一個青年，哪裡包藏著反黨反社會主義的禍心！

照片中間那位，是我們的領導何主任。何主任有一手剃頭刮臉的手藝，經常免費的為同志們服務。「破四舊」那年，祖父病危。按老家的風俗，到了這時候，應該理理髮，刮刮臉。可是到哪去找理髮師傅呢？紅衛兵一天到晚守在病房門口，比我們這些做兒孫的還要執著，國營理髮店的師傅當然不敢上門。何主任在一天晚上，帶著工具，趁著天黑偷偷的給祖父理了髮，了了我們一家人的心願。何主任，照片上的他四方臉，濃濃的眉，一副隨和的樣子，他的義舉在那個「風雨如晦」的年代裡，讓我看到了人間那尚未泯滅的一絲溫情。令人心痛的是，現在只能在照片上回味他的音容笑貌了，想說句謝謝也沒有了機會。

後排只露出腦袋的那個，是司機小李，或許他感到自己是單位裡唯一工人編制的的職工，有些自卑，才站到那個位置的吧？但直到今天，我依然忘不了他，為他的急公好義，為他的古道熱腸。那年，父親下放幹校。他本來身體多病，經受不住牛棚的惡劣條件，患上了心跳氣喘的毛病。赤腳醫生胡亂開藥，吃下去反而病情加重，危急到生命，只得回家休養。有人出了個偏方，鯽魚加一些藥材用小米煮爛，可以補充元氣。可是在那個物質極度匱乏，什麼都要憑票的年代，這又談何容易？單位開了證明，跑了幾個地方，求爺爺告奶奶，國營商場的冷臉看了無數，最終也沒弄到半條鯽魚。小李知道了這事，二話沒說，扛起魚竿，頂星星，戴月亮，真的釣來了兩條活蹦亂跳的鯽魚。那時候沒有週六周日，晚上還要組織學習，小李開著車轉遍了城鄉，給我們買來了所需的中藥。那偏方還真靈驗，父親喝了幾次魚粥，氣喘就止住了，一周以後就又能看書寫字了。但小李卻因為擅自出車，受了處分，不久就被調離了司機班。看著他那張圓圓的，略顯稚氣的臉，想像著現在稚氣已脫，臉上憑添了幾條皺紋的他，我多麼想說一句：謝謝你了，老弟，你現在可好？

這張老照片，引領我回到了過去，那時我還年輕，在生活的道路上，他們或多或少的都給了我一些實際的幫助，但我卻實在沒有給他們什麼。後排右起第二個的老黃，我還因為懷疑他拿了我的一個打火機而跟他激烈的爭吵過，事後很久才發現是我記錯了，可我並沒有向他道歉，現在一想起這件事，就感到無地自容。

回憶那段日子，感覺他們給我的太多而我付出的卻不多，這讓我感到慚愧。現在這張相片，被放到了我家相冊的第一頁，日後我要常看一看這張老照片，為了他們，也為了自己。

《老年生活報》 2007.3.5

租房養老也瀟灑

鄰居老範最近搬走了，據說老倆口把兩室一廳一百多平米的房子賣了二百多萬，準備在郊

《新退休集》

區租個一室一廳，安度退休生活。閒聊當中他向我透露，這二百萬分成了四份。分別有不同的用處。

老倆口忙碌了一輩子，總覺得「外面的世界很精彩」，但由於工作和家務，沒有時間出行。這下好了，拿出五十萬來，做旅遊基金，什麼時候想走，拍拍屁股就走，也來一次說走就走的旅行。家裡的電腦也該「升級」了，音響也要換個高保真的，也得兩三萬吧。老伴一生樸素，也給她置辦點金銀細軟，在老姐們兒跟前風光風光！全聚德、東來順、老莫西餐，還是當年談戀愛時去過，現在也該時常去懷懷舊，這些享受也要四五十萬。老範夫婦身體都還健康，但天有不測風雲，留出五十萬做醫療基金。自己省心，兒女們也放心。租房子也要五十萬。這樣二百萬分配的妥妥當當，倆口子手裡有錢，心裡不慌，優哉遊哉，小日子賽過神仙。

我問他，你們的小孫子剛上小學，老兒子的事業剛起步，你就不給他們留點錢，以後買房、上學用麼?老範笑了笑，說道：「兒孫自有兒孫福，孩子現在就有了房子，他還會努力讀書、工作麼?以後還有賺錢的動力麼?」

老範的這番話，讓我感到他們賣掉房子租房住，不僅是為了自己，也是為了激勵兒孫，更加努力，更加上進。

我們國家現在正處在偉大復興的前夜，各個領域的改革也紛紛進入了攻堅階段，住房問題，特別是老年人的住房養老問題也成了一個比較值得重視的的社會問題。我們中華民族是提倡孝順的。然而，作為老年人不妨活躍一下思維，向老範學習，活得瀟灑一些，將人生的目標人一旦上了點年紀，就不太願意爲將來思考了，因爲一切都已經定了型，按照固定的軌道在發展，胡思亂想也不管用了。就像早晨乘公共汽車去上班，時間還充裕，你什麼都不用操心，只要在該下車的地方下車就可以了。

相反的，他會越來越多地把時間用在回顧往事上，每當這個時候他就會發現，自己一生中的某些日子自然而然地，幾乎是自動地從記憶中浮現出來了，就像打開一本書，夾了書籤的那一頁就自己展開了那樣。在那些日子裡，他的生活發生了值得紀念的改變，進入了和原來完全不同的，嶄新的階段，例如考上了大學、找到了工作、從單身漢變成已婚者——或者相反，諸如此類。

拿我自己來說吧，我最近總是回憶起參加工作那年的事情——我永遠也忘不了我是如何進入Y部當了一名小職員的。

那個時候，我父親盡心盡力地服務了三十年，馬上就要退休了。他本來能得到一件兩三千塊錢的紀念品——這是一種頒發給老職工的，變相的榮譽獎章——他曾經問我有沒有什麼想要的東西，想必已經十拿九穩了。

可是等到他生日前一周，局長請他到辦公室談話的時候，他卻把這個機會放棄了。當時人家照例要問他還有沒有什麼要求。

我父親，他是這麼回答的：

「您要說要求，那我就說實話了。我兒子（也就是我）您知道，畢了業正找工作呢，現在找工作多難啊，是啊。我現在退休了，孩子也不掙錢，眼看著苦日子就來了。我想請您幫忙，給他安排個位置，他的事一解決，我就什麼心也不操了，說句不好聽的，死我都閉眼了。」

「哦，你們家是個兒子，對。」局長說。

「是，小時候跟您家木子一塊上幼兒園，您還記得麼？他倆一個班，有時候咱們前後腳接孩子，倆人還再見呢，呵呵……對，您見過他。是，我知道肯定是有難度，但是我反復想過這個事……我也不願意給單位添麻煩；我要說也幹了三十多年了，您看怎麼說呢……就這麼一個孩子。」

「說到這，我站起來了，」父親跟我描述當時的情景時這麼說：「我說：『我希望他能進咱們單位，我就這麼跟您說吧，別管幹什麼，好歹有份正經的工作。我拜託您給我們費費心，這就算我臨走之前的一個小小的……說要求也行，說希望也行，就是這麼個心願，您看可以麼？』」他停了一下，繼續說道：「他也沒給我打包票，就說記著這個事兒，給咱們試試看——那我也得知人家的情啊。其實我跟他關係一般，我不像有些人似的：哎呦！張局這個吧，哎呦！張局那個吧。』恨不得上廁所都跟著，他自己也牛得不行，看得上誰呀？這回好，快退休了，靠邊站了——人家一瞧，得了吧您吶，都撤了，連他的辦公室都不去了，你說他心裡能好受麼？我不然，我平時怎麼對他，現在還怎麼對他。這下該知道我是什麼人吧？所以我一旦開口求他，他必須當個事兒去辦。」

幾個月之後，一天晚上，我父親關上電視，鄭重其事地在客廳的沙發上坐好，然後把我叫過來。他剛參加了歡送宴，身上有股酒味，襯衣的領口敞開著。他叫了我的全名，於是我知道，有什麼重要的事情要宣佈了。

他點好一支煙——每當這種時刻，他是可以在屋裡抽煙的——然後說道：

「剛才吃飯的時候，張永明私下跟我說：『你兒子那個事差不多了。』——那就是沒問題了。我心想太好了！」他吸了一口煙，吐出廢氣，接著說：「應該謝謝人家。多給咱們幫忙啊。你知道現在辦個事有多難？」

「嗯，是啊。」我說。

當時是晚上八點，我有一場重要的足球要看，因此我儘量附和他，好讓他快點說完。

父親興致很高，他從Y部在國家機構中的重要的地位講起，講到它的光榮歷史，它龐大的規模，它在社會生活和政治生活中發揮的舉足輕重的作用，以及歷任部長的一些珍聞軼事。

「所以你應該感覺光榮才對呢……你要不好好幹，那就是丟我的臉。」他說。

接著他又教我如何做一個好的辦公室職員，要訣有兩點：其一是手腳勤快，其二是爲人要正派，不做兩面派和勢利眼。

「不然的話，就是丟我的臉也丟推薦人的臉，」他繼續說，準備結束這次訓話了：「到時候人家就說了：『嘿，你看看張永明弄進來的人……』這樣多不好。話說回來，誰想到他說話這麼管用呢？那些走錯了門路的現在正後悔呢。所以說，你記住了，不管是什麼人，平時都得籠絡著；不光是當官的，那些做飯的、搞衛生的、站崗的也得對人家客客氣氣的，這總是沒有壞處的。誰知道哪塊雲彩有雨呢？你說是不是。」

「對。」我回答：「這個瓶子是您拿回來的？」我看見茶几上有一個白底青花的瓷瓶，就問道。

「是啊，裡面還有點酒，我就拿回來了，你看這瓷多好，擺在家裡不行麼？。」說著他站來，把那個酒瓶子放進客廳的櫃子裡，和那些鏡框、打火機、茶具擺在一起。

「怎麼樣，不錯吧？」

「還行。」我說。

然後我們就坐下來，一起看電視，之後各自上床睡覺。

那次談話之後不久，我就到Y部上班了。我們的辦公室在大樓的四層走廊盡頭一間背陰的大屋子裡。之所以說「我們」，是因爲同一間屋子裡還坐著另外四個職員，我們同屬於一個無足輕重的冷衙門。辦公室主任，我們的領導，在走廊對面的房間裡，從辦公桌後面，通過時刻敞開的門，監視著我們的一舉一動。

房間是長方形的，前後各有一扇門，頭上是石膏天花板，地下是嵌銅線的大理石方磚；窗戶被厚實的，從沒洗過卻已經掉了色的厚窗簾遮得嚴嚴的，兩扇玻璃窗無論什麼季節都不會輕易打開，因爲誰也沒有把握能把它們關上——有一年夏天，有人突發奇想，要吹一吹涼爽的「穿堂風」，結果那風我們一直吹到第二年中秋。

我們的部門位置偏僻，又不通電梯，就像一個人跡罕至的世外桃源。據我觀察，外人對我們的瞭解並不超過耶穌在世時羅馬人對亞洲的瞭解。

爲了印證這一點，我曾經假裝辦事兒的，在職員們聚在樓底下抽煙的時候，湊過去跟他們搭話：「請問某某科在幾樓？」他們中一些人聽都沒聽說過，另一些人則認爲這個部門根本不存在，是想像力豐富的人編造出來的。於是我放心大膽地走開了。

不過，兵法上說「險不可恃」。天然的屏障有時候也不能完全阻斷入侵，這個時候，職員們就要用同仇敵愾的行動來保衛辦公室的清淨了。

比方說有一個討厭的傢夥——就叫他K吧——想給我們找點麻煩。他可能會先打電話過來。那他盡可以不停地打，轉著圈地打，把每個分機號都撥上二十五次，絕沒人會搭理他。電話響得時間越長，說明事情越是不緊急，越是不緊急就越沒有必要理會。

「難道辦公室裡沒人？要不然就是在開會吧？」K心想。可是無論他試多少次，結果都一樣。他忍不住了，一口氣爬了四層樓親自來查看，門一開正好遇到我們飽含憤怒和譴責的目光。我們都不說話，使氣氛盡可能緊張，似乎他打斷了一件極其重要的工作，造成了嚴重的損失一樣。這個時候，K一般都會爲自己的安危著想，再也不敢提出類似蓋章簽字，收發文件等等無理要求了。

所幸這種破壞辦公室安寧和秩序的事情不經常發生，也從沒有造成過太嚴重的後果，在我的印象裡，例外的情況只有一次。

那時我已經在Y部待了兩個多月，有一天中午，主任從外面開會回來，趁吃午飯的時候宣佈說：下個月，部裡的檢查團就要到我們這兒來了。他停頓了一下，想看看大家對這個噩耗的反應。

「我不想讓他們來，」主任說：「不過沒辦法，這是抽籤決定的。」

「什麼時候來？」有人問。

「後天。」

原來如此。大家一言不發地繼續吃飯。

「我的意思是什麼呢，」主任繼續說道：「年底了，正是忙的時候，大家都很辛苦，時間肯定不夠用的。但是這個事兒，還是得準備一下。因爲這次帶隊的汪總是從集團下來的，大家都還沒見過，今天開會介紹了一下，很年輕……聽他講話，我是什麼感覺呢：他對咱們這個企業的一些……怎麼說，管理也好，存在的問題也好，都看得比較清楚，人家畢竟也是從基層一步一步幹起來的，這些事都是內行。所以我說這是個好機會。咱們平時做了那麼多工作，人家不一定看得見，現在人家下來了，這就是個機遇，對吧，對以後大家的發展也是有幫助的。」

我們對他的話反應謹慎，沒有人接茬，部門資格最老的老吳甚至還滿不在乎地擤了擤鼻子。主任只好採取迂回的戰術。他說他最近聽到了一個小道消息：部裡正在醞釀職工薪資的改革計畫。

「既然要改革，那肯定要分出差別來了，具體怎麼分——這是我的理解啊——首先就是看業績，其次，」主任用拿筷子的手在桌子上輕輕地叩著，說道：「那就是各項指標。我這次聽汪總講話，我覺得人家水準真的非常高，學識、修養和視野方面……很多東西，他能用一兩句話，就把本質給點出來，確實了不起；他這麼說的：『市場經濟就像游泳，能力強的，那你就浮著，能力差的，你就被淹死。調動職工的積極性，就是要把他們放到大海裡去，讓他們學會自己游泳。』你看這個比喻——放到大海裡去——多形象，這裡面就有一個訊息啊：工資改革要怎麼改？他為什麼一上來就先到各地去視察？這裡面是有聯繫的，各位，咱們可不能做淹死的，這話你們能理解麼？」

以死相威脅，這一招果然奏效，大家的注意力集中起來了。主任趕忙乘熱打鐵，說道：「今天可能來不及了，咱們先把手裡的事情處理完。明天都早點來，咱們一塊佈置佈置。吳哥，您看怎麼樣，行麼。小丁，好。田芳呢？行。我給老唐打電話，能來就來，不能來算了。時間緊迫，大家都受點累吧。好麼？」接著他補充說：「當然了，本職工作也不能放鬆，平時怎麼幹還得怎麼幹。」說完，把保麗龍飯盒用筷子紮穿了，推到一邊。

在這兒我必須要插一句：當時在我們辦公室，只有他一個人用這種一次性餐具吃飯，顯得很有個性。大家曾經議論過：他為什麼不用瓷盆或者不鏽鋼盆呢？難道他有什麼怪癖麼？從經濟學的角度上講：保麗龍餐盒每個兩毛錢，竹筷子每雙一毛錢，每個月就算上二十天班——午飯加上早點——除去開會或者有人請客，積累起來也是一筆開銷呢。再說保麗龍盒裝的少，打飯是會吃虧的呀。所以我們認為這裡面一定有名堂。管資料的芳姐說因為他懶；出納丁會計說一次性餐盒使用的是新技術，不污染環境，因此國家提倡；老吳什麼都不說，只是冷笑，用鼻孔出氣。至於我，我只知道每當主任用筷子紮破飯盒，用報紙裹好，放到一邊的時候，我就應該上場了。我走過去把正在被菜湯浸透，逐漸變成黑色的那團報紙拿起來，扔到垃圾桶裡去了。

「哎呦，多謝，多謝。」主任連忙說，顯出尷尬的神態，彷彿為受到優待感到意外和不安似的。

這天下午，本著「平常怎麼幹還怎麼幹」的原則，大家依舊從三點鐘開始陸續撤離。我最年輕，所以排在最後。期間有個K闖進來，居然想提一份表格走，我坦誠地告訴他，我是新來的，什麼都不懂，毫不費力地把他打發走了。

第二天，按照主任的佈置，辦公室的地板拖乾淨了，窗玻璃擦亮了。犄角旮旯的舊報紙破箱子，案頭的舊台曆、塑膠瓶、廢紙統統給壓扁打包，等著賣廢品。只要是眼睛看得見，手指伸得進去的地方都用抹布擦過了。電子設備：電腦、傳真機、影印機、微波爐和冰箱都用一種航空專用蠟仔細地清潔過，收拾得像新的一樣。當然這些力氣活兒都男人們的，丁會計和以文筆著稱的芳姐負責腦力勞動。她們發揮想像力，互相配合把八五年至今的單據報表編造得有聲有色。假如檢查團裡有通俗文學的愛好者，他一定會被這些作品所吸引——那裡面有人物、有情節、有伏筆，有懸念，過程曲折離奇，敍述酣暢淋漓，結局既在情理之中又出乎意料之外，能給人以極大的閱讀享受。

吃過午飯，主任出去了一趟，回來時懷裡抱了個紙箱子。

「我剛才想過了，」他興沖沖地說：「這不是有新夾子麼；待會咱們把文件櫃挪過來，放在正對門的位置，把舊夾子換了，標籤重新列印一下，好顯得規範點兒。咱們有那麼多好的規章制度，都應該展示一下對不對——把標籤弄得顯眼點。這樣一進門就讓人有耳目一新的感覺，第一印象很重要，這就是咱們的門面。」

於是頂著飯後的困倦，第二輪的勞動開始了。女人們倒換資料夾，重新裝訂。我負責列印標籤，排版。其他人在主任的指揮下，小心地把那個玻璃門的文件櫃一點一點地往門口挪動。這件事可沒有說起來這樣簡單，我們的辦公室雖然寬敞，但是佈局極不合理，要搬動大件的傢俱，不光要有力量，還得有高超的智慧，就像玩擴大了數百倍的華容道積木。一時間辦公室裡浮土飛揚，雞飛狗跳，吆喝，抱怨，爭執，以及傢俱在地上拖動的聲音混在一起，吵得人頭昏腦脹。偏偏在這個時候，電話鈴又響了，而且像往常一樣一直響個不停。

丁會計站起來看了一下。

「這是誰啊，不認識。」她自言自語地說。

「剛才就是他，還來勁了，討厭的東西！」芳姐忿忿地說。

一切都在預料之中，過了一會電話鈴不響了，又過了爬四層樓的功夫。肇事者就自投羅網了。

一個男人從門外探進頭來，鬼鬼祟祟地張望著。他還沒意識到自己闖禍了。

芳姐義正詞嚴地質問道：「您找誰！」

勞動著的人們停下來，等待一個合理的解釋。

這個K似乎是個幹體力活的，頭髮灰濛濛的，臉色有些像核桃皮，脖子通紅，一邊的褲腿挽著，鞋襪上全是土。

「找誰啊！」主任不客氣地喝道。

他沒有說話，張著嘴把我們挨個看了一遍，然後縮回頭去，逃走了。

這種極端無禮的行為，把主任激怒了，幸虧他當時被櫃子堵住了，否則真有可能追出去打上一架。

文件櫃挪到了正對門口的位置，嶄新的資料夾，嶄新的標籤顯得既清爽又醒目。主任為了試驗新格局在視覺上的衝擊力，假裝成一個不速之客，退到走廊裡，然後突然推門而入，大踏步地往裡走，邊走邊四下打量，好像生平第一次進到這間屋子裡來。這樣重複了兩三次，才似乎滿意了。

「行啦，就這麼著了！」他兩手一拍，愜意地在辦公室裡轉起圈來，轉了一會，似乎想起了什麼，回過頭來問道：「咱們倉庫裡還有鞋套吧？」

「應該有吧。」

「待會去找找，我記得是有」主任繼續說，看著我：「咱們倉庫裡應該什麼都有。」

老吳一邊抽煙一邊慢條斯理地說：「您看哪兒還需要收拾，咱們趕快再整整。」

「沒了沒了，大家都辛苦了，趕快都喝口水吧。」主任這麼說著，自己卻並不喝水，繼續轉著圈，心滿意足地甩動著兩條胳膊，像一隻正在散步的悠閒的類人猿。見他這樣，大家就都回到自己的座位休息了。

「以後誰進咱們辦公室，都讓他先穿鞋套，這麼好的環境得保持，大家付出了這麼大心血，不能糟蹋了。以後這就是一個制度，」他想了想繼續說道：「從今天開始實行。」

「那要是領導來了呢，您也讓人家套鞋套。」丁會計說。

「領導？領導怎麼了。規章制度在這兒，能因爲一個人就隨便改動麼？那不是成了兒戲了？」他頓了頓接著說「從現在開始，咱們都要保持這個狀態，直到檢查結束。今天下班以後咱們把衛生間鎖起來——最近也不知道是誰夜裡老去那洗衣服，弄得樓道裡第二天濕呱呱的。」

「女廁所的香皂還老丟呢，」芳姐說：「我前天剛放的一塊，不知道都讓誰弄走了。」

「你不知道？我告訴你，就那幫搞衛生的。」主任說：「那天我上廁所，看見那個刷廁所的在那洗手，你猜她用了多少洗手液……這麼多，小一半都沒了。」他伸出食指和拇指比劃著：「我要不說她，她還擠呢。你說你是什麼人啊？你可逮著不要錢的東西了。我問他：我說……」

這時候，門開了。剛才那個核桃皮色的腦袋又伸進來了。

「勞駕……請問一下。」

主任一愣，停下了腳步，兩臂剛好擺到和肩膀同樣的高度。

「怎麼了！你……你先進來好不好。」他氣極敗壞地朝那人走過去。

對方本能地感覺到，自己可能要挨揍了，於是一邊往後退一邊說：「我就問一下，你們是不是要賣廢品。」

「啊，是我叫他來的。」方姐喊道「都等了半天了，怎麼才來。」

「哦，進來吧。」主任說，有點失望地轉過身去，不再看他了，用手朝牆角指了指。

K掏出兩條塑膠編織袋，用兩隻手抱起廢紙和壓扁的空瓶子往裡面裝，不分好賴，裝了滿滿兩大袋子，然後叉開兩條腿，把袋子拎了拎，算是過了磅。

「三十塊錢吧。」他平靜地說，並不看我們。

這種明目張膽的欺詐把大家都激怒了。

「去，給他拿秤去！」主任說

誠信是商務人士必須遵守的信條，否則他的成功之路就會變得毫無挑戰，從而得不到大家的尊重了，也不會有作家願意給他寫傳記了。我們都看出自己是在和一個未來的商界精英打交道，所以提起一百二十分的精神來應對。秤取來了，是副食商店秤白菜的那種綠色臺秤。我視力好，負責把住刻度，儘量做出內行老道的樣子，防止K做手腳。老吳站在一旁抽煙，把煙霧噴到他臉上。方姐用犀利的言辭打擊他的自信心。主任則故意把茶杯在桌子上墩得砰砰響來製造緊張氣氛。我們這些明面上的動作掩護了做爲奇兵的丁會計，這個冷靜的女人不動聲色地以不易察覺的方式，用腳尖踩住了秤台。

這麼一番技術性很強的操作之後，報價有所起色。雖然大家一致不滿意，但是對方再也不肯讓步了。

沒辦法，誰讓人家是買家呢？

丁會計接過一堆爛乎乎的醬肉色的紙票，皺著眉頭點了一遍，收到抽屜裡。隨後又謹慎地把K要帶走的東西檢查了一遍。這個回馬槍殺得好，居然在廢紙底下發現了一個IBM鍵盤和一個幾乎全新的椅子墊。

「你倒是什麼都敢要。」方姐憤怒地皺起了眉頭，恐嚇道。

「咳，咱也不知道啥有用啥沒用不是。」

「你們家把這麼好的東西當廢品呀！」

「要就給你留下，我拿走也沒用反正。」

「好了，趕緊走人吧。」主任不耐煩地說。

K拖著兩隻口袋志得意滿地走了，大家都沒有注意到他在潮濕的地板上留下的那一串腳印。

「大夥辛苦了，晚上咱們吃個飯……小丁，你挑個地方，定個包間。」主任說。

當天晚上我第一次參加了辦公室的聚餐，現在回想起來，這頓飯給我留下的印象是那樣清晰，我能清楚地回憶起各種最微小的細節，包括房間的號碼、菜單的式樣、參加的人，以及他們所坐的位置和當時的穿著。我甚至能記起上菜的順序，和每個菜的味道。

我坐在靠門口的位置，和兩個不喝酒的女人挨著，服務員總是越過我的肩膀上菜。那些可口的開胃涼菜，精緻光潔的餐具，以及容貌端莊，儀態優雅的女迎賓都讓我耳目一新。在大學裡，我們只能在糊著暗紋壁紙，陳舊陰暗的食堂裡解決一日三餐，吃鹹得要命的菜，喝大量的水。學校外面的餐廳也不怎麼樣：桌子擦不乾淨，餐具都是破了口的，服務員穿膠鞋，髮型稀奇古怪……我們在那些地方花掉了大筆的錢，吃到的卻是不新鮮的菜和嚼不爛的有怪味的肉。但我們仍然經常去光顧，因爲沒有別的地方可去。我們在那兒約會、打牌、消磨時間，進行不定期的痛飲……逐漸習以爲常，並且覺得生活不過如此。

但是在那天晚上，坐在同事們中間，我清楚地意識到，過去的那種日子將一去不復返了。未來正清晰地顯示出它的輪廓，旅途才剛剛開始，我的人生就像一列已經啟動的火車，用悠長的汽笛聲和活塞沉重的，歎息般的聲音和人們告別，把月臺上那些破敗灰暗的建築甩在後面，向著廣闊的田野加速駛去了。

我坐在桌子前面，謹慎地品嘗著轉到面前的菜，不時喝一口飲料，爲每一句俏皮話發笑，給每個人斟酒。自始至終都心情舒暢，並且由衷地爲自己所處的地位高興。

「如果總能這樣也不錯，」我想：「工作輕鬆，收入也說得過去。什麼都不用發愁，一切都有人給你準備得妥妥當當的。要是經常有這樣的聚餐就好了。」

想到這我充滿感激和欽佩地看了看主賓席上的主任，他正和特意從家趕來的老唐激烈地爭論著。他們討論的問題是：怎樣才能徹底治理貪汙腐敗。

「要我說辦法很簡單！」主任激動地喊道：「中國人，你知道該怎麼管？只要把他家裡人控制住，那就齊了。哎，比如說，你犯了罪了。我不光罰你一個人——我事先把你老婆孩子都抓起來——你不是不認罪麼？我讓你家裡人跟著你受罪！你看他怕不怕！」說罷兩手在空中有力地一抓，好似要把犯罪分子一網打盡一樣。

「那人家到合適了，」老唐笑著說，似乎不認爲這是個好政策：「大不了一家三口上監獄裡團聚去唄，有什麼可怕的呀。」

「你以爲進去以後能讓你們住一塊呢？美得你。男的在一間，女的在一間，小孩單獨在一間，讓你們見不著面。敢情你犯了罪，上我這度假來了。」

「那不就是渣滓洞麼，」我說：「小蘿蔔頭，還有……」

這句話把大家逗笑了，我感到十分得意。

主任笑著，看著正在上菜的服務員，問道：「你說我說得對不對，小姑娘。」

服務員爽朗地笑著，答道：「對，您這樣的人當了大官，社會就好了。」

「來，敬領導一杯，」老唐端起酒杯欠身說道，因爲不勝酒力顯得口齒不清：「祝，祝，祝你當上未來國家主席。」他戲謔地笑著，似乎在和主任尋開心，同時向我們幾個擠了擠眼：「到時可別忘了兄弟們。」

大家放聲大笑，都舉起了杯子，聚餐的氣氛就這樣達到了高潮。

第二天一早，主任的茶水還沒有沏開。檢查團就到達了我們的辦公室。帶隊的汪總果然大家都沒見過，而他行事的風格也讓人頗感意外。正對門口的文件櫃沒有引起他絲毫特別的注意。光亮的地板，一塵不染的辦公桌，在他看來似乎是天經地義的。主任跟在他後面，出於尊重收緊了腹部，恭恭敬敬地用前腳掌著地，兜著半圓形的圈子，不時神經質地用手掌抹一下臉頰，因爲怕嘴裡的味道不好把嘴唇繃得很緊，樣子就像一個缺乏自信的，害羞的小偷。

那位我們從未見過的總經理身材高大，保養得極好，這從握手時他那隻厚實柔軟的手有力的動作就能感覺得到。他的舉止極其有風度，語言簡短而果斷，像一頭對自己的威力深信不疑的猛獸那樣莊重和坦然。

主任仍然在不斷地努力，想把他引誘到文件櫃那邊去，可是又不敢逼得太緊，急得都已經出汗了。

我們剩下的人，站在他和汪總以及汪總的隨員們身後，像庸俗麻木的羅馬人一樣，遠遠注視著這場差距懸殊的搏鬥，由於不偏愛或者同情任何一方而意興闌珊心不在焉。

「這裡面裝的是什麼？」汪總突然一個轉身，擺脫了主任，來到了辦公室最裡面，指著那台小冰箱，問道。

「是一點剩菜，昨天……您小心！」主任驚呼著搶上一步想阻止他，但是已經晚了。

冰箱門打開了，我們這裡唯一沒有清理過的地方暴露了。

您能想像大蒜、蘿蔔皮、白酒、糖醋汁和變質的水果混合在一起，再悶上十個小時是一種什麼氣味麼。這股濃烈的味道像一條濕潤的，多股的鞭子一樣向汪總的頭上抽過來，使他下意識地向後退去。他的臉上浮現出一種正直而有教養的人發現了下層社會的粗鄙行徑時常有的那種輕蔑厭惡的神情，眉頭微微皺起來。他看了看自己的手掌，確保沒有沾上髒東西，然後輕輕地推了一下冰箱門，想把它合上。

誰知這個時候，一隻受了震動的餐盒滑落下來扣到了地板上。湯汁四處飛濺，沾滿了汪總的褲腿和襪子，還順著腳脖子淌到了套著鞋套的皮鞋上。

辦公室裡頓時炸了鍋。

「哎……哎呀……呀呀呀。」

「哎喲，快去衛生間洗洗！」有人喊道。

「拿紙巾來！」主任絕望地叫喊。

一名女隨員像母親袒護受委屈的孩子一樣，既痛心又憤怒地質問道：「你們是怎麼回事，還有沒有點規矩了！這不是化學的東西吧。」隨即又建議道：「先讓汪總坐下，把褲腿剪開，不然該燒傷皮膚了。」

慌亂中大家把老總護送到衛生間，卻發現門不知被哪個白癡鎖上了，搞衛生的女人像消失了一樣怎麼也喊不來。出於安全考慮，檢查取消了。三輛奧迪車拉著一干人直奔醫院。

那一天，我們辦公室沒有人在五點之前下班。而且在之後相當長的一段時間裡，大家每天都老老實實地坐滿八個小時，除了喝開水什麼都不幹，等待著隨時有可能到來的滅頂之災。出人意料的是，直到第二年的五一，什麼事情都沒有發生，唯一的變化就是主任也和我們一起用搪瓷盆子吃飯了。

如今很多年過去了，我已經成了部裡的老人，連局長、處長們都能對我有印象，在我向他們致敬的時候，朝我微笑，喊我的姓，甚至是名字。他們有些人甚至還記得我父親他老人家。我當年的那些同事，或者退休或者調走，再也見不到了；現在的領導是個頂通情達理的年輕人，凡事都和我們商量著來。再沒有人對我呼來喝去了。

但是我仍然經常記起父親和我談話的那個晚上，那是決定我人生道路的，關鍵的時刻。多虧了他老人家，我才能在社會上謀得一席之地，進而過著衣食無憂的生活。其實那個時候，我挺想要一台數碼相機。我曾經想過，如果父親的打算不那麼實際，如果他像《哈佛女孩》裡的家長那樣，給我一台照相機，然後拍拍我的肩膀說：「孩子，拿去吧，你長大了，做你自己想做的事情吧。」

那樣的話，我現在的生活可能就是另一種樣子了。

紀念達爾文誕辰 200 周年專題展覽

請寫下您的感想：

什麼！！哇，不會吧，我居然是第一個！真的耶，哈哈哈哈哈，太激動了，第一名第一名，我是第一名。

誰能告訴我達爾文是怎麼死的？看了半天沒有介紹。

空調太熱了，展覽還可以。

講解員好帥啊！！！加我 QQ 吧——（此處被塗改）——

偉大的學者，傳奇的人生，寶貴的遺產！

我是想讓你們看看我的字寫得有多好。

前面的女生我加你 QQ 了，我也很帥。

進博物館的時候我已經買票了，看這個展覽居然還要買票！簡直豈有此理！納稅人的錢都被你們花到什麼地方了，除了錢你們什麼都不認識！

今天爸爸帶我參觀了達爾文紀念展覽，我非常高興。我要已他為榜樣，以後一定要好好學習，長大做一個偉大的科學家。

×大學附屬小學　學前一班　趙宏博宇

孩子，等你上了學就不這麼想了，哥勸你趁早找個工作。省得大學畢業了來不及。

×大學08屆　張磊

講解員不是個女的麼？詭異……

請不要在留言簿上題寫與展覽無關的內容，謝謝合作，祝您參觀愉快！

展覽管理辦公室

大白愛小琳琳！！！

如何做生命的強者，如何在競爭中間脫穎而出，如何實現人生的價值，這是每一個人都應該思考的問題。作爲一名企業的管理者，今天我得到了很多寶貴的啟迪，回去之後我要和員工們分享自己的感悟。謝謝，謝謝主辦方給了我一個這麼好的學習機會！我相信，成功可以複製，人生在競爭中飛揚！乘風破浪會有時，直掛雲帆濟滄海！

維，如果可以的話，讓我一隻眼睛哭泣，另一隻眼睛帶著明媚的微笑吧，我今生唯一的願望　執子之手，與子偕老！

我是醫生，上面的同志根據經驗我告訴你，那是面癱的早期症狀。如不及早治療很可能終身殘疾。我建議你選擇針灸療法，我的電話85621711 苗大夫

我送你離開千里之外，你是否還在？沉默年代或許不該，太遙遠的相愛。

人是猴子變的？太荒唐了。我真不願意相信。

耶穌是救世主，他會寬恕你們的罪。

前面的仁兄不用怕，你跟我們的進化道路不一樣。

看完展覽，我的心情很沉重！為什麼偉大的發明都產生在西方？偉大的制度也都是西方人建立的？而我們中國又對人類文明做出了什麼貢獻呢！可恥啊！歸根結蒂，這都是體製造成的。在美國，小學生一天只上兩個小時的課，回家不用做作業，老師在課堂上跟學生打遊戲機。美國的高速公路上可以看見鹿跑來跑去，因為旁邊就是原始森林。美國的政府為了照顧不願意搬遷的老太太，把鐵路線路改道，不惜花費上億美元……試問什麼時候我們的國家也能像美國一樣民主、文明呢。美國能孕育出達爾文這樣的科學巨匠並不是偶然的。只有普世的價值觀培養出來的人，才可能成為真正的巨人。中國人！你們明白了麼！！！！！

我是達爾文，我聲明我不是美國人，我來自火星。

玩味留言，發覺大多數國人之書法不甚美觀，簡直不敢恭維。且語失典雅，言談甚少雍容書卷之氣。甚至粗俗之處，頗可令人朵頤也。嗚呼，不免痛心疾首矣！五四以來，吾國民一味西學，泥沙俱進。而所謂儒家之經典，國學之寶藏，則棄之不顧視如鄙履也。至於十年浩劫斯文掃地，其勢更頹哉。且喜今朝，文化復興，改革大潮，浩浩湯湯。順之者昌，逆之者亡。讀經論典，重塑人倫。發揚國光，再繼聖賢。華夏崛起，指日可待。揚威世界，名垂宇宙。幸甚至哉，歌以詠志：

《七律達爾文展覽贊》

達 天通地一偉人，二百年來無匹倫。

爾 等探索科學殿，我輩推開改革門。

文 明演變進化論，和諧社會君父臣。

高 風亮節今猶在，時時垂範育後人！

眞是才子啊！古文寫的眞好。佩服！

一看文言文就頭痛，什麼意思啊，誰給翻譯一下？

大家不要加那個 QQ 號了，那是個男的！

達爾文的外公好有錢啊，怪不得他可以什麼都不幹，羨慕。

我們希望有一個他那樣的鄉間別墅，還有一條拉布拉多狗狗，下雨的日子可以牽著它在花園裡散步

——KIKI&KUKU（相愛中）

國安是冠軍！！！

我是第一名，我回來看看。哈哈哈哈。

你們把人體的奧秘搬到哪兒去了？我要看人體的奧秘，騙人的博物館。

我叫張德廣，四川廣漢縣□□□村人。1998年，我與姜□□□簽訂合□□□口角。將我打傷，又□□□□□致使多年□□□要求支付欠款2788.23元。□□無奈□□□如今□□□懇請□□□以上陳述，均為事實，如有虛假，我願負法律責任！

此致　敬禮

2009年4月25日

那個把我QQ號留下的人，我知道你是誰，沒想到你如此下賤、好！等著瞧吧！我陪你玩到底！

請不要在留言簿上題寫與展覽無關的內容，謝謝合作，祝您參觀愉快！

展覽管理辦公室

我在空曠的大理石大廳裡品味著寂寥，不關其他任何人的事情，孤獨，其實很美……

沒想到這麼醜的女人居然有如此細膩的情懷，好奇心眞害人。

最後一個見到留言簿的參觀者是我，但我一時想不出應該寫些什麼，於是只好把它揣回家慢慢考慮。我發現這是一本非常好看的東西，簡直讓人入迷。現在我每天吃晚飯之前都要從頭讀上一遍，每次都能有新的收穫。作為一項交際手段，每位來我家做客的朋友，我都請他們讀這本冊子，效果挺好。現在我將它無私地奉獻出來，請貴刊發表，從而使更多的人能夠從中獲得享受。如擬發表請儘快告知，稿酬略低亦可。無論如何請一定將原件寄回，隨信已附上郵資。請寄北京市XX區XXX社區……

此致　　敬禮

一椿謀殺

十月份的一天，下午三點鐘光景。她把車停在狹窄的車道上一個做了標記的地方，看了一眼反光鏡，開始倒車：首先，向右打滿方向，等車頭轉過九十度，對正了一樓的落地窗，就趕快向左打方向，然後柔和地加一點油門，慢慢向後倒，耐心地等待後輪壓到地上的橫杆。最後，關閉發動機，拉緊制動杆。

這套倒車的動作是她丈夫傳授的。她記得當時他們練習了很久，那天她穿了一條一直想扔掉的綠色連衣裙。K坐在她旁邊，把手臂搭在車窗上，瞇縫著眼睛吸煙，每當她出了錯，總是毫不客氣地指出來，其餘的時候就皺著眉頭一言不發地想自己的事情。她笨拙地，小心翼翼地按照指令去做，被煙味嗆得難受，又不敢表現出來，生怕他會發火。與此同時，爲了逃避這種難堪的境地，開始放任自己胡思亂想。她不記得上一次這麼戰戰兢兢地學做一件事情是什麼時候了，也許是第一次握著毛筆在紅模本上寫字的時候，也許是第一次站在灶台前面，往燒熱的油鍋裡放肉的時候。當時她也是這麼惶恐、無助。他的父親也同樣抽著這種嗆人的，有臭味的捲煙。墨的臭味，油的灼燙感，腐敗的壞牙的氣味……

突然間她失控了，從車裡跳出來狠狠地把門一摔頭也不回地走了。她走出幾步，控制不住地哭出了聲，用帶手套的手擋住眼睛，生怕叫迎面過來的人看見。走到門洞裡的時候，她又想起廚房煮的玉米來了，擔心女兒忘了關煤氣。K抽完了煙，又在樓下和別人閒聊了一會。她聽著他的聲音，知道他沒有發火。

她提著購物袋，用膝蓋關上車門，檢查了一下四周的地面——野草從地磚的縫隙裡長出來，已經高過了腳踝——然後往家走去。由於兩邊的重量不一樣，她的身體稍向左傾斜，右邊的胳膊緊貼身體，肩膀微微聳起來。

一條牧羊犬邁著疲憊慵懶的步子朝她走過來。狗的主人遠遠地坐在花園的涼亭裡，弓著背，手扶膝蓋，腿上橫著一條像馬桶刷子似的，拋球用的棒子。這畜生有一頭公山羊那麼高，黑色的背毛也像山羊那樣從脊椎往兩邊分，幾乎垂到地上。當初她剛搬來的時候，這狗還很年輕，精力旺盛，喜歡嚇唬女人和小孩，不分時候地追逐母狗，一度只有在深夜才被允許出來玩。可是現在它已經活得太久，到了要死的時候了，它自己似乎也意識到了這一點，開始注意保養身體，甚至叫得都少了，只是遇見慢跑的人，仍然要強打精神，做出撲咬的架勢，吠上一陣。每當這個時候，主人就顯出吃驚的樣子，喊住它，不痛不癢地責備兩句，就像家裡人批評上了歲數卻仍然不守本分，行事荒唐的老人一樣。

當它走過來的時候，她聽見長而硬的狗爪子在水泥地上發出輕微的「沙沙」的聲音。有一年夏天，她在入睡之前總能聽見它在寂靜的院子裡奔跑、嬉戲。每當這時她就想像著那些在朦朧的燈光下，變得和白天完全不同的，夢境般的景物，以及清新的帶潮味的夜間空氣，彷彿自己也在院子裡了。然而正是這條狗隔三差五的在她家的車旁邊拉屎，她丈夫好幾次動過毒死它的念頭。

回到家，她換上日常衣服，拿出電話，一邊看一邊走進臥室。

她微笑著打開一條新訊息，讀著：「你幹什麼去了。」

「你猜。」她回答，緊接著又寫到：「你先說，你都幹什麼了，上班忙麼？」

「不忙，反正就是那點事。」

「告訴你吧，我把東西買了。」

她發完這條訊息手握電話等待著。

沉默了一會，對方又問：「買什麼了？」

「就是我跟你說過的呀，」她皺起了眉頭，繼續打字：「說話不方便麼？」

「沒有，我還在外面。你說什麼東西？」

「就是我要給他吃的東西啊！」

過了一會，電話響了。

「喂，怎麼了。」她說，整理著腦後的頭髮，想把它們盤起來：「我跟你說過呀……怎麼了，不可能。我不用再想了，我想過了……我只能這麼做。不可能，該說的都說過了。我一分鐘也不想再忍了——忍不下去了你明白麼？什麼風險都沒有，我就是給他做飯而已，這能怎麼樣……即便有也是我一個人的風險。你放心吧，我不會把你供出去的。」

停了一下，她又加上一句：「況且跟你也沒關係。」之後默默地聽著，神情嚴峻。

「討厭。」她說，笑了。

「你晚上吃什麼？她不給你做飯，眞行……」她說，做了個輕蔑的表情：「哎，要不我做好了，你帶走吧？怎麼了……你給她……」

對方打斷她的話，一口氣地說下去，幾乎不給她插嘴的餘地。

「那你的意思是，你還沒拿定主意，」她終於找到了機會，激動地說，微微有些氣喘：「你還沒想好怎麼辦，可是我這邊，我都已經爲你成了殺人犯了！好，我謝謝你，對，你說得對，個人有個人的生活，我殺了他，我就坐牢去，這就是我的生活，這就是我的命！對，最好把我斃了，一了百了，我們一命抵一命——那也比現在這樣強百倍。至於你，你就好好過你的日子吧，祝你們幸福！」

她等著，想聽對方怎麼說。

「好了，你也不用害怕，我一人做事一人當。我算看出來了，男人都這個德行……什麼這個那個，都是他媽扯淡，屁話！」

她把電話扔到了一邊。

「混蛋！混蛋！」她咬牙切齒地說道，走到梳粧檯前坐下，從鑲嵌著玫瑰花葉和花朵的鏡子裡看著自己，用一隻手攏住前額的頭髮向後捋，顯出一種負痛似的，僵硬的表情，把嘴唇都咬白了，然後閉上眼睛，挺直了身體坐著，任憑電話一遍又一遍地響。

過了一會，她睜開眼睛，以爲眼淚會順著臉頰淌下來，實際卻沒有，於是深深地歎了口氣。

這是一個已經過了 40 歲的女人，如果她年輕 20 歲，以當前的眼光來看，可以稱得上漂亮。她皮膚白，保養又好，稍微打點粉就能蓋住毛孔和小皺紋，爲了能穿收腰的衣服和尖頭窄幫的鞋還刻意保持著身段。女兒把她們臉貼臉的照片放在皮夾裡，故意給男朋友看見。身邊的一班人在獻殷勤的時候，總喜歡說她「風韻猶存」——這句現成話從女人嘴裡說出來意思是「你也美過」，而在男人那裡則代表「我還可以愛你」。

年輕的時候她會打扮，愛交際，性子又開朗，追求者雖多但可以結婚卻幾乎沒有，人家覺得她臉盤小，下巴尖，沒有福相，腰身又太細，幹不動活兒，娶回家恐怕會吃苦頭。那個時候，男人討老婆和挑傢俱差不多，首先看中的是結實可靠。當年那些電影明星，因爲要扮演農民和軍人，都是大臉盤寬額頭，皮色發黑，現在早已銷聲匿跡無人問津了，可她到了這個年紀，卻成了某些男人眼裡不可多得的尤物——這正是命運難以捉摸的地方。

她感覺眼裡已經沒有了淚水，就走出臥室，開始準備晚飯。與此同時，門開了，她聽見丈夫在門口的腳墊上蹭了蹭鞋底，然後邁著盡可能大的步子走到洗手間去，把地板踩得吱吱作響，隨後又聽見水龍頭的聲音，以及他用手捧水洗臉的聲音。過了一會，他一邊用毛巾擦著臉和脖子，一邊發出滿意的呼哧聲，朝廚房走過來了。

「晚上吃什麼？」

「蝦，米飯，還有萵筍。」

「用我幫你麼？」他探身往水池子裡看了看，說。

「不用。」

「那我下去擦擦車，趁著亮。」

「馬上就吃飯了。」

「我簡單抹一把。」

「那你就去。」她說，把一隻剝了殼的蝦扔進水裡。

她心裡清楚，K剛才進門的時候已經把客廳的地板踩髒了，而且一定會因爲擦車錯過開飯時間，但是這一次，她不打算爲這些事和他爭吵了。

她幹完了活兒，洗乾淨手，走到女兒的房間裡，從書桌的抽屜裡拿出一張紙，坐下來開始寫信。

「親愛的玲玲。媽媽愛你。」她寫道：「你一定要相信，無論到了什麼時候，媽媽都義無反顧地愛著你，你是我的一切，我可以爲你付出所有。你一定要永遠永遠記住這一點，好麼？

當你看到這封信的時候，媽媽已經永遠離開你了。不要恨媽媽，好麼？」

她望著相框裡女兒微笑的照片，深深地吸了一口氣，顫抖起來，躊躇了半晌，終於繼續寫下去：「是我殺死了你的爸爸，請你相信我，此時此刻我已經沒有了別的選擇。我們都是女人，在媽媽眼裡已經不再當你是小女孩了，總有一天你會理解我這句話的意思。那天，你給我看的那本書，上面寫著：『愛情是女人一生唯一的事業。』我看著你憧憬幸福的微笑，暗暗對自己說：『天哪，這不就是當年的我麼？』你多麼單純，多麼善良，多麼願意相信，又是多麼註定容易受傷害啊。我怎麼能夠忍心從此讓你一個人活在這個世界上呢。你是無辜的，你父親也是無辜的，應該死的人是我。我是一個自私的卑鄙的女人，爲了自己寧願犧牲孩子和家人，我的生命是骯髒的。可是我請求你，孩子，不要恨我，好麼，求求你，我以一個女人的名義乞求你——一個給了你生命的女人。在這個世界上，我們註定是弱者，上天給了男人力量、勇氣和權勢，給與女人的卻只有情感，她比男人更容易愛，更容易恨，也就更容易受傷害，更愛流淚。所以在我們的生命裡，必須要控制自己的感情，不要輕易去恨，更不要輕易去愛。恨像毒藥，可以置人於死地，愛則是麻醉劑，讓人喪失理智。」

她一口氣寫完這些經過深思熟慮的話，不知該怎樣接下去，就停住筆，把信紙折好夾在一本書裡，站起來，走到陽臺上去了。在她站著的地方，熱度已經消退的柔和的陽光透過落地窗照進來，在地上形成幾個琥珀色的四邊形。耀眼的金色光斑在晾衣架的鐵管上顫動著。可以聽見大氣在搖擺的綠色樹梢上，在秋天明朗的藍天底下流動的聲音。氣流從開著的紗窗進來，攪動室內的空氣，推動著細小的纖維和灰塵，讓它們像海中的小生物一樣漂浮著，在陽光下閃耀一會，然後消失在暗處。

她看見K正在用一塊濕海綿擦車。他仍然穿著出門的衣服，捲起袖子，從車的一邊轉到另一邊，按步驟擦拭著車窗，車門，擋風玻璃和車頂，隔一會兒就把海綿放到水桶裡投洗，直到裡面的水變得像墨汁一樣黑。然後，他又用這髒水去洗輪轂，烏黑的，像煤灰一樣的鐵屑被整塊整塊地沖刷下來。

她看著這個身強力壯不知疲倦的人專心致志地進行著自己心愛的工作——每個禮拜他都要把車子從裡到外徹底地清潔一遍，出遠門的日子除外——想像著他因爲食物中毒，在睡眠中死去的情形，突然感覺自己在做一件不可思議的，似乎註定不可能成功的事情。

幾個月以來，她一直計畫著殺死K。她從一本雜誌上知道，大蝦和番茄一起吃會使人中毒，並且無藥可救，但是具體的細節，例如毒素的性質，發作需要的時間，致死的劑量，以及中毒的症狀，她卻一無所知，也從未試圖瞭解過。她認爲知道的越多，罪惡感和恐懼感也就越大，決心也就越容易動搖。在她看來唯一要緊的障礙就是自己的良心。

在她的想像裡，在這個最後的晚上，自己一定會心慌意亂，被恐懼和興奮折磨得坐立不安，在把那道致命的菜端給他吃的時候，說不定會因爲無法控制地發抖和氣喘，讓他看出破綻。如果眞是那樣的話——她想好了——就乾脆把一切都挑明了，讓他明白自己不可能和他繼續生活了，要麼讓她離開，要麼讓她死，隨後就閉上眼睛，聽憑他處置……

然而現在，她站在被夕陽曬熱的窗口，居高臨下地，遠遠地看著他，心裡卻生出一種奇怪的類似憐憫的感情——這個男人活了將近五十歲，健康、愚蠢、自以爲是，過著平庸乏味的生活，並且樂在其中。他只剩下最後幾個小時了，他再也看不到這樣的陽光，這樣的天空了，他再也不能像這樣擦車了。他死以後，人們把骨灰送到墓地，哭一陣，互相安慰，心情沉重地往外走，用困惑的目光互相打量，心想：「大家遲早都是這個下場啊。多可怕！」接著又自我安慰，東想西想，等到吃飯的時候就已經快活起來，互相說笑，遞煙抽，商量吃什麼菜，回到家就繼續看電視、打牌，過原來的日子；不出半個月，大家就會忘記他，就好像世上從來沒有這麼個人似的。而他呢，從此以後就安安靜靜地躺在那，無所作爲，像一塊石頭，一塊磚一樣，直到地球毀滅的那一天。他本來還可以活很多年，可是現在卻不得不提前面對這個結局。

想到這兒，她眞的開始憐憫他了，但除了這種憐憫之外似乎也沒有其他感覺了，這讓她自己也感到詫異。

正在這時，門鈴響了。她吃了一驚，過了幾秒鐘才走到通話器那兒，問道：「誰呀？」

「送水。」

她聽出那是物業工人的聲音，就給他開了門。

「好，謝謝您，就放這兒吧。」她對剛出電梯，扛著水桶的工人說，指了指腳邊上的一塊地方。

「你老公說你們家什麼東西壞了？剛才我過來碰見他了。」

她打量著對方那張棕色的，毛孔粗大的臉，遲疑地說：「是麼，我……不太清楚，那您進來等會兒他吧。」說著，給他指了指餐桌旁邊的一把椅子：「您先坐這兒。」

她回到廚房裡。工人先是在原地站了一會，然後就坐到給他指定的那把椅子上，輕輕地抽鼻子，咳嗽。她什麼也沒做，站在水池邊上，出神地望著菜板上切好的蔬菜。

「哎，我跟你說，你得幫我們看看暖氣。」K一進門就說：「你跟我來。」

他倆穿過廚房，去查看角落裡的燃氣爐。那工人從她身後經過的時候，身上散發出一股壞水果似的酸味。

K拍著燃氣爐的外殼說道：「這個爐子功率太小了，早跟你們說換個大的，就是不聽。你看我把它開開，只有廚房客廳能熱。我把這個開關開到這兒……」

「熱得慢還是根本不熱？」

「慢。」

「該沖洗了，」工人用權威的語氣說：「管道裡面髒了。」

「不可能，我去年新換的管子。我讓你看看，你來。」

K帶著他在室內轉了一圈，用手指敲打水管，把耳朵貼上去聽裡面的聲音，互相爭論，最後又回到廚房裡，各自點了一支煙。

「上次是老郭來的，說有一個閥門裝反了。」K說。

「他懂個屁。這得用水沖——過兩天我把水泵拿過來。」

「那好啊，我說麼，就得找專家才行呢。」

「哪兒啊，不行，」工人擺擺手說，為了轉移話題，用含著笑意的眼睛往鍋裡看了看。

「嚄，眞香啊，你們吃什麼好飯。」

「他會留他吃飯。」她心想，腦子裡「嗡」地一下，頭皮都揪緊了。

「那您看下禮拜行不行，我請天假，約您過來……」

「行，到時候約吧。」

他們又抽了幾口煙。工人撣了撣工作服上的煙灰，說：「沒別的事我就走了。」

「著什麼急啊，吃完飯再走吧。」K跟著他走出去，一邊輕輕拍著他的後背，一邊說。

「是啊，您就在這吃吧。」她追出來，說道。

「不用，家裡都做好了。」

「那也不著急，再待會，抽完這根煙。」K說：「哦，等於老郭跟你管的東西還不一樣。」

「他是電工，哪兒懂得這些，這得用水泵……」

「水泵？什麼樣的水泵，抽水機？哦……帶軲轆的，好，好……」

她聽見他們朝門口走去，走到一半卻又站住了。

「要不您再待會，」K說：「再抽根煙，等臥室也熱了……好不好？再抽一根，我知道你在家也抽不了。」

工人接受了這個建議，於是他們又坐了下來。

「哎呀，把暖氣弄好了，我就踏實了。」K說，深深地呼出一口氣：「沒暖氣哪兒行啊，大冬天的，大人還行，孩子受不了啊。」

「是這麼回事。」

「這兩年冷得越來越早了。」

「是啊，往年不這樣。」

「你說是不是這個地球……啊？」

「要有變化。」K下了肯定的結論。

接下來是沉默。

她慌手忙腳地泡了一杯茶端出去。

「您喝點茶水吧，」她說，儘量自然地笑著：「忙了半天，連口水都沒顧上喝。」

「你拿個煙灰缸來。」K說。

於是她返回廚房。

「你這不錯，回到家嫂子也把飯做好了，淨吃現成的。」

K不知說了句什麼，笑起來。

工人繼續說：「老郭他們家可不行，他媳婦一到夏天就不做飯，嫌熱。晚上回家一問：『吃什麼呀？』『去，自己煮麵條去。』來點生菜、來點黃瓜就是一頓飯，天天這麼吃。他講話：吃得我渾身都發軟……」

K大笑起來。

「趕明我問問他去。」

「這要是我媳婦。」工人說，在「我」字上加了重音：「我就順窗戶給丫扔出去。」

她開始炒第二個菜，聽不清楚他們的談話了。

過了一會，K從臥室那邊大聲說：「好了。熱了。」

「行，那我走了。」工人站起來，往門口走去。

K追出來給他開門，就在一隻腳已經站在樓道裡的時候，又用誠懇的，極爲遺憾的口氣說：「哎，要我說你就在我這兒吃了得了，都是現成的，你跟家裡說一聲……怎麼不行？」在聽過了對方的解釋之後，又繼續說：「哦……要是這樣我就不留你了，以後有空經常過來啊，咱們就約在下禮拜。」

她把飯菜盛好，端到餐桌上，把茶杯端回廚房。K送走了客人，洗了手，站在廚房門口看著她幹活，似乎在等待合適的機會說點什麼。

「你先吃吧，不用等我。」她說，沒有看他。

K答應了，依舊站在那。「今天晚上先燒一宿暖氣。睡覺就別開電暖氣了。」他說。

之後是沉默，K又站了一會，像是覺得嘴裡沒有味道似的，輕輕吧嗒著嘴唇，然後悶悶不樂地走開了。

她聽見K在餐桌旁坐下，心裡明白，一切已經無可挽回了。她一遍又一遍地在水龍頭底下沖洗著茶杯，同時仔細地聽著外面的動靜。

K給自己倒了一杯白酒，把電視的音量調得挺大。

在一陣掌聲和音樂聲之後，一個年輕快活的女聲開始演講：

「下面我來給大家介紹一下本期節目的嘉賓：中國營養與健康幹預促進中心資深顧問奚海先生，您好——」掌聲平息之後，又繼續說：「還有一位是國家中醫與中藥跨世紀課題研究中心食療養生部專職研究員嚴梅女士，歡迎——」接著又是掌聲：「今天我們請二位專家來呢，要和觀眾朋友們探討一個最近非常火的話題，是什麼呢？哎，就是食物相克。我們知道，在民間呀，有很多關於這個食物搭配的禁忌。就是說啊，某兩種或者幾種食材不能夠一起吃，否則，會使人體受到傷害。甚至，」她停了一下，用一種經過訓練的，富有感染力的語氣一字一頓地說：「有，可，能，致命！」話音一落，觀眾爆發出一陣整齊的驚呼。

她衝出廚房，把頻道換了。

「怎麼了。」

「我看看別的。」她說，攥住遙控器，坐到沙發上去了。

「就看這個吧，挺好的，食物養生……」

她沒有回答。K憤懣地擤了擤鼻子，嘟囔幾聲，低下頭繼續吃飯。

在電視裡，一隊日本兵中了埋伏，被一群「獨立的」、「不問政治的」綠林好漢殺得屍橫遍野，血流成河，不斷地發出淒厲的慘叫和誇張的垂死性的全身痙攣。剃光頭穿皮大氅的主角像發瘋的阿克琉斯一樣五官猙獰，在火海中上躥下跳，製造駭人聽聞的恐怖場面，倒楣的日本軍人像破掃把一樣，被他揉搓著，撕扯著，紛紛變成碎片。他縱身越到半空，以不遵守任何物理定律的矯健姿態用機槍掃射，同時聲嘶力竭地高喊：「秀姑！我爲你報仇啦！」

她不願再看下去，就換了頻道，沒有理會K的抗議。

在另一部電視劇裡，由梁冠華扮演的狄仁傑笑眯眯地，成竹在胸地分析著一樁命案。那個體重是他三分之一的突厥侍衛疑惑地緊鎖眉頭，像猛禽一樣機警地轉動著眼珠緊隨其後。突然之間，梁冠華猛一回身，兩眼圓睜，大聲說：「於是，你們一計不成又生一計，將毒藥置於飯菜之中，令其吃下，欲將其毒死，從而使其中毒，死於非命！」說著，搶上一步，揭掉了屍體上的被子。一張黑紫色的，七竅流血的臉，出現在特寫鏡頭裡。

「你趕緊吃飯吧，等什麼呢？」K說。

「我不餓。」她說，呼吸變得沉重了。

「怎麼了？」

「胃疼。」

「吃點藥？」

「不用。」

她找了一部熟悉的電視劇，隨便看了起來，斜著眼睛注視著K的一舉一動，據她推測，毒性這個時候差不多應該發作了。

「他會呼救麼，會倒在地上抽搐麼，如果那樣應該怎麼辦？」她想：「要裝出驚慌失措的樣子麼？沒准他馬上就能明白發生了什麼事……如果他撲過來拼命該怎麼辦？」她這樣想著，感到手腳冰涼。

K吃完了飯，在房間裡轉了兩圈，從窗口向外看了看，之後穿上了外套，把煙捲裝進兜裡。

「你幹什麼去。」她站起來，怕冷似地發起抖來，說。

「擦車去。」

「剛才不是擦過了麼。」

「我一桶水都沒用完，能擦乾淨麼？這不是趕緊回來弄暖氣麼？」K用粗暴的，怨憤的語氣回答。

她沒有再說什麼，等K出了門，就像被什麼沉重的東西打了一樣，一下子跌坐回沙發裡。她呆呆地看著電視螢幕，腦子裡空白一片，打算就這麼坐著，一直等到警察或者急救隊闖進門來，然後就痛痛快快地向他們坦白自己的全部罪行。

電視劇的女主人公身患絕症，隔著病房的玻璃與男友進行著最後的告別。他們流著淚，又是哭，又是笑，把手和臉貼在一起。他發誓要讓她「穿上潔白的婚紗」，而她許諾：「等頭髮長長了，就做你的新娘。」他們說得那麼動情，那麼真誠，似乎誰都看不出頭髮其實就藏在那個讓她的腦袋看起來那樣滑稽的，沒有毛孔的頭套下面。

他們失聲痛哭，不知爲什麼，她也哭起來。

正在這時，K回來了，鄰居老白跟在他後面。

「你吃飯了麼？」K問。

「吃完了，你吃的什麼？」

「番茄炒蝦，萵筍……」K說，指了指餐桌：「他媽吃完了胃疼……我還說擦擦車去呢……」

她趕忙站起來，抹掉淚水，朝門口走過去。

「來吧，快來。」她說，微笑著把他們讓進客廳。

「你眼睛怎麼了？」K一邊換鞋一邊說。

「沒事。」她說，把剩飯收起來，沏了一壺茶，把煙灰缸放在他們倆中間，然後回到臥室去了。

「你不看電視啦？那我播了。」K說，換回了他喜歡的電視劇。

光頭穿皮大氅的英雄仍然在喊叫。

「這集該打縣城了，」K看了一眼，滿有把握地說。

「他媳婦死了沒有呢？」老白問。

「死了，早就死了。」

她打開了自己的電視機，繼續看戴頭套的女人哭，靜靜地等待著。

在廣告時間，她到客廳裡給他們添了一次茶，洗了幾個蘋果。

「你肚子還疼不疼了。」她問。

「還有一點。」K一邊看著手機一邊回答。

老白背著手在客廳裡轉悠，心不在焉地這兒看看，那兒看看。

「你吃蘋果吧。」她說：「都洗乾淨了。」

「好，好，多謝多謝。我自己來。」

「還說等天冷之前咱們兩家一塊去趟葫蘆島呢，」他說，從架子上取下一本地圖冊來，隨手翻看著：「上次你沒去，」他對K說：「有一個吃魚頭的地方，特別好。就在高速邊上。」

「嗯，是……」K答應著，忽然抬起頭來對她說：「我知道我爲什麼胃疼了。」

「爲什麼？」老白看著他，問。

「米飯太硬了，水放少了，老掌握不好那個度……沒有你們家蒸的好。」K說，繼續看自己的手機。

她看了他一眼，回到臥室裡去了。

「哎，你說這個蘇聯分裂成多少個國家了，」老白指著一頁地圖，饒有興味地說：「你看啊，哈薩克……吉，爾，吉爾吉，斯，斯坦……阿……阿富汗這是……」

「你媳婦什麼時候回來？」K問。

「月中。」

「怪不得你一個人遛狗呢。剛走的？」

「上個禮拜就走了……我這麼數著得有七八個——這些小國家們。」

「你看這個，」K說，把手機舉得更高一些：「『江邊驚現無頭女屍，通話記錄鎖定真凶。』這孫子殺完人，把人家手機拿走自己用了……膽子多大，最後通過裡面短信找著的。」

「他沒刪除麼?」

「刪啦。人家有技術能給你調出來,就跟通話記錄似的,你看,這一條一條的,一淸二楚,哪兒跑去?」

「啊,這還眞是……」老白說:「這我還頭一次聽說。」

「眞能這樣麼?」過了一會,他又說,似乎不大相信:「那還眞是,先進。」

她坐在自己的床上,又翻看了一遍手機裡的短信,聽著他們說話,冷笑起來。她走出去,從廚房把K吃剩的飯菜端到餐桌上,面對著他們坐下。

「你吃過飯了吧?那我就不管你了,我還沒吃呢。」她說,微笑著。

「吃了,吃了,你……你趕緊吃吧。」老白回答,口吃起來。

「別吃涼的啊,熱熱去。」K說。

她默默地吃光了剩菜,把空盤子連同K喝剩的酒都端走了。在廚房裡,她把那半杯酒一飲而盡,然後癱坐在地上,抱著頭不出聲地哭了。

沒過半分鐘,她就感覺腸胃開始痙攣,接著像火燒似的疼起來,這種灼熱感順著食道延伸至口腔,使她幾乎嘔吐。她扶著牆站了一會,掙扎著回到臥室。

K沉浸在緊張的劇情中,因爲胃疼不時地發出輕微的,像歎氣似的呻吟聲。

十分鐘,二十分鐘過去了,她開始變得神智模糊,不可抑制地想要昏睡過去,像寒風中的枯葉一樣顫抖著。她知道毒性已經發作了,感覺口渴得要命……喘息也變得急促、痛苦起來

然而客人還沒有走。她憤恨地咬著嘴唇,故意把床頭櫃上的一摞書推到地上,弄出一聲巨響,

然後打開了浴室的噴頭，把開關調到最大，讓水流衝擊著瓷磚發出暴雨似的聲音。終於，老白知趣地告辭了。

她關掉水管。浴室裡立刻變得死一般靜。這種寂靜使她害怕。

她蹣跚地走到客廳門口，頭靠著門框，睜大眼睛，驚恐地，失魂落魄地注視著K。

「怎麼了?」K注意到了她，問。

「沒事兒。」

K拍了拍沙發坐墊。於是她走過去，在他身旁坐下。K伸出手臂，抱住了她的肩膀。他們就像電視劇裡那些美滿的夫婦或者情侶一樣，緊緊地依偎在一起。她不知道別的夫婦單獨在一起是什麼樣子的，也永遠不可能知道。她們很少這樣。她感到幸福。

她發起燒來，渾身發冷，就更緊地靠在他的懷裡。她聞到一股煙味、塵土味、和穿久的內衣的味道，想起很久很久以前——也是在一個冬天——她從工廠回家，在院子裡遇到了K和騎摩托把他捎來的，他退伍的哥哥，那個時候，他留著兩撇絨毛似的唇髭，不停地抽搭著鼻子，身上就是這麼股子味；那天她沒有和他們打招呼就回了自己的房間。從那以後，不管願意還是不願意，他們便生活在一起了，然後時間飛快地一天接一天，一年接一年地過去，直到現在。

她認爲自己馬上就要死了，面對這樣的結果，感到身心無比舒暢，之前那種灰暗、壓抑、使人喘不過氣的負罪感已經消失得無影無蹤。她是一個妻子，她做了飯，飯菜裡有毒，於是她也死了。人們可以嘲笑她，憐憫她，但沒有人可以定她的罪。明天早晨，後天早晨，也許是更久以後的某個時間——不知爲什麼，她固執地認爲那反正會是一個早晨——人們打開房門，進到她的家裡，發現一切還都保持著剛吃完晚飯的樣子——碗洗好了，電視開著，茶几上有蘋果……

當天的新聞也許會報導這件事，也許不會，因爲這裡面沒有什麼所謂的「新聞點」，唯一值得渲染的地方就是「臨終時兩人仍舊緊緊地互相擁抱。」記者或者網站編輯一定會這麼寫，她知道。

「誰管那些，」她想：「一切都完了，生活完了，苦難也完了……」

可是她又想到了女兒，繼而想起了夾在書裡的那封沒有寫完的信，她突然意識到，那是不能讓她看到的。

她努力地想爬起來，但是身體不聽使喚。一種強大的，夢魘般的東西牢牢地控制住了她，使她連一個手指頭也不能舉動。她不想讓女兒心裡隱藏著這樣一個殘酷的秘密繼續生活，可是已經晚了。她嘗試了很多次，終於絕望了，同時就像自我安慰似的，忽然又想到：她會活下去的。她那麼年輕，像花一樣嬌嫩；青春的，充滿朝氣的享樂欲望，一定會戰勝厭世輕生的念頭。她每天醒過來，從鏡子裡看到那張美麗紅潤的面孔，就會感到自己有理由更有資格留在這個世界上，去得到那些還沒得到的，去享受那些還沒享受過的——不管怎樣，她都會頑強地，一天一天地生活下去，直至明白人生不過就是受苦、受苦……

她慢慢地放鬆了，肉體和意識都慢慢融化在眼前那一片被淚光溶解開的，不斷變換的五彩斑斕的色塊裡了，就好像進入了彩虹當中。

當她醒來的時候，時針指向一點。K已經關了電視爬上床去了，從臥室裡傳出他平穩的，似有似無的鼾聲。她揭掉身上的毯子，用冷水洗了臉，回到自己的房間。她站在落地窗前面，在她身後的那面牆上，遠處高樓的霓虹燈映出一個邊緣模糊的，淡紅色的長方形，而窗外是沒有人陪她的夜。

寫在前面

中秋之夜，懷著一睹爲快的心情，連夜批閱了占國芳同志送閱的書稿。窗外晨曦微露，晨露晶瑩。伸展一下困倦的身體，關了檯燈，走到陽臺上，忽然瞥見樓下花園裡鮮花帶露，嬌豔可愛……驀地，從那鮮花叢中，挺起一朵，雖然色不耀眼，香不撲鼻，但喜枝幹挺拔，質樸可愛。那花飄然而起，慢慢的落到我的案頭。啊！那「花」不就是《優秀科幻小說選》書稿麼？於是我興之所至提起筆來，寫幾句要爲他說的話。

科幻小說的名目雖然是舶來物，但具有科幻成分的小說卻是中國古已有之。從《穆天子傳》中日行千里的「八駿之乘」，到夢蝶的莊生，禦風的列子；從奔月的嫦娥，到「制木鷂以翱翔」的魯班；從預言「此物（石油）後必大興於世界」的沈括，到爲航天的夢想勇敢獻身的萬戶；從三國演義裡的「木牛流馬」到西遊記中的「千里眼」、「順風耳」。可以說中國的古人是善於將幻想的成分融入文學創作，大膽地提出超越當時的生產力和認識水準的預言。而飛車、木鷂、千里眼順風耳，不是很容易讓人聯想到今天的汽車、飛機、電視和電話麼？不過由於中國傳統文化中輕視科學的偏見，古人從未能將大膽瑰麗的幻想與嚴謹求眞的科學思想相結合，更不用說將想像力服務於科學技術的探索了。科幻文學當然更無從談起。這不能不說是一件憾事。

中國自己的科幻小說事業是從翻譯開始的。1900年，逸孺和薛紹徽（秀玉）翻譯了凡爾納的《八十日環遊記》。之後包天笑發表了《世界末日記》和《空中未來戰爭記》開中國科幻小說戰爭、末日題材之先河。辛亥革命之前的1910年，陸士諤創作了飽含政治預言不久之後，由於衆所周知的原因，文學領域裡掀起了一陣「史無前例」的風暴。現實主義成了唯一正確的流派。與其不同或相左的，都被打成「舊的」或「資產階級的」，加以壓制。樣板戲，「高大全」、「萬歲」，「偉大」成了唯一能夠發出的聲音。文學的百花園裡只允許「根紅苗正」的品種存活，其他的都被當成「毒草」，必欲剪除而後快。在這種情況下，科幻小說這株剛剛破土而出的幼苗，只好收攏她的嫩葉，匍匐在地上，做假死狀，祈求能「身免於難」而已了。

粉碎「四人幫」之後，我們的祖國雖然歷經苦難，百廢待興，卻也處處充滿著具有春天活力的欣欣向榮的情景。人民呼喚創新，人民需要創新，並且全身心的投入到新生活的創造之中去了。這大概是之前那些拼命壓制創新，妄圖開歷史倒車的某些大人物做夢也沒有想到的吧！黨的十一屆三中全會以後，文學迎來了復甦，科幻小說也恢復了活力。1978年3月，時任國家副主席的鄧小平同志，在全國科學大會上提出「科學技術是第一生產力」的偉大論斷。從那時起，神州大地掀起了一股學科學用科學的熱潮，在這股潮流的推動下，科幻小說的創作得到了前所未有的發展，小說作者的科學素養和文化層次也得到了空前提高。一大批具有中高級文化水品，有專業技術和相關知識的科技工作者也紛紛拿起筆，加入到這個隊伍中來。占國芳同志的這個選本裡，絕大多數作者都是從那時起開始科幻小說的創作的。

當下科幻類作品正以迅猛之勢席捲文壇，作爲一種廣大人民群衆所喜聞樂見的文藝形式，科幻小說逐步承擔起了普及科學文化知識，提高人口綜合素質，爲四個現代化添磚加瓦的光榮使命。其活力和勢頭足以讓人相信，他將擁有一個光明美好的未來！

本書一共彙集了從1980年至今的15篇科幻小說，每年一篇。這20篇小說，體裁各異，各具風貌。占國芳同志爲每篇作品都寫下了作者簡介，和一篇篇散文式的評論，仿佛一位盡心的導遊，引領讀者進入一個神奇、美好的科幻世界。

據我所知，之前還沒有出版過類似的文集，國芳同志此舉可謂開風氣之先，功德無量。

相信有了多方面的精心呵護與澆灌，科幻小說這朶文苑中的奇葩定能開的更加嬌豔、可愛。

目錄

1
迷惘的心……敬文

著名神經學者費省身文革中蒙冤入獄，在獄中他發明了一種可以破譯腦電波，讀懂別人思維的新技術。平反之後，他重返工作崗位，準備大展才華。不料有一天，當年留學時的好友勞倫斯突然不期而至，他們之間展開了一場關於黃帝內經「心主神明說」是否科學的辯論。

與此同時少女海倫也踏上了中國的土地，她要完成已故的母親半個世紀之前的心願。

2
β星系的秘密……金山

二〇二〇年，中國少年李明登上了太空船「新哥倫布」號，開始了前往β星系的探險旅程。和他一同駕駛飛船的是美國的湯姆，日本的百合子，德國的希根，法國的安娜和英國的霍華德。在路途上來自不同國家的少年們領略了一幕幕驚心動魄卻又異常美麗的宇宙奇觀。理解和友誼的紐帶最終將他們牢牢地聯繫在了一起。

3
海遊記……建公武

唐僧師徒成佛後對故土念念不忘，於是重回人間探訪。他們降落在一座「海外仙山」上。島上的居民熱情地歡迎了他們，並帶他們四處參觀。師徒四人有了一段比西天取經更加奇妙更加難忘的經歷。

4 真金……路雲升

化學系教授林臻發現了一種改變金屬分子結構的方法，從而具有了點石成金的本領。但他還沒有來得及好好享受自己的財富，就在一場神秘的事故中喪生。民警在林生前的筆記本上發現了這樣一行字：金子真正的可貴之處並不為人所知。

5 透明殺手……王家珍

大都市紐約，一個月內，金庫被盜，市長千金遭劫，案件頻發。兇手來無影去無蹤，善良的人們生活在恐懼的陰影裡。哈利警探在波拉德教授和電視臺華裔記者林麗的幫助下，決心解開謎題，懲治真凶。同時，某大國的情報人員也在秘密地注視著他們的一舉一動……

6 小不點大夫出診記……戈宏

在二十一世紀，人們已經攻克了癌症難關。病人不再需要打針吃藥，也不再需要開刀手術。所有的問題都交給一位外號叫「小不點」的醫生就可以了。「小不點」到底是誰？他是怎樣工作的呢？

7 冷酷的引信……〔美國〕高自健

一九九七年，一次誤會引發了全球核子大戰。人類文明毀於一旦，倖存的人們在肖恩上尉的帶領下，穿行在暗無天日的核子塵埃中，他們要去尋找傳說中的「預言者」，向他請教地球和人類的未來。

8 深巷奇人……曹德雷

少年白振嶺家住北京的一條小胡同。在一次事故中他被磚頭擊中，陷入昏迷，卻因禍得福具有了神奇的特異功能。他的生活也因此發生了翻天覆地的變化：神秘的獨臂人如影隨形，暗藏殺機；身懷絕技的老者暗中指點，頻頻相助；高幹子弟、校花白雪菲似乎也對他萌生好感……同時兩件文革中流失的寶物——碧螭分水珠和二龍夜光杯，也重現蹤跡……

9 跑道上的謀殺……雅華

S國短跑名將馬斯切娃近年來屢屢打破世界紀錄，戰勝西方選手。在一次世界大賽上，當她即將第一個衝過終點線的時候，卻突然倒在地上，離奇地死去了。S國領導人下令限期破案。馬卡洛夫警官臨危受命，衝破重重阻力抽絲剝繭終於揭開了令人震驚的真相，但是卻又不得不保持沉默……

10 一休哥游未來……仲念邦

應小朋友們的邀請，一休小和尚從動畫片中走出來，參加了2012年中日少年兒童友好夏令營。一休哥在小夥伴們的陪同下，乘坐了空中列車和海底隧道，參觀了浮動城市，還和機器人阿福比賽智慧……展開了一個個新奇，有趣的故事。

11 最後一片綠葉……（香港）倚嫻

未來世界，由於人口失控和環境污染，地球上已經再也見不到植物和動物的蹤跡。清新空氣和水成了難得一見的「奢侈品」。父母雙亡的少女小芬開辦了一家花店，專門收留無家可歸的孩子們。突然有一天，她在電視上看到，來自遙遠的埃亞馬星的太空船已經包圍了地球。埃亞馬星人索要地球上最後的種子和水，以及一塊蘊藏著原始文明的水晶珠鏈。

12 重訪β星系……粟民

故事發生在「新哥倫布」號首航15年之後，當初駕駛飛船的少年們都已經成長為世界頂尖的科學家。一個偶然的機會，李明與妻子安娜在華盛頓巧遇當年的隊友湯姆。三個人制訂了一個大膽的計畫，決定重新集合人馬，返回β星，去尋找當年放置的「友誼之碑」。

13 種金子的人……競白

抗日戰爭時期，八路軍小戰士丁傑搭救了外國僑民查理斯。50年後作為外商的查理斯重回故地並且帶回了一種被稱為「淘金者」的超級南瓜，欲在中國推廣。有關部門安排已經退休的丁傑和他見面。兩個老相識之間又會發生什麼樣的故事呢？

子……槍聲響起，美國武官與國防部官員雙雙倒在血泊。在這個東方紐約，冒險家的樂園，一幕驚心動魄的活劇隨之展開。

18

馬克陳之黃金鼻子疑案……〔新加坡〕居易

陳式財團的少東，東南亞十大富豪之一馬克陳，平日裡風度翩翩，英俊瀟灑，斯文中透著幾分柔弱。但每當夜幕降臨，他就搖身一變化作令惡徒聞風喪膽的正義使者——俠盜陳克馬。報社記者林月一直在追蹤報導馬克陳，私下裡是陳克馬的崇拜者。而她的孿生妹妹林星則受雇於犯罪集團，欲除陳克馬，而有意接近馬克陳。三個人將上演一段交織著愛恨情仇的都市傳奇。

19

高爾基號的毀滅……範曉建

紐約，聯合國總部。聯合國秘書長中斷了正在進行的會議，沉重地向各國代表宣佈：一艘前蘇聯製造的太空船「高爾基號」，已經失去控制，正急速衝向地球。飛船上載有三名宇航員，和一些不明身份的人。更可怕的是，飛船的核燃料隨時可能爆炸。千里之外的度假勝地夏威夷，正沉醉於溫柔鄉的羅傑斯上尉收到了緊急歸隊的指令……

20

噬夢獸……陳跡

20XX年，地球面臨空前的災難，人類文明毀於一旦。倖存的人們像野獸一樣掙扎求生，到處是殺戮、暴力、和戰爭。一個孤獨的男子行走在這個人間地獄裡，他靠製造和出賣夢想為生……

孤獨的旅程

一

她出生在外地一座小城，在那兒待到十七歲，念完了中學。這段歷史在她成名之後為雜誌和報紙撰寫的回憶文章裡，總顯出一種飄忽閃爍，神秘莫測的色彩，與英雄史詩那種用大膽瑰麗的浪漫主義筆法寫成的開篇段落頗為類似。甚至有些時候，由於過分追求語言的精緻、優美，這些文章竟然會在某種程度上互相矛盾。當代散文發明了一個專用詞彙形容這種現象叫做「往事如煙」，它的兩個變格分別是「我記錯了」和「死人不會說話」。在當今這個時代，講解聖經一般都跳過一開始那些過於神妙，不易理解的章節，直接從伊甸園入手。在講述她的故事的時候，我們不妨借鑒這個方法。

上帝創造了亞當，正在高興呢，考其時，她大概已經來到了北京，那一年她考上了Z大學——這所學校培養了許多出類拔萃的人物，其中不乏身居高位者，有的甚至成了科學院院士。

大學畢業之後，她參加了兩屆公務員考試，都失敗了。

一個偶然的機會，她在街上遇到一個老同學——當年她們都是學生會幹事，一起編輯過校友年鑒——閒聊中得知對方嫁了個外國人，正準備移民。兩人互留了電話和郵箱，確保今後再也不會失散了。在隨後的一段時間裡，這位舊相識一直勸她去報社工作，接自己的班。她考慮了很久，在最後一刻答應了。

在她對未來的規劃裡，當公務員仍然是最值得奮鬥的目標，雖然機會渺茫，但她依然願意再花一兩年的時間去嘗試——如果這條路走不通，那就退而求其次回學校去念研究生，或者乾脆出國。人生第一份工作對她來說沒什麼太重要的意義，只要能領薪水就足夠了。

然而當她按照地址去報到的時候，仍然有些失望。報社的編輯部坐落在城南一棟住宅樓裡，同一層還有一個郵局，一個美容院，以及其它叫不出名堂來的可疑的小公司。樓下是個飯館，包伙食，門口常年貼一張廣告，一氣呵成不加標點，上寫：本餐廳凡八十歲以上老人文革冤屈政府無力解決生活困難且無退休金本人用餐免費。每到夏天，大師傅一上灶，換氣扇把炒菜的油煙從敞開的窗戶吹進辦公室。這個時候，職員們就放下手裡的工作，開始興致勃勃地猜測中午的飯菜。

報紙代表自由派，發行量很小，卻總有辦法不倒閉。頭版照例永遠是政治秘聞和歷史懸案，緊隨其後的是女名伶的訪談實錄，附半身玉照；二版是犀利的社論，專門抨擊愚昧和腐敗；餘下的版面刊登散文和笑話，見縫插針地爲各種靈丹妙藥做廣告。總的來說，這份報紙既嚴肅又輕浮，既深奧又淺薄，既莊重又滑稽，既能慷慨陳詞又會插科打諢，既擅長板起面孔說教，又樂於拉高裙擺大跳康康舞，在小市民眼裡是文化與知識的傳播者，並且代表了社會的良心。

她剛上了幾天班就看出這份工作不適合自己。一個記者應該精力充沛，容易興奮，信奉行動就是一切。可是她太清高，對什麼事都提不起精神，對誰都不冷不熱，走起路來目不斜視，面無表情，只在有求於人，而且確實得到了幫助的時候才有個笑臉。因此同事們認定她高傲，不合群。

她喜歡讀張愛玲和三毛，自詡文筆出色，但寫成的稿子總被退回來。編輯們說她下筆虛無縹緲，詞不達意，沒有中心。主任編輯建議她買一些新聞寫作的書看看。她去看了，但是不認同，於是依舊沒有起色。

不過她也有自己的優勢。她剛剛二十三歲，還沒有爲生計操勞過，渾身都散發著青春嫵媚的氣息。她頭髮濃密，皮膚保養得法，身材不高但比例勻稱，小腿又細又直，兩腳白嫩秀氣。當她處在青春期，對於穿著的品味正在形成的時候，時尚的潮流還不能波及她的小城，身邊又沒有什麼高明的榜樣，她只好摸索著靠直覺和天性打扮自己，逐漸形成了一種獨特的，既大膽又俗氣的風格。這種風格叫大城市的女孩看來無疑是非常糟糕的。再加上她喜歡戴一副框鏡，總擺出知識女性的做派。因此一些上了點年紀的單身漢啦，自命風流的已婚男子啦，都把她看作一個實際的，並非不能高攀的對象。

她每次加班，飯店都給報社開夜宵，而且死活不肯收錢——說是廚房做多了，白送給街坊的。趕到生日，還有人提前把蛋糕和鮮花放在門口，贈與人用不甚高明但自以爲得意的書法寫道：年年歲歲花相似，彈指揮間近咫尺，轉眼一年與君行，平安幸福永歡顏。落款是「無名氏」。

試用期滿之後，她請同事們吃了頓飯。在席間主任編輯宣佈她具備了實習記者的資格，「正式被這個大家庭接納了。」於是同事們紛紛主動和她碰杯表示祝賀。

此後大家逐漸發覺，她其實是一個很有能力的女孩子，有頭腦，而且思想深刻，待人雖不熱情卻很眞誠，因爲單純，所以顯得有些靦腆。她在文字上的功力也慢慢顯露出來，主任編輯的工作總結由她來代筆，同事們也經常請她幫忙改稿子——據說她的行文間有一種科班記者所沒有的靈氣。

二〇〇九年的時候，她一個月的工資是一千八百塊。外出採訪還有車馬費和各種紅包可拿。

在北京各種各樣的展覽會、推廣會、發佈會多如牛毛，舉辦這些活動像釀啤酒不能沒有酵母一樣不能沒有記者。她每個星期選一到兩個自己感興趣的，叫上同事一起去。人家送的禮品和書籍，她憑喜好留下一部分，剩下的隨便處理掉，遇到有自助餐的場合，就儘量吃飽，然後裝一提包雞翅和點心回家，省下第二天的早點。

拿到第一個月的工資以後，她就從學校宿舍裡搬了出來，另找了間房子。新家在四環外，是兩居室中的一間，帶一個陽臺，房東留下了幾件東拼西湊不成樣子的傢俱；白灰牆刷得坑窪不平，質感和顏色都好像天然砂岩；地板革的花紋磨掉了，有些地方已經變成了深紫色。通過惟一的一扇窗子能看見對面樓房的窗臺：白天家家戶戶把遮陽蓬收起來，篷布褪了色的花邊迎風招展，像是在窗框子上綴了一圈破布條。樓下是一個天井，有歪歪斜斜巴掌大的一塊空地作爲公共花圃。可惜這塊地硬得像土坯，陰暗得像井底，卽便拿來種菜也是不行的。空地外面是交通幹道。

爲了把房間裝飾得溫馨舒適，她買來大塊的花布做窗簾和牆圍，還延續上學時的習慣給床加了一個帳幔。

頭幾個禮拜她每到休息日都去逛宜家，花半天時間挑幾件別致的小物件回來，遇到天氣不好或者不想出門的日子，就躺在床上看小說，一覺睡到下午。

她喜歡安靜，傷感的東西又看得太多，類似「孤獨」、「寂寞」、「絕望」這類的字眼總能打動她的心，就像虔信的宗教徒聽人談起永生和復活一樣。她模仿書中的主人公，把自己關在家裡，胡思亂想顧影自憐，在紙上塗塗抹抹，然後念給自己聽，感動得幾乎要落淚。每當太陽西沉，她就坐在床上，一邊用小杯子喝咖啡一邊想心事，也不開燈，任由房間裡慢慢地暗下來。

她覺得自己非常美，無論容貌還是舉止甚至表情和眼神都一樣的美。她幻想著用這種美俘虜一個傑出的，自己至今沒有遇到過的男人，讓他愛上自己。他應該英俊瀟灑，才華過人，擁有顯赫的身世卻秘而不宣，甚至可以是一個自願過平民生活的王子或鉅富的繼承人。她要他愛自己愛得發狂，把別的女人視做糞土，隨時準備赴湯蹈火。他應該爲愛受罪，經歷折磨，一封絕情的信可以使他痛徹心扉，生不如死，一句溫存又立刻能起死回生。她不必嫁給他，甚至不能用愛情回報他，對方卻要永遠地，至少是終其一生地迷戀她，卽使在她死後多年——她覺得自己不妨早死——也不改初衷，和別人談起她的時候仍然一往情深，忍不住落淚。到那時會有多少女人嫉妒她的好運，羨慕她的成功！

可是她沒辦法遇到這樣一個人。圍繞在她身邊的盡是一些平庸角色，從儀表到談吐都令人生厭。遇到有人獻殷勤，她非但不高興反而感到氣悶，好像受了侮辱。

她的神經屬於黏液質，感官又特別敏銳，環境沒法滿足幻想的需要，她就把所有的注意力都投向自身。每天早晨她從鏡子裡看著自己，總感覺青春和美貌又流失掉了一些，就像原本鮮明的一幅畫被塗上了不容易分辨的陰影，變得黯淡了。她爲此惶惶不可終日。

漂亮女人在二十歲出頭的時候，幾乎都像半神一樣威力無窮，無所不能——輿論和法律在某些時候也要對她們網開一面。她們笑，人們就快活；她們哭，人們就憐憫；她們恨什麼，什麼就顯得分外可憎，她們愛什麼，什麼就身價倍增；她們做好事，人們就讚歎美貌和德行的結合，好像世人不是壞蛋就應該是醜八怪；她們犯了罪，人們感到是時候效仿基督了，於是憤憤然地喊：「世道啊！風氣啊！你們誰沒有罪呢。」她活著，人們要做出種種是非，不讓她好好活。她死了，那倒是一了百了了，人們歎口氣，說道：眞是紅顏薄命啊！輕巧地就把一切一筆勾銷了。既然這樣，誰會眞的願意輕易死掉呢，她只管活著，享受自己的特權，行使自己的權利，在一段時間裡，她想要什麼樣的成功就會有什麼樣的成功。

可是總會有那麼一天，她一覺醒來，突然發現頭上那頂象徵上天眷顧的花冠已經凋零了，隨之而去的還有那種呼風喚雨的法力。人們和她談話，言語和目光裡都不再含有複雜的，需要特別領會的含義，人們形容她的時候也不再從自然現象和宇宙天體當中尋找修辭的靈感，而只是簡單不客氣的稱她爲：女人，或者一個女的。那個時候，她大概也就三十歲了。

所以對她而言，現在正是最好的時候。

她給自己設計了一百種的未來，她有一百種享樂的計畫，然而理想中的男人一直也沒出現，就像宴席排好了客人卻遲遲未到，怎能不叫人心煩。時間長了，她的心裡積累起一種怨氣，像慣壞了的小孩一樣，怨恨事情不如自己的心意。她殘酷地對待追求者，刻薄得像瓶子裡的魔鬼，在她看來這些人什麼用處都沒有，只能加深自己的不幸。

她工作起來並不積極，還經常出點小差錯，但總是有人從中維護，所以飯碗是穩的。有一天，輪到她在熱線上值班。她一邊接電話一邊順手翻看電子郵箱。

新郵件裡面有一封邀請函，寫了很簡單的幾行字：

您好，我是鳳凰電視臺單獨譚話編導，節目將於八月十五號錄製關於流行音樂的話題，地點：北京廣電中心。我們誠邀您參加我們的節目，並和主持人譚文東和音樂人K互動。請問您能來麼？

她前不久買過K的唱片，還填了一張表格，算是加入了歌迷團。她想這大概就是他們邀請自己的原因。

她招手讓坐在對面的男記者過來，給他指了指那封信，用口型說：「我——想——去！」

「什麼呀這是？你愛看訪問節目？」

「我要看K！」她用手捂住話筒，小聲說。

「What？」對方向後退了一步，作了一個吃驚的姿勢：「你不會喜歡他吧，這都啥年頭了？」

「誰喜歡誰？」一個做了二十年校對的老太太，抬起頭瞇縫著眼睛問。

「K，您聽說過麼？」

「聽說過，他不是唱歌的麼？」

她把男記者拉回來，半是嗔怪半是撒嬌地說：「你快給我看看怎麼走。」

然後扭過頭對著聽筒說：

「您聽我說，我知道您的意思，像您這種情況我們只能替您跟相關部門反映，您看行麼，因爲這種問題現在挺多的……」

「你們屋下個月誰還訂酸奶？」物業管理員從樓道裡探進頭來，說。

「都訂吧？有人不訂麼？」

「我還接著訂。」

這時角落裡一個男職員綽號「狗毛」的，說道：

「別寫我，我斷奶了。」

說完他撇著嘴，神色嚴峻地環視了一周，然而沒有人理會他。

「你呢，美女？」

她擺了擺手，示意稍等一下。

「那好，您說一下您的聯繫方式吧，」她對著聽筒說：「一旦有反饋，我們會及時和您聯繫的，您看行麼？好的，我記一下，您說……」

她把聽筒拿遠一點，抬起頭來說道：

「我想訂一天紅棗味的，謝謝。」

「紅棗味的好喝啊？」

「我沒喝過，先訂一天嘗嘗。」

「一個原味的改紅棗味的，還有沒有？快點快點，送奶的在樓下等著呢。」

「你讓他上來不就完了。」

「要不我也改個紅棗味兒的吧，我也沒喝過。」老太太皺起眉頭，猶豫地說。

「您可想好了，萬一不好喝可就悲劇了。」男記者好心地提醒。

「那……算了。」老太太一揮手，說：「我不改了。」

她掛上電話，喝了一口水，在椅子上盤起一條腿來，問道：

「看好了沒有啊？我說。」

「我都沒聽說過這個節目，八成是騙子。」

「呦，你還怕騙子啊？」她嫵媚地一笑，側著臉瞧著他：「警惕性還挺高。」

老太太插進來說道：

「沒看出來小孫還挺懷舊，K都多大歲數了。」

男記者說：「他都唱過什麼呀？」

「你聽過《告別》麼？」她問：「吳彥祖跟謝霆鋒演的那個電影，你看過麼？叫什麼來著……就是他們倆是兄弟，都是黑社會，完了吳彥祖是臥底，最後謝霆鋒把吳彥祖打死了。你沒印象啊？最後主題曲就是他唱的，叫《告別》。吳彥祖死的時候，音樂一起，我感動得都不行了，他一邊唱我一邊流眼淚。當時我們好多人在一塊看的，整個宿舍哭得都不行了。第二天我就去網上找他的專輯，把能找到的歌全聽了一遍。」

男記者問：「上次去錢櫃你唱了麼？」

「當然唱了，我唱了兩遍呢。」

「沒印象，你喜歡的東西都太怪了。」

「你得看過那個電影才能理解這首歌。」她說：「你想那麼一個生離死別的場面，那麼慘，但是他的音樂一點都不悲，反而很快樂，很有激情，讓你聽了感覺心裡充滿了希望——有一種宿命的東西，就像佛經說的：『不生不滅，不喜不悲』這種感覺你懂麼，已經滲透了生死了。歌詞寫得也好：誰讓我們哭泣，又讓我們驚喜，讓我們就這樣相愛相遇，在繁華的街頭，在每一個寒冷的夜晚，相聚分離……他把死亡比作分離，把生命比作驚喜，多有感覺啊。那會兒上文學鑒賞，講古詩十九首，老師評價說：『文溫以麗，哀而不傷』我立刻就想到這首歌。這感覺是一樣的。」

「讓你這麼一說可深了。還跟唐詩有關係呢？」

「你錯了，還眞不是唐詩。」她說，隨後又對老太太說：「陳老師，我推薦您也聽聽這首歌，特別感人，這也屬於搖滾樂，您聽聽就知道了。」

「我沒准還眞聽過。」老太太說：「八幾年是不是就有他了？那會我兒子才兩三歲，還上幼兒園呢。我們家還在北蜂窩住呢，你想想……這都是哪年的事了。他們班有一個小孩，好像叫于什麼——名字我記不清了——老教我們孩子唱歌，我們孩子回來就給我和他爸唱。什麼黃土高坡吧，什麼鞋兒破帽兒破吧，給我們逗得……還有那個K，他唱的什麼來著？對，這個他也會唱。後來那小孩得了紅眼病，把我們家孩子也傳染了。為這個就再沒去過——好不容易找人給他轉的托——人家幼兒園都不收……」

男記者回到座位上，把手放在電腦鍵盤上說：

「叫什麼詩來著，我查查，你告訴我誰寫的。」

「沒人寫。」

「什麼叫沒人寫啊。」

「就是不知道是誰寫的，考證不出來，於是稱作者為無名氏。」

男記者打了個響指，說道：

「敢情他是詩人，我以為他是做蛋糕的呢。」

大家笑了一陣，都認為這個回答非常機智。

二

之後的幾天，她把手頭K的唱片都拿了出來，開始一張一張仔細聽。辦公室裡的那次談話讓大學時光在她的頭腦裡復活了，她回憶第一次聽到《告別》時的情景，不知怎麼生出了一種強烈的，類似食欲的感覺，好像在思念一種久違的美味。她清楚地記得當時自己雖然哭得上氣不接下氣，但是心裡卻感到非常的舒適和充實——一個英俊的年輕人流血而死，他的行為高尚，有人為他唱挽歌……而她自己卻活得挺好，由一群女孩子陪著，她喜歡她們每一個，希望生活一直這麼過下去。她漂亮、年輕、整潔，有雄心和遠大的前程，討所有人喜歡，沒有做過任何不純潔的事情，她相信自己的眼淚一定有特別的力量，她要為自己的幸福和他人的不幸而哭，就像一個跪在祭壇前面的，無罪的處女。

她耐著性子，仔細地聽每一首歌，期待那種感覺能夠再次降臨，但卻失望了。K的一些歌她當年只聽了幾個小節就跳過去了，現在仍然聽不下去，她覺得裡面似乎缺乏一般意義上被認爲是美的東西，這些歌仿佛不是用鋼琴譜出來的，而是在磚廠裡用爐子燒出來的，聽得時間長了讓人不舒服，耳鼓脹痛，就像掏耳朵用的力量太大了一樣。K的嗓音低沉渾濁，爲了掩蓋這個缺陷他給自己寫了很多節奏強烈，連說帶唱的歌，演唱時總是略帶一點蒼涼，再加一點憤世嫉俗，題材無外乎「社會的虛僞」、「內心的苦悶」、「掙扎、反抗」，以及對愛的渴求——他經常訴苦說自己需要愛，而且唯一需要的就是愛。在堅持聽過了K幾乎所有的作品之後，她仍然最喜歡《告別》，並且認定這首歌是他的代表作。

離八月十五日還有一個星期，報社批准了她去電視臺參加節目，還答應給她派一輛專車。她先是高興，繼而有些惱火，因爲時間這麼短，幾乎不可能爲上電視好好準備了。她覺得光是選擇一身合適的穿戴，就是件很麻煩的事。

回到家她把自己那個小衣櫃裡所有的夏天衣服都找出來，挑出幾件來在身上比了比，楞了一會兒神，又統統收了起來。至於鞋子，陽臺和門後碼放著不少，但她覺得連看的必要都沒有。當天晚上她沒有做飯，躺在床上看了幾頁書，就昏昏沉沉地睡了。

「我居然連一件穿得出去衣服都沒有，」夜裡她醒過來，趁還沒睡著的時候這樣想：「我馬上要二十四歲了，多麼可怕的事兒。原來我總覺得這一天還遠著呢。二十四歲……說什麼我也得有一套像樣的衣服了，哪怕只穿一次也值。我平時也夠省了。今年是本命年了，怎麼不行呢。」

第二天她坐車去了西單，打算用一整天的時間置辦一身行頭。因爲已經有一段時間沒有逛街了，所以她沒有什麼明確的計畫，一會兒買一份霜淇淋吃，一會兒鑽進書店看兩眼書，一會又被現場選秀的表演吸引過去，就好像在參加一個大型的，不買票的遊園會。遇到入眼的衣服和鞋，她一律先試一下，但是並不急於做決定，半天下來交款單已經攢了厚厚一遝，把錢包撐得幾乎扣不上了。在一家鞋店裡，她發現自己惦記了很久的一雙鞋被買走了，好事的店員還把買主指給她看——一個又黑又胖看上去很俗氣的女人。她心裡一陣好笑，簡直要爲鞋子叫屈，暗下決心再也不買這個牌子的東西。

中午她在麥當勞吃飯，要了一份十五元的超值午餐和一小杯咖啡，坐在角落裡一邊休息一邊思考下午的行程。餐廳對面是一家珠寶店，櫥窗裡養著熱帶魚，屋頂上有枝型吊燈，在櫃檯後面是戴安娜王妃的巨幅照片，照的是背影。王妃穿一身紫色晚禮服，V字形的領口一直開到肩胛骨下面，一條珍珠項鍊從脖頸上垂下來，在後背用鑽石墜子墜住。上中學的時候她從電視和雜誌上知道了戴安娜，並且著了迷，反復讀那本《英格蘭玫瑰》，還把裡面精彩的句子抄在記歌詞的本子上。她甚至刻意模仿她講話的口音，聽過的人都認爲像極了，爲此，英文老師讓她做課代表，負責示範朗讀，一次縣裡教育局的某個專員到班上聽課，回去彙報說：「三中有個小姑娘能講英音，比磁帶讀得還棒！」正巧這一年，一個尋找失蹤飛行員的美國探險隊訪問中國，蒞臨她的家鄉，這是該城二戰之後第一次接待外國人。爲了隆乎其重，使「賓至如歸」，縣政府安排她在歡迎會上代表全縣人民做英文演講。這篇由英文教師起草，脫胎於甘迺迪就職演說的歡迎詞，打動了山德士上校的同鄉和同行們，他們輪流和她擁抱，親她，管她叫「lovely angel」。於是當年她就獲得了宋慶齡獎學金，保送升了高中，和她一道獲獎的是一個能讀三十多本線裝古書的小男孩，和另一個會寫長篇小說的小男孩。家裡把報紙採訪她的文章裝進鏡框，掛在堂屋裡；一位祖父是秀才的本鄉耆老，做了一幅寒梅報春的畫並「雛鳳聲清」四個字以資旌揚。

正是從那時起，她逐漸感覺到自己有可能，也必須擁有一個與衆不同的人生。

她慢慢地喝完了咖啡，把沒用完的砂糖和餐巾紙放進書包裡，站起來朝那家珠寶店走過去。

一個穿西裝制服的店員立刻走過來招呼她，態度殷勤有禮又略帶一點矜持，臉上掛著冷淡的似乎隨時可能消失的微笑。

她告訴他，自己只想隨便看看，然後沿著櫃檯慢慢地走到那幅巨大的海報跟前。她微微仰起頭，出神地幾乎是虔誠地打量著她的背影，就像在瞻仰一件眞正傑出的藝術品一樣。

男店員一直保持著合適的距離跟在她身後。

「這個是戴安娜王妃。」他說：「她生前也是我們的客戶」

她感到有點掃興，就用表情示意，這些自己全懂。她當然能認出這是戴安娜，那肩膀，那手臂，那從皮膚下面凸出來的，優美的肩胛，都不可能屬於什麼別的女人。除此之外，像某些曾經用全部精力，深入地研究過特定作品的鑒賞者一樣，她認爲在這幅照片中還有一些極有代表性的，個人化的細節，而這些細節只有她才能夠發現並且指出來。

出門之前，她取了副耳墜試了試。男店員爲她推開玻璃門，態度比之前更加禮貌得體。

走出店門，她感到心裡既溫暖又滿足，就像剛剛背誦了一首心愛的詩，或者重聽了一遍自己喜歡的歌曲一樣。這種陶醉感也許只有那些深陷某種嗜好並且不以爲累的人——當他回憶使自己上癮的那個牌子的香煙，那種酒，那個女人，或者自己收集的第一枚硬幣，第一張郵票，第一個空飲料罐的時候——才能夠體會到。

她把手裡的繳款單扔進了垃圾桶，帶著新獲得的靈感繼續逛街。最後看她上了一件棕色短連衣裙，做工大方，式樣也很討巧，按照售貨員的說法，穿上它既可以「參加宴會」也可以「出席商務活動」，因此特別適合「高級白領」，就是價錢有點敲竹槓。而且既然她是眞心喜歡，也就別想得到任何優惠了。她說服自己：如果愛惜一點，再保持身材不變，今後幾年都盡可以穿，還是划算的，於是就買下了。

這時已經將近九點，她從購物中心出來，隨著人流穿過文化廣場，到長安街上坐車。她好不容易擠上一輛地鐵，沒有找到空座位，只好站著，小心翼翼地把裝衣服的紙袋放在身前。她感覺後背和腳跟疼得要命，就把身體靠在車門上休息。列車行駛在隧道裡，四周一片黑暗，有很長一段時間她都能從玻璃上看見自己。她從頭到腳地打量著自己，對下半身看得尤其仔細，她知道從上往下看和從鏡子裡看人的樣子是有差別的。她曾經想買一面大穿衣鏡，放在門後面試衣服用，可是後來看到一篇講星象的文章說：大鏡子擺在小房間會帶來不幸，就猶豫了，最終沒有買。現在她決定把這筆省下來的錢買鞋用。車廂電視裡正在放一個名人訪談，她看了一會，發現了一個問題：那就是，鏡頭似乎從不照觀眾的鞋子，不僅如此，坐在後排的人甚至連腿都照不上。她仔細觀察了一下，確定這是眞的。也就是說鞋子並不是非買不可的，這讓她有些掃興。

第二天醒來的時候，她感覺精力充沛，心情愉快，打算趁著早先去做個頭髮，然後回家來保養皮膚。

洗漱之後，她在手機裡發現一條新短信，是同事發來的，寫道：

「悲劇了。據說下週末集體站街，估計去不了電視臺了。」

她罵了一句家鄉的髒話，把電話扔到了枕頭上。

站街的意思就是上街發報紙，當然是完全免費的，有時候還搭配點小禮品，這就意味著要穿上廣告T恤，在人行道或者地鐵站呆上一整天，去和愛答不理，甚至看都不看你一眼的路人搭訕，利用一切機會勸人家塡訂報合同。她參加過兩次這種活動，自認爲什麼人都見過了，她最害怕那些腦子不靈光的家庭婦女和退休的老人，他們往往一心要佔便宜，卻又像食草動物一樣謹愼多疑，總是不斷地提問，卻不回答問題，爲了一個削皮器或者一罐可樂讓你把每項條款都解釋好幾遍，然後一言不發地考慮很久，似乎在做心理鬥爭，其實只是在琢磨如何白拿獎品。遇到這種情況，她就會覺得自己和對方都是被社會拋棄的，沒有尊嚴的人。

她坐在床邊，咬著嘴唇思索了一陣，然後撥通了主任編輯的電話，試探能不能請個假。得到的回答是：原則上不允許請假，如果有正當理由可以給「老闆」——也就是總編——打報告，由他來定奪。

自打來到報社，她幾乎沒有機會和總編輯接觸，只是在年會上說過兩句話，碰了碰杯。但是和很多涉世未深的年輕人一樣，她相信人的職位越高就越欣賞才幹和銳氣，越容易被富有文采的，清晰有力的文字所打動。她甚至感覺這是一個不錯的機會，可以讓自己受到注意，免於被埋沒。

她鋪開一張報社的信箋，想在上面擬一個草稿出來，可注意力怎麼也集中不起來，半天沒有寫出一行字。九點半的時候，她決定先去做頭髮，一邊走一邊繼續思考。

她穿過兩條馬路，來到經常光顧的那家理髮館，卻吃驚地發現門口的招牌已經換了，那些正在工作的，和坐在長沙發上的理髮師她幾乎一個都不認識。她楞住了，一種被欺騙的屈辱感湧上心頭，繼而是無法抑制的憤怒。她一下子變得兇狠起來，臉也紅了，做好了大鬧一場的準備。她繞過迎上來的接待員，衝到櫃檯前，一連問了好幾個很不客氣的問題。出乎意料的是，交涉非常順利，原先的優惠卡仍然可以用，她放心了。

她的新理髮師是個又高又瘦的年輕人，穿著緊身的襯衫和褲子，窄長的尖頭漆皮鞋；鬢角和後腦勺剃光了，油亮的長頭髮從前額整齊地向後梳，蓋住了頭頂。

她細緻地說明了自己想要什麼樣的髮型，講完一遍之後，又叫他複述了一遍，自己再糾正、補充，反反復復，不厭其煩，直到認爲自己的意思被充分領會了爲止。

剛開始，理髮師因爲技術和智力遭到懷疑有些不痛快，一聲不吭地悶頭幹活，後來，他從職業操守的角度出發，覺得還是應該和顧客聊上兩句。

他從鏡子裡看了她一眼，用帶東北口音的普通話說：

「你頭髮眞好，多多啊。」隨後又有點惋惜地補充說：「就是白頭髮多點。」

之後是沉默。過了一會兒，他又問道：「你就住這附近吧？」

「是。」她答道。

「那行了，以後過來找我就行，待會我給你一個名片。」

她答應了，隨手拿起一本雜誌看起來，爲的是不用再說話。

這時候，兩個學徒過來給她卷頭髮。理髮師吩咐了兩句就到別處去了。

她一邊翻雜誌一邊構思自己的報告，把文章的框架在腦子裡梳理了一遍：

紀念改革開放三十周年《人物》系列……時代的座標，理想的切入點……從八十年代到現在一系列重大事件……烙印……掙脫了束縛的……自由的，人性化地闡釋……改革精神和搖滾精神內在的契合……

理髮師從外面回來，身上帶著一股煙味，站在椅子後面，看學徒用小梳子往分成綹的頭髮上刷藥水，看了一會，自己也動起手來。

藥水揮發得非常厲害，氣味刺鼻。但她還是能聞到一種香水和煙草味混合在一起的獨特味道，每當理髮師向前俯身的時候，她聞得就更清楚，她感覺自己喜歡這種味道。她有點不安地從鏡子裡看著他：理髮師把袖子卷到胳臂肘，用一雙瘦長的，骨節明顯的手不慌不忙地做著發卷兒，手指用力的時候，前臂的肌腱就像琴弓上的馬鬃一樣，在皮膚下面一束一束地繃緊了，活動著。

不知爲什麼，她覺得這樣的手應該屬於一個音樂家，應該能在鋼琴或者提琴上演奏快速的，高難度的樂曲。

他突然很隨便地問：「現在上班上學呢？」

「上班。」她回答道，被自己沙啞的聲音嚇了一跳。

「你有多大？二十幾？」

「你看呢。」

「有二十二麼？」

「差不多。」

他們有一句沒一句地聊了起來。理髮師擅長用一種友好的，非常誠實的方式問自己想問的話。和這種人在一起，保持沉默或者說假話都是不容易的事。很快他就知道：她是南方人，在報社工作，還沒有男朋友。他提出可以爲她物色合適的小夥子，她也答應了，當然都開玩笑的。

「其實你可以找個人算算，」他說：「你信算命麼？咱們家那邊有一個人算得特別准。我有一個夥伴，一直找不著合適的，後來找他算了一卦，花了兩千多塊……」

「把車推走吧，不用了。」他對學徒說。

理髮師把手擦乾淨，在一旁的小圓凳上坐下來，接著說道：「那人他爸是和尚，從小就住廟裡，他修行到什麼程度呢，就說他用自己的血抄經書，抄了三部半金剛經。啊，對，就是人血，拿針管抽出來的。他平時都不吃鹽，怕血腥……他見了我同學，第一句話就是：你床底下是不是有兩個箱子？我同學當時就一愣——她床底下就是有兩個箱子。人家又說，你這兩個箱子，都是什麼顏色，裡面裝的都是啥，哪個在上哪個在下，一樣兒一樣兒的，絲毫都不帶差的。你說這是怎麼回事？你說他是蒙的麼？完事兒她說：『那您給我算算姻緣吧。』人家說：『行。』起手就給她排八字，排完了趴在耳朵邊上跟她說了一句話，讓她記在心裡，任誰也別讓知道，爛在肚子裡。後來她告訴我們，當時說的是她當年命裡有婚動，命中註定，一生一次。結果就靈了，算完了沒兩天，我同學就認識了她老公，倆人十月份結的婚，婚禮我還去了呢。你說神不神？對了你啥星座的？」

「射手座。」她回答。

「你等會兒啊，我給你看一個好玩意兒。」

理髮師邁著輕快而有彈性的步子走開了，回來的時候手裡端著一個粉色的像高腳湯缽似的東西，上面有玻璃罩子，四周畫著星座的圖案。

「你身上有錢麼？一塊錢的鋼鏰。沒事兒，我這有，你看著啊，老好玩了。」

他把硬幣放進去，扳動了一下開關，一個小紙卷從裡面掉了出來。

「我來幫你看。」理髮師說，從襯衣口袋裡取出眼鏡戴上。

「下半年的小射手，進入了爲情所困的迷局。」他念道，聲音裡那種討人喜歡的誠實味道消失了，變得平板空洞。他讀得很壞，就像一個不用功的中學生在背誦課文一樣。「在感情上，你將會得到一個迫切需要勢在必得的條件。事實上你的生活方式進入了一個決定性的階段，將讓你通過繼續和最深的交流增進與對方的感情。好消息是：金星進入了順利的位置，工作上的重擔可能會卸下，關鍵是小射手天生的優勢就是你很少地猶豫不決，你偉大的思想會取得光彩的勝利，這將會有利於你獲得成功，你的社交生活都會是你的特權，公認的成就也將指日可待。」

理髮師好不容易把這幾句話念完，鬆了一口氣，但是顯然無法領會其中的奧妙。

「你再看看，興許有錯別字。」他謙虛地說。

她接過紙條，笑著看了一遍，又翻過來看了看背面，像是在欣賞一個有趣的惡作劇，然後疊好了放進口袋裡。她知道其他的顧客也聽到了這些話，因此有些難爲情。

在燙髮的時候，理髮師想給她推薦一種最新的紋眉術。她拒絕了。

三

一連幾天，整個報社都在爲街頭行銷的事情忙碌：開會、印宣傳單、寫橫幅、反復核實訂午餐的人數。職員們按年齡和性別搭配，分成小組，指定了活動區域和必須完成的任務。中層以上的領導又專門開了一次會，定下了嚴格的獎懲制度。會計帶著司機出去，從批發市場拉來一車做獎品用的，各式各樣的筆記本和洗臉盆，暫時堆放在樓道裡。

她的報告早就遞上去了，但一直沒有回音，頭兩天她時刻都在滿懷希望地等待，時間一長又有些後怕，疑心自己說了不該說的話，闖了禍。最後她安慰自己：也許老闆沒有看到她的報告，或者太忙了沒有時間去看。

令人想不到的是，週五早晨，每個人都接到了緊急通知，上面說：因為一些客觀因素，不得不……

總之，週末大家又自由了。

整整一天，辦公室裡都洋溢著歡樂融洽的氣氛，同事之間客客氣氣，相互用您稱呼。連脾氣古怪的「狗毛」也變得溫和了，主動給大家念網上的笑話，這說明他心裡痛快，一般只有在頭過年那幾天才會這樣。

周日的早晨，她醒了過來，朦朧地聽見馬路上早班的公車緩緩開過的聲音。汽車引擎的噪音使窗玻璃微微的震顫起來。她翻了一個身，忽然意識到今天是什麼日子，頓時睡意全無，當即跳下床，一把拉開了窗簾；清晨柔和的陽光立刻照進來，天已經很亮了。

空氣清新涼爽，一種不知名的鳥在什麼地方起勁地，嘰嘰喳喳地叫著，她猜想那是麻雀。

這是自由的一天，她終於擺脫了工作，可以到外面玩一玩，吃頓飯，並且就要和自己長期的偶像見面，近距離地看著他，聽他說話，觀察他。一想到這兒，她的心臟就快活地加緊了跳動，她感到一陣輕微的，熱乎乎的脹痛從心口擴散開，一直延伸到指尖和手腕。她呼氣的時候，胸腔在微微顫抖，全身的肌肉像被麻醉了一樣綿軟無力。毫無緣由地，她突然想大笑，想喊叫，想唱，想跳，想好好地吃一頓早餐。但是她仍舊慵懶地站在窗前，什麼都沒有去做，彷彿被看不見的枷鎖禁錮著。她就像一隻剛剛從蛹裡爬出來的蝴蝶，需要等翅膀在空氣裡晾乾了，身體和精神都甦醒過來才能夠行動。

這時候她看見一輛小汽車從立交橋上下來，在空蕩蕩的大街上掉了個頭，朝這邊來了。開車的是她的同事，他在駕駛室裡一邊打電話一邊東張西望，沿著停滿了過夜車的輔路，猶猶豫豫地走著，似乎在找空位置。

她拿起了電話。

「我看見你了。」她說：「你是不是穿著你去十渡穿的那件衣服，我看見你了。」

她得意地笑著說：

「我衝你招手你能看見麼？你往樓上看……廢話，你才不穿衣服呢……掛了啊，討厭。我早就起了，你幾點起的？」她轉過身，對著床頭櫃上的化妝鏡，用一隻手整理著頭髮，繼續說：「哎，我跟你說，我昨天晚上突然又不想去了，怎麼辦啊，要不你回去吧，我再睡會兒。」她笑得更開心了，脫掉睡裙，開始換衣服：「你隨便，反正沒人認識我。只要你不嫌丟人就行。哎，咱們還來得及吃早點吧？那我帶你吃早點去吧，你等我十分鐘。」

她不慌不忙地梳洗一番，把衣服和鞋子上的吊牌取下來，穿戴完畢，步履輕快地出了門。男同事把車停在單元門口，她徑直走過去，拉開前門，坐在副座上。

「走吧，聽我指揮。」

她們拐到居民區裡一個小飯鋪，坐下來要了兩屜包子，兩碗餛飩。和他們一起吃飯的是一群穿運動服的學生，和兩個衣著破爛，灰頭土臉的工人。她做出一副屈尊俯就的姿態，苦笑著用紙把餐具揩乾淨，憂心忡忡地捏起調料瓶子，聞聞味道，又放下，表現得像一個初次踏進這種地方，又不得不入鄉隨俗的旅遊者一樣。他們在談話中提到了「節目組」，「導演」、「後期製作」這類東西，因此大家覺得他們大概是電視臺的人。

她沒有什麼胃口，只吃了兩個餛飩，用勺子撇開碗裡的油花象徵性地喝了兩口湯。男記者則吃得狼吞虎嚥，對味道讚不絕口。她叫他把兩屜包子都吃了，又另外要了一屜帶著路上吃。

四

節目從早上十點開始錄製。觀眾老早就聚集在演播室門外等待著。她在一群搖滾樂迷中間顯得鶴立雞群，仿佛是一個闖進速食店的盛裝貴婦。穿灰制服的保安員來回巡視，督促大家排好隊伍。

她壓低了聲音對同伴說：「不跟他們擠，咱們最後進。」

門開了，她隨著人流湧進黑洞洞的演播室。這是一間空曠的，堆滿了雜物的大廳，各種久已不用的道具和舊桌椅擺在一起，看上去像一座座有現代派韻味的雕塑作品；大廳中央擺著兩張沙發和一件當茶几用的，既像鞋架又像床頭櫃的古怪器具。沙發背後立著一個書櫃，滿滿當當地擺滿了硬紙板做的假書。角落裡有一盆熱帶植物。這些東西的後面是一面高大的佈景牆，貼著淡黃色的壁紙，用小幅的油畫做裝飾。牆壁正中央是一個漢白玉壁爐，爐膛淺而且寬，像個神龕；兩側的立柱被做成半裸的女神立像，爲了確保穩固，頭部出奇地大，肩膀和軀幹卻過於纖巧筆直，看上去就像一對鼓槌；爐臺上擺著一個盛著水果的雕花玻璃碗。壁爐旁邊有一扇門。

佈景的四周是觀眾的座位，從上到下一共有四層，像希臘劇場似地緊湊地圍成一個半圓。

這一切都虛假得有些滑稽，讓她想起了家鄉那間照相館——他們給小孩子照相的時候，不是讓他坐在有風景的窗子前面假裝打電話，就是捧著花束，站在一條似乎是從屋頂垂下來的花園小徑前面。

她想到待會將有人坐在這裡，煞有介事地侃侃而談，好像眞的在書房會見客人一樣，就笑了出來。

她討厭這種不倫不類的裝潢，但挺喜歡這幾樣傢俱。她恨透了自己房間裡那些不知從哪兒來，不知有什麼人摸過坐過的破東西，一直想有一套自己的傢俱。她用想像力給這組道具添上屋頂和牆壁，設想自己能住在裡面。這個想法讓她入迷了。以前她在宜家閒逛，總幻想那些佈置各異的樣板間是屬於自己的，哪兒是臥室，哪兒是餐廳，哪兒是起居室，安排得妥妥當當；有時候她甚至會把商場裡展示傢俱的大廳想像成自己的家。

她認爲能有這樣一間房子也挺不錯，因爲牆上有壁紙，她喜歡有壁紙的房間。壁爐帶一點貴族味道，使人有浪漫的聯想，也很合她的口味。她想起原先在家裡，每次吃核桃或者榛子，母親照例會說堅果殼是很好的燃料，外國人正好拿去燒壁爐。

「你渴嗎？」同伴問。

她含混地回答了一句什麼，點了點頭，隨卽又搖了搖頭。

「那我去買點水去，你喝什麼。」

「我不喝，你去吧。」

他看了看她，又問道：

「待會完事兒咱倆吃什麼去？」

她仍然沉浸在自己的想法裡，望著壁爐裡那兩塊染黑了的原木。

她楞了一下，答道：

「什麼都行，我隨便。」

男記者緊挨著她坐著，每次說話總要探出頭去，把整個身子轉向她；旁人一眼便知：他們倆是一起的。

「那我請你吃鹵煮去吧，你不是老嚷嚷著要吃麼？」他說。

「在哪兒啊，遠不遠？」

「那你就別管了，你就說你敢不敢吃得了。」

她做了一個輕蔑的表情作爲回答。

「他們家的腸子洗得不乾淨，我看網上有人說，」他說：「一進門就能聞見那股味兒，好多人都受不了；但就是好吃。那兒是我知道唯一一家有肉的鹵煮。」停了一下他又繼續說道：「對了，他們家還有麵條——用鹵煮的湯拌面，你聽說過麼。」

她皺著眉頭，怕冷似的聳起肩膀，抬起一隻手打斷他，說道：

「我要吐了。下一個話題。」

這時，對準觀衆席的大功率照明燈突然打開了，刺眼的白光照得他們幾乎失明；臉上立刻感覺到了高溫的炙烤。

觀衆中間發出一陣騷動，有人站起來，伸長脖子，搖晃著身體朝前面張望。

有人小聲議論著：

「來了，來了……」

「在哪兒呢？你看見了？」

「什麼？是他麼……我不知道啊。」

保安和工作人員立刻走過來，大聲地，幾乎是嚴厲地請站起來的人坐下。

這時候，頂棚上的揚聲器發出一陣尖銳刺耳的噪音，把其他聲音都蓋住了。女人們紛紛捂住了耳朵。

混亂中，一個身材矮胖留著絡腮鬍子的年輕人走到觀衆們面前。他自我介紹是一位「藝人」和「歌手」，隨後宣讀了一份「觀衆須知」，接著不知爲什麼竟自作主張地唱起歌來。從他的表情和身段來看，他對自己的歌聲很滿意，甚至充滿信心。一曲結束，他深鞠一躬表示感謝，露出了頭髮稀疏的頭頂，觀衆中有人說了一句相當刻薄的雙關語，把周圍的人都逗笑了。

接下來攝像師就位了，幾台機器同時打開，對準觀衆席。應導演的要求，大家開始練習鼓掌，這也是整個上午最困難的一個環節，掌聲既要熱烈又要整齊，必須達到導演的標準，但是沒有人知道他的標準究竟是什麼，甚至沒有人知道他是誰，在什麼地方。

唱歌的年輕人不斷地跑前跑後，向大家傳達他的指示。

「我們再試一遍！男同志的聲音還沒女同志響亮呢，拿出點精神來啊。」

「後排觀衆注意表情，活潑一點，要指指點點的，懂不懂？高興一點！別皺眉。」

「剛才有一位女同志沒拍手，爲了她咱們再來一次。再這樣就把你請出去了，別一個人壞了一鍋湯。」

「力度還是不夠，大家要把渾身的力量都使出來，你們聽！我一個人的聲音都比你們大。」

「表情！表情！」

「都坐直了，不許偷懶。」

他在說這些話的時候，做出一副既嚴肅又不耐煩的神情，剛才鞠躬致謝時那種甜蜜的，近乎諂媚的腔調不見了，代之以一種冷淡的教訓口吻，他有意讓觀衆們感覺到，這些話出自一個神聖的，高不可攀的權威之口，帶有不容置疑的眞理的性質，必須被立即無條件地執行，而他自己只不過是一個不帶有任何傾向的傳話者，甚至可有可無。

然而，從他那張眉頭緊鎖的灰暗的胖臉上，和一絲不苟的勤勉姿態下面，還是流露出一種不易察覺的，幸災樂禍的滿足之情，以及對自己所處地位的由衷得意。

一個小時過去了，觀衆們仍然在反復練習幾個簡單的動作：鼓掌、歡呼、做出聚精會神的樣子、做出感動的樣子、做出交頭接耳互相議論的樣子、深思、笑以及開心的大笑。

「這不是把人當猴兒耍麼。」男記者憤憤地說：「一幫混蛋。」

他惡狠狠地盯著導演的助手繼續說道：「你看他那德行，他這是報復咱們呢，因爲剛才沒人搭理他……」他扭頭對她說「你難受麼，要不咱們走吧。」

她皺起眉頭，嘴唇抖動著，說道：「來都來了，再等等看吧。」

這時他們前面的一個男人忽然轉過頭，低聲說道：

「眞受罪啊，你說這叫幹什麼。」隨即苦笑了一下，他那張相貌端正，刮得很仔細的臉上顯出一種羞愧的神情。像是爲了解釋自己爲什麼會在這裡一樣，他緊接著說道：「我給我們家孩子要個簽名來，他在國外呢。」說著掏出一盒磁帶給他們看，然後又小心地揣回上衣的口袋裡。

「我必須給他辦成了，不然沒法交差。」他說，又笑了。

他的態度是那麼誠懇又是那麼困窘，似乎擔心有人因爲他和一群跟自己孩子差不多大的年輕人坐在一起，被人隨意擺佈而責備他似的。

他舔了舔嘴唇，繼續說道：「勞駕，我想問問你們……待會我應該什麼時候過去？他最後是不是應該和觀衆交流一下，給簽個名合個影什麼的？我看電視裡都這樣；還是說節目完了人家就走了？這我不懂，別到時候咱們根本逮不著，那我就白來了。」

「按說應該會有交流環節，但我不知道這個節目怎麼安排。」她說，看了同伴一眼：「沒關係，待會兒我們幫您過去，我們倆有記者證，可能會方便一點。」

「您是想要簽名麼？」男記者說：「這好辦。」

主持人和K終於露面了，節目立即開始。攝像機轉過去，不再對準觀眾了，也沒有人要求他們這樣或者那樣了，有的人趁機站起來往外走，並沒有遇到阻攔，觀眾席上出現了空位子，有些人再也沒有回來。

她自始至終坐在那，挺直腰板，認眞地聽主持人和K談話，表情自然，雙腿優雅地併攏在一起，在自己認爲合適的時候微笑，鼓掌。

她原本準備了幾個問題，要向K提出來，這些問題可以顯示出她對他的音樂具有深刻的理解，可是話筒一直沒有遞給她。

照明燈炙烤著她，她擔心自己的粉底會變色，甚至剝落下來，因此儘量減少表情變化。

漸漸地她開始頭痛，精神也變得恍惚起來，她看見他們在說話，聽到他們的聲音，但是已經不能理解自己看到的和聽到的東西了。

不知過了多久，她突然感覺自己站了起來，和大家一起往前走。同伴拉著她的胳膊。他們沿著剛才還坐著人的臺階向下跑，跌跌撞撞地避開放在上面的衣服和包。她擔心跌倒，張開胳膊保持平衡，同時下意識地向後望去，看見其他人也在和她一樣奔跑著，跳躍著。而他們剛才坐過的地方現在已經被一片陰暗所籠罩了，看上去既涼爽又靜謐。她沒法看清這些人，只是覺得他們的臉是紅色的，泛著油光，就像剛出爐的黃油麵包的光澤一樣。他們的動作慌張可笑，表情既興奮又痛苦，彷彿在躲避一個什麼怪物，而那個怪物現在就隱藏在那片陰影裡。

在圍成一圈的人群當中，從舉著鋼筆、筆記本、海報，交叉重疊在一起並且不斷晃動著的手臂的縫隙裡，她近距離地看見了K。

他坐在那張沙發裡，似乎在微笑。他爲他們簽名，和他們談話，同時小心地避免被鋼筆劃到臉上，顯得既善良又寬容。

這時候已經不需要別人的說明和指引了，她衝上去，伸開雙臂奮力地將人群向兩邊分開，然後側著肩膀擠進去。她感覺衣服在什麼地方掛住了，發出撕裂的聲音，但她知道自己不能後退，於是就用一隻手捂住領口，同時發瘋似地向前擠過去。

有人用鋼筆在她胳膊上紮了一下。突然人群閃開了一條縫隙，讓她闖進了核心。她和K面對面了，幾乎撞到了他的膝蓋。

她看著他，忽然感覺丟臉極了，她認爲自己也一樣是滿臉通紅，閃著油光，也許更壞。她的衣服揉皺了，擠歪了，最壞的是有什麼地方已經撕破了，而她還不知道。她的手仍然緊緊地抓住領口。總之這是一幅她不願讓任何人看到的模樣，哪怕是一個讓她覺得微不足道的人。可是她現在卻站在自己的偶像前面。她幾乎暈厥過去。

後來，她看到那個英俊的中年人來到她面前，向她道謝。他們站在演播室外面涼爽的大理石地面上。她的耳朵嗡嗡作響，聽不清他說的話，就像他們之間隔著一層厚厚的玻璃一樣。但是她看見他那張褐色的漂亮的臉上洋溢著真誠喜悅的表情，就知道自己已經幫助了他。於是她一邊微笑，一邊擺手，說道：「沒關係，沒關係……再見……再見……。」

再後來，她似乎做了一個混亂而又嘈雜的夢，在夢裡她走路，吃東西，喝水，上下樓梯，見了各種各樣的人。但和夢境不同的是，她的意識仍然清醒，甚至知道自己正在做夢，並且不久就要從夢中醒過來了。於是她安心了，不再擔心那個她不能控制，並且無法理解的夢的內容，任由它光怪陸離地繼續發展下去；沉沉地睡了。

這中間，她短暫地醒過來一次，發覺自己側躺在副駕駛的座位上，臉枕著靠背。四周已經完全黑了，路旁的樓房窗戶裡透出柔和的黃色偶爾是白色的燈光來。有些人家沒有拉窗簾，從外面甚至能看見牆上的掛鐘和開著的電視。她喜歡這樣的景象，心裡生出一種溫柔的幻想：在她的想像中，這是既聰明又快樂的一家人，現在已經吃完了，或者正在吃晚飯；她徑直走進去，來到他們中間。在某種神奇力量作用下——正是這種力量使她穿過上鎖的大門沒有被發覺——這個家庭自然而然地接納了她，就像她本來就是其中的一員似的。於是她從此在這裡生活下去，不再回自己的住處了。

爲了能多看一會兒，她假裝沒有醒，稍稍變換了一下姿勢，躺得更舒服一點，在這一瞬間，她看見男記者正在開車，他的一隻手搭在降下來的車窗玻璃上，把手裡點著的香煙探到外面去。

他身上有一股潮濕的汗味兒。

這些就是她對這一天剩下的時間裡所發生的事情的全部印象了。

五

從電視臺回來的第二個星期，她爲K做了一期專訪。採訪結束後K請她和攝影師吃飯，他們交換了電話號碼，成了好朋友。

這一年的十二月二十四號晚上，也就是所謂的平安夜，她去王府井天主堂望彌撒，用手機給自己拍了一張照片。第二天，這張照片陰差陽錯地登上了某個著名網站的首頁。

她開始變得有名了。

一周之內有上百萬人瀏覽了她的照片，數千人發表了評論。有人稱她爲「平安夜最美祈禱者」或者乾脆叫她「祈禱女孩」她交叉十指，含著著淚水深情地凝望聖壇的樣子，跟教堂的建築和裝飾所營造的渴望天上生活、讚美虔誠和獻身精神的氛圍協調地交融在了一起，顯得非常自然。人們在議論，在猜測：她是誰？她從哪來？在哪兒能找到她？她的美貌第一次得到如此廣泛的注意。

K也在照片裡——他帶著墨鏡和棒球帽，只露出少半張臉，站在靠後的位置——因此有人猜測他們的關係非同一般。

有記者爲此採訪K，他表示：兩個人是「很普通的朋友」，而且僅僅是朋友而已，不過又比朋友多一分理解，多一分牽掛，因爲「大家都有著孤獨而敏感的心靈」，特別能夠互相理解。

這等於承認他們在戀愛。

過完了春節，二月十四日，在被稱爲「情人節」的這一天。K在他的網路日誌上發表了一段話：

我們一出生便開始彼此等待，
但，漫長的旅途讓我們身心疲憊。
感謝上帝讓我們終於相遇。
此刻，在這個寒冷的夜晚
我們決定：在一起！

底下是一張合影：她和K站在北京電視臺那扇俯瞰全城的玻璃窗前面，互相依偎著，頭靠在一起，表情既幸福又安詳。窗外是國貿中心燈火輝煌的夜景。

從此以後，她成了K公開的女友，在各種場合形影不離地陪伴他。那個代表了最高尚趣味和最深刻思想的，由北京的演員、知識份子、藝術家、新聞記者和風雅的布爾喬亞組成的社會菁華的圈子向她敞開了大門，憑藉自己的美貌和精巧的手腕她在其中如魚得水，很快便成了一顆冉冉升起的新星。

但直到這時，她仍然住在自己那間小屋裡，甚至照舊每天去報社上班。K是個虔誠的基督徒，自從他四十歲那年在去西藏的途中遭遇車禍，卻奇跡般的倖存下來之後，就變得越發虔誠了，幾乎到了這樣極端的地步——即他做某事的首要前提是，這件事必須是教義所允許的，或者提倡去做的，而讓他不去做某事的唯一能被接受的理由就是教義禁止人們這樣做。

K每次去報社接送她，兩個人總能巧妙地躲開守候在明處暗處的記者，並且以此爲樂。每週他們有三四次在外面吃飯，餐前一起做禱告。K給她辦了駕照，週末一起開車去郊區看房子，在回來的路上把方向盤交給她，讓她練車。他們的關係已經和那些生活在一起，或者準備生活在一起的男女沒有什麼區別了。但是K從來沒有去過她的住處，也沒有單獨帶她回過自己家，他們之間仍然嚴守著那道宗教信仰要求未婚男女必須要遵守的界限。

那年夏天，K爲一個歌唱比賽當評委，在電視轉播的間隙，他請她走上舞臺，當著現場觀衆的面，單膝跪地獻上了鑽戒。她哭了。觀衆們也大受感動，年輕女孩個個泣不成聲。

她流著淚站在舞臺上的照片，後來被一家珠寶公司買下來，爲結婚鑽戒做廣告。他們特意多付了一筆錢，買斷了使用權，讓她不要再把照片賣給別人。

人們發現她似乎有天生的做演員的才能，無論什麼時候，以什麼姿態面對鏡頭，都能夠表現得游刃有餘，充分把自己漂亮迷人的一面展現出來。她的形象開始出現在食品包裝上，出現在車站的閱報欄裡，出現在電影的片頭廣告裡。

她主演了一部電視劇，講述一個「在大城市打拼的農村姑娘」，通過「艱辛的勞動和刻苦的忍耐」終於成了跨國集團總裁的故事，中間又穿插了「兩個家族，三代人的愛恨情仇」播出以後頗受好評。

第二年的春天，他們在海南舉行了婚禮。這個時候，人們提到她，已經不說她是K的女朋友了，而是直接稱她的名字——她已經有了自己的事業，有了自己的名聲，有了屬於自己的穩固的地位，而且這地位幾乎和他的未婚夫一樣出色了。

她辭去了報社的工作，但沒有放棄心愛的文學活動，她已經出版了一本隨筆和一部長篇小說，還定期爲一份新加坡的報紙撰寫專欄。

相比之下K的事業卻一直在原地踏步。他已經很久沒有什麼像樣的作品了。他把這歸咎於國內音樂氛圍的糟糕和整個唱片行業的不景氣，而應該爲這種狀況負責的，據他看來，首先倒不是音樂家和歌手們，卻是那些愛好音樂，願意爲欣賞音樂而花錢人們，尤其是年輕人——正是他們爲了省錢而購買粗劣的盜版唱片，卻不願意「掏應該掏的錢」正大光明的去買「眞貨」，從而助長了那種實際上等同於盜竊的，無償佔有他人藝術成果的行爲。而且這些年輕人沒有爲音樂事業做出他們理應做出的貢獻，原因是他們懶惰，沒有毅力，歸根結底是被寵壞了。

他在電視節目上向九十年代出生的年輕人呼籲，要他們拿出有分量的作品來，震撼他，讓他

「感到些意外」。按照他的說法，從八十年代開始一代又一代的年輕人，一直從自己的音樂裡得到震撼，得到意外。情況一貫如此。他總是在付出，在給予，這是不公平的。

他經常無端地變得意志消沉，一有機會就講他當初在交響樂團裡做巴松演奏員時的事情；講他認識的一個小號手吹得多麼漂亮，多麼有才能；講孟德爾頌，講巴赫；講人一旦能夠懂得音樂，聽到音樂就是最幸福的了，就什麼都不需要了。他總是用一成不變的，引不起任何人興趣的方式來講述這些，就像一個頭腦昏聵，行將就木的老人在講述自己當年的英雄業績或者風流韻事一般。

她一直希望他能再寫出一首像《告別》那樣的歌來。她從K原來的鼓手那兒知道，《告別》是他們去塔西提島旅行的時候，用很短的時間寫成的。

於是她說服他再去一次塔希提，一方面度蜜月，一方面尋找創作的靈感。按照她的設想，等旅行結束，K一定能寫出足夠的好歌，而她也可以完成自己的小說了。

六

啟程的那天，他們很早就來到機場。K因為睡眠不足和不能坐頭等艙的緣故，一直悶悶不樂。兩個人幾乎不說話；她憑藉著那種習慣了離家生活的女孩子特有的幹練勁兒，把所有的事情都處理得妥妥當當的。當他們登上飛機的時候，機艙裡幾乎還是空的。

她坐在靠窗的位置上，K緊挨著她。因為帶了墨鏡的緣故，沒有人認出他們。

和他們同一排，過道另一側，坐著一位年輕的先生，旁邊是他的妻子和孩子。這一家人穿著式樣統一的運動衫，長著相似的白嫩肥胖的圓臉，就連臉上那種冷漠自負的表情也一模一樣，看上去就像一組大尺寸的俄國套娃。胖先生一坐下就要求乘務員送毛毯過來，他的妻子抱怨座位不舒服，而且沒有最新的雜誌可看，他們的寶貝兒嫺熟地扭亮了燈泡，看起圖畫書來，人們一下子就知道，這是見過大世面的一家人。

再前面一排是一對年輕的夫婦，男的是個坐寫字間的小職員，中等身材，最多不超過30歲，可是額角的頭髮幾乎已經掉光，露出雞蛋大小的兩塊光頭皮。他的妻子是個短髮的，削瘦的女人，長著病態的灰色面孔，在寬大的連衣裙外面套了一件白色的線馬甲，因爲害怕受風又披上了丈夫的外套。她的長相和身材都毫無動人之處，從側面看上去就像一個瘦弱的男孩子。在他們旁邊是一個獨自旅行的中年人，穿一件半舊的夾克衫，戴一頂有「某某旅遊」字樣的棒球帽。

舷窗外面，平坦堅硬的混凝土地面從機翼下方一直擴展到遠處的地平線，幾乎要和灰濛濛的天空合攏在一起，把它們分隔開的，是一片低矮的楊樹林，和一排倉庫似的平頂房子。

這種單調的，毫無生氣的景色也好，那些萍水相逢的乘客們也好，都不能引起她絲毫的興趣。而她之所以去看他們，去聽他們，完全是因爲她必須坐在這個地方，從而不得不看，不得不聽罷了。就像鏡子映出在它前面經過的物體一樣，完全是無意識和被動的。

她心神不安地問自己：爲什麼她對這次旅行期盼了那麼久，花了那麼大的精力去籌畫和準備，可是現在，當旅行就要開始的時候，心裡卻沒有一點激動和快活的感覺，相反只感到一種難熬的疲憊和焦慮呢？爲什麼她明知道K是自己的丈夫，是最親密的生活伴侶，是聖經上所謂的同負一軛的夥伴；他們的關係是被法律、宗教以及道德倫理所認可和保護的，她卻還是會在有些時候，突然對他產生一種陌生和疏遠的感覺呢？就像現在，她看著K坐在旁邊的座位上，壓低了帽檐，用平板電腦玩切水果的遊戲，她知道如果自己勸他把帽子摘掉，或者不要再玩遊戲了，他是一定會聽從的。如果她開玩笑地捅一下他的肋骨，把他的帽檐拉下來蓋住眼睛，他也絕不會生氣，反而會很高興地和她親暱起來。可是她看著他的臉，看著他那種因爲精神高度集中而變得嚴肅，甚至略帶一絲怒氣的樣子，看著他手指的動作，同時卻感覺到，這一切都是屬於一個她從來不認識的，不相干的人。而且她看得越久，這種感覺就越強烈。「這個人是我的丈夫。」她想，像是爲了提醒自己不至於忘記似的。「可是，我們爲什麼會在這兒……我們要去哪兒？然後呢……爲什麼一定要去塔西提？這是對的麼？我的設想會實現麼？」於是連她自己也感到迷惑了。

K這時已經在玩另外一個遊戲了，他操縱機關槍射擊一群僵屍，把他們打得血肉橫飛，同時收集金幣。他並不喜歡這個遊戲，可還是要玩，爲的是放鬆一下眼睛和頭腦，等休息夠了，再去切水果——他只在自認爲狀態最好的時候才玩切水果，以便得到高分。

「你還不省著點兒電，待會怎麼辦？還得飛好長時間呢。」她說。

「我玩完這一關。」K說，並沒有抬起頭來。

「你渴不渴？喝點水麼？」。

「我不渴。」K說。

她看著他玩了一會，決定自己也找點事情做，就從座椅的儲物袋裡取出一本雜誌，隨手翻了起來。

她發現這本雜誌並不像鄰座的胖太太認爲的那樣不入流。起首是一篇翻譯自日文的遊記，記述了一個女孩如何駕駛汽車完成了環繞日本一周的旅行，領略了四個不同季節，並且最終找到了內心的平靜。在另一篇遊記裡，作者敘述了自己如何辭去了寫字間的工作，毅然拚著背包，去環遊歐洲；如何在巴黎的街頭和浪漫不羈的法國男人周旋；如何在聖誕節，同一個捷克人，一個印度人，和一個愛爾蘭人在阿爾卑斯山腳下一起堆雪人；「在那一刻，」她在結尾的地方寫道，「我感覺世界就是兒時家門口的空地，所有認識或者不認識的孩子都在一起玩耍，一起做遊戲，高興了就笑，難過了就哭泣，不論他們是什麼膚色，來自哪裡。這些都不重要。但唯一註定是，我們終將離開，一如來時一樣行色匆匆。」

她認爲這段話很美，就帶著感情反復默念了兩遍，似乎在尋找一種可以打動聽衆的語氣似的，這是她在大學裡主持廣播節目時養成的習慣。她認爲可以把這段話稍微改動一下，用在自己小說的結尾。她從隨身的挎包裡拿出電話來，想上網搜索一下這個作者的個人資訊和其他文章。

收件箱裡有一條未讀短信，來自一個陌生號碼，內容是一首七言律詩，用的是半文不白的現成辭藻，合轍押韻，末尾的跋語寫道：倩怡將渡重洋，惜別之際，信筆成詩一首記其事，以贈別，並求題名。她思索了一會，實在想不出這是誰的手筆，於是回了「感緣」兩個字就刪掉了。

這時，機艙裡進來一群大學生，他們站在過道裡，用年輕人那種無憂無慮，無所顧忌的方式互相說笑，一邊找座位，一邊想辦法把箱子塞進已經滿滿當當的行李架。在他們身後，跟著一對老態龍鍾，滿頭白髮的夫婦。一個穿著邋遢，分不出是保姆還是女兒的中年婦人照看著他們。

「勞駕！讓我們過去。」那女人用難聽的女高音嚷道，這句請求的話從她嘴裡說出來，分明地包含了輕蔑和譴責的意味，更像是一種命令。

大學生們看了她一眼，互相交換了一下眼色，讓出了一條路。一個快活的喜歡惡作劇的小夥子，故意做出一副誠惶誠恐的姿態，向下伸出一隻手，連聲說：「好，好，您請，您請吧。」同時向夥伴們撇了撇嘴，揚了揚眉毛，意思是說：「去他的。」

那婦人攙扶著一對老人向機艙中部走過去。她中等身材，四肢像螃蟹腿一樣又瘦又硬，膚色黯淡，毫無光澤，臉頰和額頭上滿是小米粒大的紅色膿疱，一對肉眼皮的小眼睛上面，稀疏的眉毛緊皺著，兩腮向下耷拉著，嘴唇微微張開，露出幾顆細碎的牙齒。她那種怒氣衝衝不勝其煩的表情，人人看了都要敬而遠之，卻又暗暗覺得有幾分熟悉甚至親切，因爲這樣的臉孔，通常屬於那些單身的中學教員，或者上了年紀的女護士，總之是那種付出過太多精力和情感，卻得不到什麼回報的女人。她的頭髮梳得很馬虎，甚至根本沒有梳過，只是用皮筋繫在一起垂在腦後罷了。她穿一件樣子過時的抓絨外衣，像男人那樣把袖子擼到胳膊肘。這件衣服買的時候不超過一百塊錢，早就穿夠了本，因此特別受她寵愛：春秋天拿來做外套，冬天穿在大衣裡面，上班的時候是工作服，出門買菜、散步也足以抵禦風寒。正因爲如此，她在什麼場合都穿著它，漸漸也就覺得沒有什麼場合不能穿它了。對她來說，這件衣服幾乎已經取代了「外套」這個大的概念，就像已婚女人說起「男人」這個詞，通常特指自己的丈夫一樣。它就像一件舊傢俱，一張老照片，一隻多毛的寵物那樣，成了她生活的一部分，分享她的溫情。就像年輪透露出一棵樹枯燥的歷史一樣，看看她的那張臉，那幅穿著，分明也就窺見了老姑娘所要忍受的那種辛酸冷寂的生活。

她們從她旁邊經過，帶過來一股濃烈的湯藥味。煎過的甘草那種甜絲絲的土腥味特別刺鼻。

「爸爸，你坐外面，待會你要上廁所。」那女人說。

「我不用……我，我沒喝水啊。」老頭子回過頭來說。

「你快點走吧！」老太太憤憤地嘟囔道，「就看你了，堵著個路，自己不走也不讓別人走。」

「你就是這麼麻煩！我走得快了，你就該說了：『啊！老是一個人在前頭，也不等我，恨不得把我們扔了。』我走得慢了，你又嫌我走得慢。我就沒法兒跟你一塊兒出來。」

她們一邊互相指責著，一邊走到機艙的後面坐下了。

「小姐，這裡。」胖先生舉起白嫩的小手，衝著乘務員做了一個「過來」的手勢，說道，然後低下頭，繼續和兒子一起看書，等著她走過來。

「我一上飛機就跟你們要過毛毯對麼?我想知道爲什麼這麼長時間還是沒人理我。」他說，「不對，這個不是理由，」他打斷了乘務員的回答，說：「我告訴你，所有的航空公司都應該準備足夠的毛毯，」他特意把所有兩個字加了重音，露出不耐煩的神色，側著臉看著她，紅潤飽滿的嘴唇微微張開著，似乎在爲得到這樣的答覆而感到詫異似的。「那是你們事情，不要跟我講，OK?我跟你說，美國的航班就不會出現這種事情。我坐過那麼多次飛機，這是頭一次。」他說完，把頭轉過來，不再去看站在過道裡，彎下腰來和他說話的乘務員了。「算了，你去吧，」他又用平板的語氣說：「不，什麼都不需要了，謝謝。」

聽了這番對話，她和K不禁相互對視了一下，做丈夫的搖了搖頭，露出一絲嘲諷的微笑，像是在說：「看見了吧，這就是經濟艙。」

乘務小姐回到機艙前部，從簾子後面推出一輛裝食品的小車，開始挨個給乘客倒飲料。這個時候，登機門已經關閉了，飛機還停在原地。「壞了，要晚點了。」K說，歎了口氣。

果然，乘務長在廣播裡通知：因爲氣候原因，起飛時間被推遲了，並且要求大家關閉自己的電話和電腦。

聽了這些，坐在他們前一排的那個中年男人從座位上站起來，請求K幫他從行李架上把書包取下來——他的電話在那裡面。

K愣住了，露出茫然的神色，似乎在他看來，在這樣的時間，這樣的場合，對一個陌生人提出請求，要他提供一下純私人的幫助，是一種絕不可能發生，而且也不應該發生的事情一樣。所以當他被要求這樣做的時候，多少有些吃驚，他呆呆地愣了兩秒鐘，就像在文明社會裡，我們突然遭遇到不合情理的事情時，寄希望輿論、風俗和通行的道德觀念能出面替我們解圍一樣。

等他明確了對方的意思，就站起來，幫他把皮包取下來。

「他是個好人，」她想，伸手幫他把外衣的後擺拉平：「他就是一個孩子，單純、善良，不懂得保護自己，保護自己的利益。人們看准了他這點，知道他不會拒絕，就要求他做這個，做那個，拼命壓榨他，讓他替自己賣命，把他的天才都浪費了……人有多壞啊。可是他一直忍受著，默默地一聲不吭，似乎什麼都不計較。這有多麼可愛，又是多麼讓人心疼。」

她想到自己要帶他離開這個不公正的，對他施加有害壓力的環境，把他和那些心懷叵測，總想從他身上撈取好處的各種人物隔離開。她想到他們即將要去的地方有著充足的陽光，旖旎的景色，和熱情淳樸的信仰基督的人民，無論從自然和文化兩個方面，都適合一個藝術家居住。她重新審視了整個的計畫，發覺它不僅高尚，而且十分明智。於是又堅定了信念，不再感到煩躁了，等他坐下來，就把頭靠在他的肩膀上。

她閉著眼睛，過了很長時間都是清醒的。她聽見乘務員用柔和的，似乎完全是用口腔發出來的聲音詢問要什麼飲料。坐在他們前面的那個小職員，因爲想要出風頭，就回答說：「自來水。」他的俏皮話沒有收到任何效果。她睜開眼，想看一看他的狼狽樣。但是視線被椅子靠背擋住了。就在她再次閉上眼睛的同時，她睡著了，並且開始做夢。

她夢見自己回到了已經舉辦過一次的婚禮上，因爲有人告訴她，上一次沒有人錄影，因此並不合法。她站在一個燈光刺眼的小舞臺上，下面或坐或站的都是些不認識的人們。K沒有來，於是她就站在那裡等他，過了好久，她的腿和腳都疼了，卻沒有人發話讓她休息一下。後來不知爲什麼突然宣佈不用等K了，婚禮可以繼續進行。她沒能按計劃把花束送給大學的室友，而是交給了一個她討厭的同學，這個女人經常嘲笑她的英語發音，在暗地裡叫她「新德里玫瑰」。她恨她，但是不知爲什麼，沒有別人願意接受這束花。這個時候，主持婚禮的牧師走到她面前。她認出那竟然是自己中學時的男朋友。他抓住她的手，質問她。她一面掙脫，一面喊道：「我給你寫信了，我給你寫信了。」同時拿出那封她在幾個月前寄出，並且確信他已經收到了的信。他們爭奪著，拉扯著，信封割破了她的手指，鮮血滴到了裙子上。她驚恐地跑出禮堂，發動了汽車，慌亂中卻一下子撞在了牆上。她的胸口被方向盤擠住了，身體開始出血。這時她看見報社的同事們站成一排，在不遠的地方透過玻璃冷冷地看著她。她在人群中發現了他，並且向他呼救，可是她發不出聲音了，她感到自己已經死了。

在這之後，她不知爲什麼回到了自己的童年，回到了那個後來她曾無數次地回憶過的，印象之深連自己也感到驚異的場景裡：她們——她、她的母親和一個男人一起沿著林蔭道往最近的車站走去。路基外面是一片荒廢的農田，幾頭瘦弱的奶牛在荒野中吃草。那個穿著西裝式制服留唇髭的男人走在她和母親之間，用一種和藹慵懶的態度同她說話。就像是在講述一個隨口編出來的，哄小孩睡覺的故事一樣。這個人是他母親的一個同事，據說前兩年患病死掉了。多年以來她一直清晰地記得他的長相。她感到不自在，像事情發生那天一樣既羞怯又尷尬。她不想和他們走在一起，於是就撒開腿跑出去。但是她感到自己的步子輕飄無力，即使盡全力也只能勉強跑得比步行稍快一點。於是她害怕了，焦急地用那種夢中人並不敏銳的頭腦努力地思考問題出在什麼地方……

一種位置正在改變的感覺使她清醒過來，她從舷窗向外看，發現飛機不知什麼時候已經轉過了一個大彎，剛才一直正對機頭的候機室的玻璃大廳，現在已經到了機翼的一側，並且還在慢慢地向後退。像是被柔和的，聽不見聲音的風吹動著前進似的，飛機安靜平穩地滑行著，跨過了水泥地面，駛進了一條平坦的跑道，在一塊有英文字母和數字的牌子旁邊停了下來。沒過多久飛機又開始移動起來，這一回，它一邊轉彎一邊加快了速度，一條更加寬敞的，幾乎是剛才數倍寬的跑道，從側面進入了她的視線。然後飛機再次停了下來。

一種被未知力量所掌握的恐懼感籠罩了她的心。她想到，自己坐在這兒，被安全帶捆在高背的座椅裡，實際上等於做了這部大機器的囚徒，甚至更壞一些——和固定座椅的螺母，和艙門的把手一樣，都是它的一個小小零件罷了；對於它要做的事情，她完全沒有力量去抗拒，甚至連抗拒的可能都沒有，唯一所能做的，就是徹底屈服，完全聽之任之。它如果讓她活得更久，她就可以活得更久一些，它如果要毀滅，她就只有跟著毀滅。然而她所期待的並不僅僅是免於毀滅繼續生活，她還期待這部冷酷的，像被油燈召喚來的巨人一樣的機械，能把她帶到一個比自己一直生活著地方更美好的世界。但她不知道處在她這種境地，除了屈服和忍受，還能夠用什麼樣的姿態來表示自己的順從，好能引起它的憐憫——如果它懂得憐憫的話。

爲了不去想這些可怕的問題，她又開始看雜誌，但是印刷頁在她眼裡變成了一張張黑白條紋交替的紙，完全失掉了意義。

飛機似乎是在開一個殘忍的玩笑，想看看她在痛苦和焦慮中到底能夠忍耐多久，仍然一動不動地停在原地。

她握著雜誌的手出汗了，微微地顫抖起來。眼淚在她眼裡打轉，幾乎要落下來了。假如現在有一個人來到她面前，告訴她這一切都是他策劃並且指揮著的，那麼她一定會乞求他，不要再這樣折磨她，讓她感到屈辱了，無論給她安排什麼樣的結局都可以，只要能快點讓事情結束，讓她從目前這種狀況裡解脫出來就行了。

突然之間，一種精心保養的巨型機械轉動起來的聲音從機翼方面傳來。片刻之後飛機開始滑行了，跑道邊緣關閉的指示燈越來越快地倒退著消失在舷窗外面。隨著引擎動力的加大，乘客們聽到一種悠長的，像是往長頸的瓶子裡面用力吹氣的聲音，同時地板和座椅開始輕微地震顫——那是巨大的起落架和跑道摩擦所造成的。不知爲什麼，在他們的頭頂上，機艙的外面，響起一種沉悶的轟鳴聲，像是在那裡有一群驚恐的四蹄動物在奔跑一樣。幾秒鐘之後飛機達到了滑行的最高速度，它以一種包含了無以倫比的力量、信心、和勇氣的壯麗姿態前進著，想要阻擋它已經是不可能的了，它用行動十分清楚地顯示，自己只接受兩種前途：要麼成功地騰空而起，要麼就一頭撞得粉碎，徹底毀滅。

飛機前部微微翹起來，一種擺脫了地球引力的奇妙的愉悅感——就像把鞋從淺水窪裡提起來時感覺到的一樣——電流一般從地板傳遞到乘客身上。那種雷鳴般的噪音消失了，飛機以勝利的姿態衝向雲霄。

在那一剎那，她的心也像一隻從恐懼和焦慮的網中掙脫出來的昆蟲，扇動著翅膀，飛向安全的地方了。

「我原諒一切！我原諒一切……」她在心中默念著，感到前所未有的輕鬆。

飛機升高了右側的機翼，平緩地轉過了一個角度。從舷窗向下望，在幾秒鐘之前看起來還那麼正常的地上的建築和等待起飛的飛機，現在都縮小到了一種滑稽的尺寸。很快，飛機穿過了雲層，四下除了太陽、藍天和雲之外就什麼也看不見了。

七

在東京的機場，K帶她逛了免稅的商業街。她給自己買了點化妝品，給K買了一件上衣。按照他們的計畫，去的時候儘量只看不掏錢，回來的時候再敞開購物。在一家商店，他們遇到了在飛機上的胖先生一家。兩家人擦肩而過的時候，互相看都沒有看上一眼，仿佛生怕和對方扯上關係似的。

後來K要去廁所，於是他們就分開了。

她坐在面向停機坪的一排長椅上，背後是賣紀念品的商店，在她旁邊坐著一對帶行李的白人夫婦。

幾個中國人站在落地的玻璃窗跟前，興高采烈地談論著什麼。

「我問他：「『Where is washing room?』，你猜他怎麼回答我？他跟我說……就這樣，特別茫然的說：『NO.DUTY.』」一個戴眼鏡的，短頭髮的年輕人說，引起同伴的一陣歡笑：「我又慢慢說了一遍，」他接著說道，同時模仿著，做出一副困惑愚笨的臉相來：「他跟我說：『I don´t know!』」他用了滑稽的語調重複這句話，引起了強烈的效果。

她對這種嘩眾取寵的行爲感到厭煩，於是就皺起眉頭，低聲罵道：「Go to hell!」

她意識到這兩句英文似乎是押韻的，於是笑了起來。

她站起身，離開那些中國人遠一點。這時候她想到，剛才在擺渡車上，那個小職員爲了引人注意說的那句俏皮話——他安慰自己的未婚妻，實際上同時也講給周圍的人聽：「我想過了，其實國家領導人坐飛機也跟咱們是一樣的，都是先下飛機再坐車嘛。」她當時並沒有笑，可是現在不知爲什麼卻感到這句話實在是幽默的，而且對那個小職員生出一絲好印象來了。

她沿著通道向前走。在一塊比較寬敞的空地上，一家日本的旅行社正在做廣告：在一個臨時搭建的，有棕櫚、茅屋和沙灘的小島上，三個戴草冠穿草裙的塔西提土著，在鼓和吉他的伴奏下且歌且舞。這三個人是兩男一女，從身材和相貌上看明顯屬於一家人。他們用一種她聽不懂的語言，唱完了一支歌，又開始唱另一支歌。

她聽了一會，忽然發覺那旋律正是K的《告別》的旋律。可是他們演唱的方式卻完全是獨特的，她沒有見過的。她沒想到會在這裡聽到這首歌。

一個旅行社的職員走過來，恭恭敬敬地用日語對她說了一句什麼。

「I´m not Japanese.」她看了他一眼，說，並且笑了。

「I´m sorry. I´m very sorry.」

她友好的向他點點頭，讓他明白自己不會因爲他那樣冒失地認錯了人而生氣，而且他是這樣的有禮貌——她即便生氣，也會馬上原諒他的。

「Its a wonderful song.」她用歡欣的，內行的鑒賞者的語氣說：「So beautiful melody.」

「Yes, It´s good.」

「It was written by my husband。」她說。

對方用日本人那種特有的恭敬姿態，聽著她說話，並且微微點頭，似乎完全能理解她的意思。

「Would you tell me the……」她停頓了一下，想看看怎麼用一個簡單的短語代替「lyric」這個英文詞：「the words of this song.」她繼續說道，同時儘量使自己的表情看起來自然，免得讓他覺得自己在嘲笑他那種古怪的發音。

「Yes, of course.」他說，殷勤地用雙手遞給她一本小冊子：「All about our show……song and dance，and……culture，and projects……All in this.」他用一個手指在封面上比

劃著，努力使她明白自己的意思。

「OK, thank you.」

日本人一本正經地躬身行了個禮，並且用日語道了謝，然後走開了。

她本想站著聽完那首歌，可是又怕K找不到自己。於是就轉身往回走。

她翻開那本小冊子，在其中一頁看見一段分行排版的文字，她猜想那就是歌詞了。

她讀下去：

I am proud of my motherland

I am proud of my homeland

My language is great

My language is a link with my ancestors……

她皺起了眉頭，不明白那些土著歌手是如何用那麼輕鬆自然的曲調，來表現這樣莊嚴的內容的，疑心自己沒有找對地方。

她翻遍了整本冊子，但是再沒有看到比這更像歌詞的東西了。

她把這段話在腦子裡翻譯成中文，然後試著用《告別》的曲調唱出來，並且和K的原詞進行比較。

她這樣做著，慢慢地回到原來的地方，繼續等著他。

第38周

你曾經以爲自己永遠不會做這種事。除非有人問你，你絕不會說，而且僅限於回答問題，不會再多了。

你看不起那些和女人一樣瞭解這些事的人，嘲笑他們的感情，認爲那是扭捏作態。總的來說你瞧不起很多東西。

可是昨天晚上妻子洗完澡，告訴你她出血了的時候。你雖然沒有完全醒過來，卻也承認自己驚慌失措了。

「怎麼辦？」你問她：「那怎麼辦，咱們現在走麼？啊？」

天亮以後你們去了醫院。

今天早晨你的岳父母來看你們的時候，你表現得輕鬆自如，一點也不緊張，好像早就知道會這樣似的。

中午的時候你的父母來了，他們坐著談話，客客氣氣的，非常融洽。

一個護士來了兩次，給胎兒測心跳。她對你說寶寶等不及了，想要提前出來。

你討厭這種甜膩膩的矯揉造作的說法，但你還是衝她微笑，似乎贊同她的說法，因爲你覺得她是個好姑娘，而且你滿有把握，孩子不會今天出生，你有預感。

每次陣痛的時候，妻子都會告訴你，她平躺在那，均勻地喘氣，鼻尖上有發亮的汗珠，她和你說完話就閉上眼睛和嘴。你沒有辦法可想，也體會不到那種疼痛，你站在床邊上握著她的手，你站在床尾看著她，你靠在牆上和她聊天，你第一次擔心她會爲這事兒死掉，你不知道還有沒有更壞的情況。

在簾子的那一邊，跟你們一起住進來的那對男女和那個陪他們的年輕女人一直在談論剖腹產的事情。他們準備給醫師和麻醉師很多錢，這是你妻子告訴你的。

現在你記得一個體格結實，像學校訓導主任一樣的女醫師問你要不要進來。你知道他們允許丈夫進產房，但總覺得接受邀請比主動提出來好。你提著那個裝攝像機的三角口袋，跟著她走進去，在沒開燈的門廳換上一件手術服，好不容易才把那些帶子繫好。

在他們領你去的房間裡你看見了你妻子，她換了一條小粉格的連衣裙。她揚起眉毛看著你，肚子不那麼大了——她們在別的房間裡給她刺破了羊水。

剛開始的時候有一個護士，後來有兩個護士，一個個子很矮，另一個高一些，好看一些，麻醉師和助手也來了。她們讓她抱住膝蓋，醫生們輪流把戴手套的手伸進去。

你坐在產床側面她們給你的那把椅子上，你什麼都看不清楚，你突然決定不用攝像機了，從始至終你幾乎什麼都沒看見。

你聞見新洗過的床單的味道，聞見血和尿的味道。你看見那個領你進來的醫生一隻腳蹬在床下面的橫樑上，把沾血的橡膠手套翻過來扔掉，同時用輕蔑的語氣談論某個在她看來不講究衛生的產婦。你看到那個陌生的，留長髮的中年醫生也把手指伸進去，她說了句什麼，其他人就笑著重複她的話，強調裡面的歧義，跟她開那種只有女人才能聽懂的玩笑，於是她也重複那句話，也笑。你看見那個總是一臉嚴厲的護士長也發表了自己的見解，你想起昨天夜裡查房的正是她，當夜班護士告誡你不要鎖門的時候，她就站在旁邊。

你聽見那個矮個子的護士這麼對同伴說：「假如十年前，你碰見我，你肯定會管我叫阿姨，因爲我抱著孩子呢。」

「我現在也可以這麼叫，問題是你樂意麼？」

你坐在那兒，兩手撐在膝蓋上，不明白自己爲什麼會在這兒。你感激她們讓你進入這個世界，你知道你讓她們感到不舒服。你決定儘量不問自己不懂的事情，你覺得那樣不好。

可是爲什麼要做這種事兒呢，你早就知道電視劇裡生孩子的場面都是假的——女人躺在那撕心裂肺地慘叫，死去活來，頭髮像洗過一樣——他們還用好幾個月的孩子冒充嬰兒。

你心裡有譜，你心裡清楚得很。跟那種事兒一樣，有些東西是無師自通的，這你最清楚，你自己就是個例子。

你的父母從不在家裡討論敏感的事情，他們總是小心翼翼地選擇話題，爲的是避免你小小年紀就注意到不該注意的東西。那種東西跟抽煙一樣，很容易上癮，而且戒不掉，所以越晚學會越好。他們怕你被這種事兒毀了，男人可以被很多事情毀掉，有些是可以接受的，有些是不能接受的。爲了讓你保持純潔，他們有意過那種清教徒式的生活，你老爹喜歡用體育運動消耗你的精力，可惜他有胃病，玩什麼都不靈。每當電視裡的男女親熱起來，你就主動站起來，假裝去廚房喝水，回來就像什麼都沒發生過一樣，你們配合得好極了。

可是你早在上初中的時候就被啟蒙了——男孩子中間總會有那麼幾個人像熱心的傳福音者一樣不遺餘力地傳播那種知識。他們既執著又誠實，不謀私利，也不怕迫害，純粹是想讓你理解他所理解的，讓你看到他所看到的，有時候你就是因爲喜歡他的品格才追隨他的。

你記得那年暑假，你、張琪、劉洋、還有他們的一個鄰居在你房間裡看小電影。你現在還記得那女人的長相，她的髮型，和她幹的事兒，那裡面只有她一個人。就是在那個時候你對配樂的風光片產生反感的。張琪坐在你邊上，以副手自居，用嚴肅的權威的語氣做講解。那個你記不起名字的孩子坐在一堆舊書上，不停地說話，興致非常好。胖子劉洋躲在一邊假裝看報，他自己也知道自己好笑，他只對你媽媽的內衣感興趣。

這事兒過去了那麼多年，你總覺得再也沒有那麼好的朋友了，雖然現在你連他們的面都不想見。

「你想喝點水麼？」你問妻子。

她不想喝。於是你通過那扇門走到隔壁的休息室接電話。那人跟你說上次你修過的機器又壞了，你告訴他機器沒有壞，而且今天你不值班，你不能幫他。你給了他別的電話，告訴他機器不會壞，只要沒人亂動就不會壞，他是個講道理的人，你可以心平氣和地跟他說話。

「我現在在產房，我老婆生孩子呢。」你說。

你也拿不准爲什麼要告訴他，也許你想聽聽他怎麼說，好多少能明確自己的處境。他什麼也沒有說，於是你又回到那間屋子裡去。

等到夜班的助產士來了，她們就開始教她使勁。你給她吃了半塊巧克力，仍舊坐在那看。很快房間裡就剩下你們三個人了。醫士長得不好看，穿了一雙老氣的舊拖鞋，配花襪子。你猜她們一定合起夥來排擠她，就像排擠那個住院處的領班護士一樣。她一句話也不說，什麼表情也沒有，手底下利索極了，人在必須獨自幹重活兒的時候就會變成這樣。

你看著她把孩子擦乾淨，包好，放在牆角那個玻璃槽子裡，然後給你妻子換了一個乾淨墊子。你看見她把那個紫紅色的，像曬化的水母似的胎盤鋪開、展平，認眞地淸點上面的東西，然後又疊起來，扔進裝垃圾的大桶。你學著護士的樣子，給她擦了擦汗，你事先征得了她的同意。她非常客氣的謝了你。你想用這種方式表達你對她的知識和技能的欽佩，以及對她的勞動的感激。

「去看看孩子吧。」你妻子說。

於是你走過去，站在哪兒，端詳著他那張被羊水泡腫了的，皺成一團的灰色的小臉，以及露在繈褓外面的一對同樣腫脹的，灰色的手。她們把他斜靠在玻璃上，你不清楚這麼做對不對。

「我現在要把切口縫上，我得一層一層地縫，所以需要點時間。」

「好的。」你說

你看著他那半睜著眼睛的，溺水似的痛苦表情，看見有東西從他嘴裡流出來，把毯子弄濕了。你拿不准他是不是在看你，於是伸出手在他臉前晃了晃。你發現他還沒有視力。

醫士出去了，產房裡就剩下你們三個了。

「我看看照片。」

「你還疼麼？」你說

「不疼，我什麼都感覺不到，人家說過後就該疼了，她給我做側切的時候，確實疼了一下，我就感覺咯哧的一聲，我都能聽見剪子的聲音。但是過後就不疼了。」

「縫針的時候你有感覺麼？」

「有，我知道她什麼時候拉那個線。」

「我也是，我小時候頭上縫過針，」你又開始講這件唯一能拿來講的經歷。「在腦袋上打了的麻藥，大大還給我頭上蒙一塊布，我就覺得頭皮是麻木的，他用一個東西在哪不斷地杵。我還以爲臉上都是汗，用手一摸，感情是血。我們班主任就旁邊看著。」

「那她誇你勇敢了麼？」
「沒有。她害怕擔責任，我在學校受的傷。還有一次就是嘴唇……我給你拿點水喝吧。」
「就是滑雪那次？」
「是。」
「哎呦，你是跟誰去的來著？人家還得陪你去醫院？真是的，滑個雪還能受傷，真掃興，你帶的錢夠麼？」
「你再說我就把氧氣拔了。」
「隨便，我不怕。氧氣好像也沒有了，要不你去問問大夫爲什麼它老是響。」
你在安靜的走廊裡轉了一圈，朝那個亮燈的房間裡看了看，你猜想她可能出去了，於是就又回到產房。
你覺得這麼呆著挺好，這是你們一家人的地方。
「怎麼了？是那個泵響麼？」助產士說，把它關掉了：「您幫我給她搬到車上吧。」
「咱們出去？」
「對，您推著孩子。咱們一塊出去……好，謝謝，謝謝。」
「我幫您推吧。」你說。
「沒關係，不沉。」
你把那個蒙了一條毯子的小車推出來，醫士幫你頂住門，這樣就把你們三個人分開了。
你沿著陰暗的走廊往外走的時候還在想：你聽那個高個子的護士說，她今晚要在你打電話的那間屋子裡睡覺，她說如果是她自己她就害怕，但是她不怕。眞是了不起，你想。

相親

K在一家有名的外國企業工作，人才出衆，現年28歲仍沒有結婚。親友們多方努力終於爲他物色了一個合適的對象。兩個人約好今天晚上見面。

下班之後K步行十五分鐘來到一家速食店。他在門口摘下手套，四下張望了一下——發現人家已經坐在角落裡等著了，於是沉著地走了過去。他側著身子擠過狹窄的走道，用手按住大衣的下擺，彬彬有禮地請人家給自己讓路，一派紳士風度。

「眞不好意思，讓您久等了。」K微笑著說。

「沒什麼。」對方抬起頭來看了他一眼，也笑了。

這個女人獨佔了一張大桌子，面前有一台手提電腦。K脫掉大衣在她對面坐下。

「你稍微等我一會，我把這個東西弄完。」她說。

「不用著急，你先忙。」

時間在沉默中過去了五分鐘。女孩一言不發地看著電腦，沒有任何表情，嚴峻得像個法庭書記員。她那油亮、凸出的前額和圓圓的鼻子頭被螢幕照亮，顯出魚肚子似的銀灰色。她比照片上要胖，皮膚也粗糙了一些，但K並不失望，因爲比起相貌他更看重的是內在的東西，況且他認爲女人化了妝就都差不多了。

這個時候，餐廳裡已經坐滿了人，空氣裡彌漫著炸雞和調味醬的味道。K輕輕地歎了一口氣，爲了控制食欲有意不去看用餐的人們，轉而欣賞起室內的裝潢來。

這家餐廳用日光燈照明，牆上鋪的是天藍色和銀色條紋相間的壁紙，壁龕裡裝飾著塑膠花，爲了讓空間顯得寬敞用了鏡子做牆面裝飾，鏡面又窄又長，能把人照得比實際瘦些。鏡子之間是海洋主題的攝影作品，有沙灘、椰子樹、帆船。五彩斑斕的熱帶魚——最小的也有獅子狗那麼大——在幽深蔚藍的海底，在怒放的珊瑚叢中間自由地穿梭。K看得入神了。

「你遲到了吧？」女人突然說。

「啊，實在是不好意思，」K立刻清醒過來，他合起雙手做著抱歉的姿勢，回答說「我是走著來的，稍微多花了點時間，因爲我們公司離這兒不遠，所以我想，乾脆走過去算了。」

「是啊，我知道你離得近。所以我才選了這個地方。誰知道你還是晚了。」女孩說，把電腦關了放到一邊。

K尷尬地笑著，搓著兩隻手。

「哎，是這麼回事，本來今天我預備早走一點，可是我們老闆，別提了，非得拉著我聊天，一會跟你說這個，一會跟你說那個，又要一起吃飯什麼的，我好不容易才脫身。你看我走得這一頭的汗，差點沒急死。」

「可是我怎麼就能準時到呢，」女人打斷他的話說：「我特意和老闆請了假，說下了班要去見一個朋友。你不行麼？」

「這倒是可以，不過怎麼說呢。我跟他處得不錯，就像朋友一樣，在一起隨便慣了，所以就……」

「其實你不覺得生活和工作應該分清楚麼，在職場裡打拼最怕的就是公私不分，你說呢。」

女孩說完聳聳肩膀，歎了一口氣。

「我同意，就是像你說的這樣。」K誠懇地說。

「要壞事兒啊，看來今天要不歡而散。」他心想。

女孩呷了一小口咖啡，繼續說道。

「我等你等不來，心想也不能幹愣著啊。索性就把明天要做的 project 提前做了。這下又變成你等我了。這都得怪你。」

「沒錯，怪我。」K笑著說：「那我請你吃飯吧，你想吃什麼？」說著他把錢包掏出來拿在手裡。

女孩連忙擺了擺手，說：

「不用了，我晚上一般不吃東西的，喝點咖啡再吃點水果就夠了。而且我也從來不吃速食，又油膩又沒有營養。」說著，她瞥了一眼櫃檯前面的隊伍，皺起了鼻子：「有什麼可吃的呢。我就是覺得這的環境還不錯；沙發靠著挺舒服的。」

「環境確實不錯。」K表示贊成。

「你知道麼，他們家喜歡放小野麗莎的歌，我就喜歡這種風格。怎麼說呢，」女孩快活地瞇縫起眼睛，把頭偏向一邊，說道：「非常的舒緩，自然，很 soul 你明白麼，可以讓你什麼都不想，完全的放鬆。我的電腦裡也有她的歌，待會可以給你聽。」

K暗暗地鬆了一口氣。於是，他們開始談論音樂，然後是電影和星座，一個小時的時間不知不覺就過去了。K叫人給她添了一杯咖啡，自己也要了一杯。

接著沉默降臨了。兩個人靠在沙發上捧著各自的杯子，因爲拿不准應該再說點什麼，索性就一言不發，聽之任之。他們偶爾對視一下，互相微笑，馬上就又把目光移開。女孩用杏仁型的指甲在桌子上畫圈，揚起眉毛用鼻音輕輕地歎息，K一邊欣賞著她這麼做，一邊把餐巾紙的邊緣撕成一條一條的。

「我能問你個問題麼，」女孩說，看了K一眼。「你可以不回答。」

「你儘管問。」

「你原來的女朋友什麼樣呢？」她說，把你字拖得很長。

「是長相還是什麼？」

「無所謂，什麼都可以，就隨便講講吧。」

「其實也沒什麼，」K說：「那好吧……」

「稍等一下，我坐好了你再講。」

女孩在沙發上扭動了幾下，挺直腰杆，然後把兩手一拍，說。

「行了，開始吧。」

K把餐巾扔到一邊，兩臂抱在胸前，微微地側過頭去做出思索的樣子。他皺眉頭、咬嘴唇、嘬牙花子、歎氣、從喉嚨深處發出吭哧吭哧的聲音，久久地不說一個字，那樣子和當初上學時給別人講解只有他自己會做的題目時一模一樣。

「我們是大學同學，」他說：「在一起大約有兩年吧，不對……我想想，應該是三年多一點。大二的時候我們去外地實習，回來以後就好了。然後大四快畢業的時候分的手。」

「是你先追她的？」

「嗯……不是。」K搖了搖頭，說：「是她主動找我的。我呢，那個時候其實不太想談戀愛，因爲我覺得還年輕，可以再玩兩年。況且大學生談戀愛，你也知道，一般都不會有結果。但是她很認眞，又給我寫信啦，又給我送吃的啦，我不太忍心一直拒絕她，於是就在一起了。」

「她好看麼。」

「挺好看的，他們班好多人都喜歡她。不過她都看不上。」

「那爲什麼分手呢？」

「爲什麼？嗯……怎麼說呢。」K歎了一口氣，輕輕地搖了搖腦袋：「還是性格方面的原因吧，其實她是挺好的一個女孩，江南女子，很貼心的。對我死心塌地，簡直可以這麼說。如果不是最後分手了，她是非我不嫁。」

「是你提出的分手？」

「是我。」

「嘿！那我可就不明白了！」她叫道，帶著一點譴責的意味：「那麼好的一個女孩，你憑什麼看不上人家了。」

「這怎麼說呢，其實我也不知道……可能……怎麼說呢。」

「哈哈，我知道了，」她瞇縫起眼睛，用食指衝K的心窩比劃著，說道：「沒准你不喜歡人家了，膩了，不想負責任了，對吧，一定是這麼回事。」

「哪有啊。」K笑了。

「那總得有個原因吧。到底爲什麼呢？」

「是啊，爲什麼呢？」K心想。

「你看，兩個人在一起不是隨隨便便的。我不知道你是怎麼想的，反正如果是我的話，我一旦決定跟一個人好，那我就會把他當作生活的中心，一切都要爲他考慮。我會盡一切的辦法爲兩個人的前途去鋪路，你明白麼？因爲我覺得兩個人在一起不單純是感情上的伴侶，更重要的是能夠一起打拼，在事業上互相扶助，You know。所以卽便是分手我也會考慮很多，絕不會因爲一點點小事，爲一句話啊，或者什麼雞毛蒜皮東西輕易的就分手。因爲我覺得大家都應該對自己負責任，不能浪費對方的時間，戀愛結婚固然是大事，但是絕對不能因爲這個把人生其他的事情耽誤了。你說對麼？」

她一口氣說完這些話，舔了舔嘴唇，然後把杯子送到嘴邊上。

「都涼了。」她說：「應該讓他們加熱一下。」

K叫來一個服務員，請他再倒一杯咖啡。

「順便倒一杯熱水吧，然後再給我一包糖，」女孩吩咐道：「謝謝您，請快一點……眞的，我覺得人到了這個歲數，」她看了K一眼，很滿意他認眞的態度，繼續說道：「應該能夠對自己的人生做一個很好的安排了，要想清楚該做什麼，怎麼做，還有你自己的目標是什麼，想清楚以後就要按部就班地去實行。絕對不能再幹費力不討好的事情，或者在沒有意義的地方浪費精力和時間了。我這麼說你能理解麼？也許我表達的不是太清楚吧。」

「我明白，」K嚴肅地說：「其實我也是這麼想的。」

「對。所以你看我爲什麼要追問那件事情呢，因爲我想知道你們之間究竟發生了什麼。你看，如果像你說的那樣，她又漂亮，性格又好，對你又忠實，那我覺得不對啊，沒有理由你要離開她啊。那會不會是你在這種事兒上有什麼……怎麼說呢，」她咬住嘴唇，望著桌子角上的什麼地方，想了想，繼續說道：「不太合情理的地方。我沒有別的意思。我只是想確定，你是怎麼處理感情問題的，或者說，你做事的思路是什麼樣的。」

她點點頭，表示自己說完了。

K沉默了一會，然後長長地歎了一口氣，仿彿要把整個胸膛裡的空氣都緩緩地吐出來似的。然後他抬起左手，用手指尖在長著粉刺的前額上來回地撫摸著，目光垂下去。

「其實……要說起來，」他躊躇著，說：「我倒覺得，是我對不起她的地方多一些，我提出分手對她的打擊很大，我都怕她受不了。但是沒有辦法，如果明知道不合適卻還繼續在一起，那對誰都不好。尤其她還是個女孩，我也是儘量爲她著想。」

「怎麼不合適呢，能舉個例子麼？」

「例子嘛……這怎麼說呢。實際上我對女朋友的要求不是很高。只要人好，一心一意地跟著我，其他的就都好說。但是她有一個我最不能容忍的缺點，」K停了一下，一字一頓地說：「不愛學習。」

說罷，他輕輕地點了點頭，隨即又搖了搖頭，好像時至今日仍不願相信，居然可以有不愛學習的大學生。

「不愛學習。」他又重複了一遍。「舉個例子吧，她英語成績不好，老是不及格，我呢，平時就會有意幫她補一補。比方說在學校裡散步的時候我就給他講那些個樹啦，葉子啦，小矮樹啦，英文都叫什麼，怎麼拼寫，還有它們的學名。我跟她說：『這些單詞你最好都記住，背熟，以後可以用在四級作文裡。』我還給他分析，我說：『你不要怕麻煩，只要背就一定能用上——你也做過眞題的，前年的寫作題是〈我的學校〉那你就一五一十的寫：我們的學校裡有一條林蔭道，路兩邊有什麼什麼。同理要是換成我的祖國、我的家鄉也是一樣的寫法。去年題目變成了〈一次性塑膠袋帶來的問題〉，那你就稍微拐一個彎，先寫一次性塑膠袋有什麼什麼便利，帶來了什麼好處barlalala……然後筆鋒一轉，說，可是on the other hand，它也帶來了很多問題，包括環境污染，資源浪費等等……然後你再寫，我們學校裡有一條美麗的林蔭路，它兩邊有什麼什麼……然而在樹梢上和草叢裡經常能看見白色的塑膠袋……這不是很好麼。文章怎麼才能出彩呢？就得這麼寫才行。今年的題目稍微偏一點，是讓你描述一起車禍。很多人看到這個題目就暈了，不知道怎麼動筆。但是咱們不怕，咱們還可以用這套詞兒——車禍就發生在我們學校的林蔭路上，路兩邊有……barlalala……然後我們積極搶救受傷者，把他抬到小矮樹的樹蔭底下，還折了一些bodhi tree branches幫他擋陽光。最後寫，以後每年的這個日子我們都會採一束鮮花放在他墓前，裡面有各種花卉，這個那個的……」

「我覺得你的文筆一定不錯。」女孩說：「挺會寫東西的。」

「謝謝，還可以吧……」K說：「你看我這麼用心地給她講，她卻不當回事，就那麼隨便一聽。等你下次想考考她了，乾脆什麼都不記得了。就知道tree、grass、leave。你說她兩句吧，就跟你耍賴，說重了就鬧脾氣……到最後該不及格還是不及格。她光四級就考了兩次……類似的事情有很多，不光是英語。反正她就是不愛學習，能不上課就不上課，一門心思地玩，還喜歡畫個畫，跳個舞，讀個小說，你說一個學理科的學生弄這些能有什麼用啊，能不耽誤學習麼？」

「我倒覺得這沒什麼大不了的，」女孩說：「每個人追求的東西都不一樣，你得明白愛玩愛鬧是女孩子的天性，我上學的時候也逃過課呢。而且女孩子愛好藝術，我覺得OK啊，很正常。這都不是理由吧。」

「是啊，這當然只是一方面了，」K接著說，用手掌把那張撕碎的餐巾紙搓成一個長條。「但是也說明她確實不成熟。沒錯，我是你男朋友，我可以照顧你，我可以告訴你什麼該做什麼不該做，但是我管得了你一輩子麼？以後你得走向社會，你得去和別人競爭、合作，你得有自己的事業啊。可是這些她從來都不想。過完一天是一天，怎麼開心就怎麼來。有的時候簡直完全不考慮別人的感受，自私，以自我爲中心……這點確實讓我挺傷心的。」K舔了舔嘴唇，歎口氣，接著說道：「我給你舉個例子你就明白了。上學那會我是學生會的外聯部長，有一次我們到我現在的這家公司去參觀，我把她也帶上了。接待我們的是我一位師兄——非常棒，非常有能力的一個人，現在是我的主管——他給我們講課。大家都在認眞聽，只有她低著頭在自己的本子上畫畫，還笑。老師一直看她……我也提醒了她好幾次。課上完了，開始交流，我第一個舉手，師兄趕緊從講臺上下來往我們這邊走。這時候，你猜怎麼的，她『刷』的一下站起來了，捂著嘴就往外跑。我當時簡直傻了，讓她嚇壞了。等到完了事，我出去找她，我說：『你沒事吧，怎麼了。』她笑了，跟我說了這麼一句話：『沒事，我就是覺得這個老師長得像大怪獸。』」

K的女伴笑了。

「她到是挺有意思的。」

K把腦袋搖得像風癱病人似的，說道：「簡直讓我無語了，你看，她連起碼的待人接物都不懂。讓我非常沒有面子。後來師兄問過我好幾次：『那個女孩是哪兒的呀，到底怎麼了？』我根本不敢回答他。」

接著K又說了幾件別的事情，提到了瑜伽功、水彩畫、愛情小說和時髦的卷花髮型，以及這些東西是怎麼樣合起夥來破壞他的戀愛的。

「你不知道這種事多折磨人，」K說：「我眞不願意再提了。」

女孩微微一笑，點點頭，表示自己其實是知道的。

「到了大四，她還是這樣。但是我一直也沒有放棄，我始終在給她機會……後來我們去了一趟杭州，我想借著旅遊的機會，和她好好的談一談，看看怎麼能挽救……」

「是什麼時候去的？」女孩問：「七月份？」

「對就是七月份，領了畢業證就走了。」

「那你喜歡旅遊麼？」

「還行，我其實喜歡海邊。是她說要去杭州。」

「好的，你繼續吧。」

K看了一眼時間接著說道：「後來出了這麼一件事情，讓我終於下了最後的決心。當時我們在靈隱寺裡玩，她不知怎麼的非要去求籤，我其實不信這些東西，但是轉念一想，也好，那就……」

「停！」女孩揮了一下手：「你聽啊。」她說，把食指壓在嘴唇上。

原來是小野麗莎開始了。他們便默默地一起欣賞。

一曲結束，K說：

「確實很好聽。」

「那當然了。」

「現在我能問問你麼。」K笑了，說道：「給我講講你跟原來的男朋友爲什麼分手吧。我以已經給你講了我的經歷了，咱們交換好不好？」他說著伸出手做了個瀟灑的姿勢。

她歎了一口氣，說道：

「我不知道你想聽什麼，其實也很簡單，剛才我聽你講的時候，心裡就有一種感覺。我想這個女孩跟我的前男友眞的挺般配的。你不要笑，他們確實是同一類的人：散漫、孩子氣、不上進，成天就喜歡虛無縹緲，不願意面對現實。他一再傷我的心，其實我眞的挺喜歡他——我是說當時——但是他把我的心傷透了。最後我大哭了一場，我想：『世界上的男人是不是都是這樣呢？如果是的話，那我寧願永遠永遠不結婚……』」

「我曾經也以爲，世上的女人都是一樣的呢。」

「你知道他最大的夢想是什麼？」她看著K，用牙齒咬住嘴唇，好像在下決心似的，然後眨了眨眼睛，紅著眼圈說：「你知道麼，有一天他告訴我，他想買一匹馬。」

「噢……」

「對，他住的是樓房，可是他想買一匹馬。」女孩淒惻地笑著，說。

「他是少數民族麼？」

「漢族。」

「那他要馬幹什麼？現在也沒有馬車了，」K說：「用它馱東西還是……」

「問題就在這，我說與其這樣還不如去學開車呢，以後出門還方便些。」

「馬術非常費錢，而且養馬得有地方，每天還得遛馬讓它吃青草。到時候還得打各種疫苗、防疫針，還得辦證，麻煩著呢。」K滿有把握地說。

「這些他都不考慮，就爲了玩兒。」姑娘搖了搖頭，說：「我不知道男人是不是都這樣，眞的。」

「當然不是了。」

「嗯，我希望是這樣吧。」她用手抹了一下眼睛，似乎高興一點了：「咱們什麼時候走，你回家該晚了。」

「我隨便，什麼時候都行。」

「那就聽完這首歌吧。」

「好。」

兩個人坐著，不再互相打量了。K覺得有些疲勞，但在心裡卻隱約地有一種平靜、充實的感覺，略帶點甜味，就像含過話梅以後還長時間留在你嗓子眼和喉頭的那股味道似的。他瀏覽了一遍櫃檯上面的招貼畫，發現了那種長方形的，夾一整片雞腿肉的漢堡。他想起有一年的春節，自己曾經一口氣吃了四個這樣的漢堡，是分成兩次買的。後來他每次跟朋友吃飯，總要講起這件事，他們都愛聽。這種漢堡吃起來很有樂趣，你可以先咬掉四個角，然後順著長方形的邊一直啃下去。

「你想吃東西麼？」她說：「你可以買一點去，我有優惠卷。」

「不了，我不餓呢。」K說。

做功課

田田是個二年級的小學生，星期六下午，他做完功課就跟著爸爸上街換啤酒。他們在樓下的小賣部轉了一圈，發現啤酒不涼，於是決定到別處去看看。

此時大概六點左右。一顆小小的杏紅色的太陽懶洋洋地漂浮一片灰色的不透明的雲層上面。人行道上又涼快又安靜。有時候，一輛汽車疾馳而過，輪胎摩擦著柏油路，發出好聽的，海浪般的聲音。

爸爸穿了一件下擺揉皺的襯衫，趿著拖鞋悠閒地走著。田田跟在後邊，他一想到自己已經把假期作業寫完了，就控制不住地興奮，盡問些荒唐話，例如柳樹爲什麼叫柳樹啊？大馬路值多少錢啊？或者汽車用不用睡午覺啊？遇到這種情況，大人的知識和耐心永遠都不夠用，往往被逼得胡說八道。不過爸爸很精明，他沒有被牽著鼻子走，而是主動出擊，一下子就奪取了主動權。

「我問你，田田。」他用一隻手按住兒子的小腦袋，說道：「咱們的功課都寫完了麼。」

「寫完了，我還預習了呢。」

「哦，那好，口算題呢，做了沒有？」

「做了。」

「英語呢。」

「背完了。」田田理直氣壯地答道。

「哦，好，好。」爸爸皺起了眉，似乎有點掃興：「那……字詞練習呢。」

兒子不說話了。

「嘖，你看，我要不問你就忘了吧。別的練習你都可以不做，字詞怎麼能忘呢？嗯？以後可不許這樣啊……該做第幾單元了？好，那咱們一塊弄。」

於是父子倆在人行道上做起了功課，首先是生字測試，然後是造句，最後是片語練習。田田是個用功的孩子，什麼問題都難不倒他。然而他就是搞不懂，爲什麼「活潑」和「呆板」必須是一對反義詞。

「爸爸，什麼叫呆板啊？」他揚起臉問道。

「怎麼，書上沒寫麼？」

「沒有，老師讓我們自己思考，不明白就先問家長。」

「呵，這倒省事，」爸爸叫道：「家長還得管教書。那老師是幹什麼的呀？」他停了一下繼續說道「這是哪個老師說的？是不是年輕的那個，姓什麼來著……就是……挺愛打扮的那個。」

「不知道，這個老師是別的班的，就教了一節課。」

「噢，那怪不得……是哪個班的？」

「不知道。」

「長得好看麼？」

「嗯……不好看。」田田想了想，說道。

爸爸不說話了，他皺起眉頭，用手掌在前額上擦了擦，認眞地思索起來。他吧嗒著嘴唇，臉上做出種種怪像，好像吃了很苦的藥一樣。這位父親自恃才智出衆，以前很少佩服過誰，可是現在他由衷地欽佩起第一個編寫字典的人來了——要在沒有參考的情況下解釋一個詞還真是件不簡單的事情。

「呆板吶……怎麼和你說呢，就是……」爸爸清了清嗓子，說道：「就是傻，對了，也可以形容難看，還有……沒有學問的樣子。大概就是這樣吧。」

「那活潑呢？」

「活潑正相反吶，就是不傻，好看，有學問。」

田田用力地點了點頭，表示記住了。

「好，那你說說，不用功學習是什麼？」

「呆板！」

「對了！那用功學習呢？」

「活潑唄！」

「好，好，」爸爸贊許地點點頭，朝四下看了看，又問道「電線杆子應該怎麼形容？」

「呆板。」

「說對了。小朋友呢？」

「活潑！」

「對啦，沒錯，田田就是聰明！」

就這樣，兩個人一邊走一邊練習。直到爸爸覺得田田已經成了鑒別「呆板」和「活潑」的專家，測試才告一段落。

「怎麼樣?好玩吧?」他得意地說:「這就是反義詞的用處。詞彙就是是語文的基礎,是文章的零件,這和機件加工一樣,你的工件合格率高,你才能……對吧。文章有很多種,短的叫作文,長的叫論文,還有報告啊檢查啊小說啊,總之,多種多樣。將來你要想考大學就得會寫論文,還得用英語寫……所以說,你看,現在讓你學什麼將來都有用……等你大學畢了業,要再想考個博士或者學士,還得寫東西。到時候人家教授說啦:『你研究一下這個問題吧,回頭把論文交給我。』你要是不會寫作文可怎麼辦啊?再說了,寫文章還可以幫助練字——有一筆漂亮字將來吃不了虧。假如領導要提拔一個人,他首先就要看你的文筆怎麼樣,文章寫得好字也漂亮,那你就沾光了。」

說到這兒爸爸歎了口氣,把田田拉過來靠緊自己。

「兒子,你得想明白了,爸爸現在嚴格要求你,都是爲了你好,讓你不走彎路,可不是替我自己打算。將來你有了出息,過上好日子,你就是一分錢都不給我,我都高興。」

「爸爸你放心吧,我以後有了錢全都給你。」

「嘿,有你這句話我就知足了。」爸爸笑了,說道:「你說給我就給我呀,到時候你媳婦能答應麼?你拿什麼養家呀?我的意思是,你要自己長本事,學會掙大錢。錢是越多越好,錢多了你想幹什麼就幹什麼,想給誰就給誰,這多好。到那時候你媳婦就該說了:『哎,你看,咱們家錢這麼富裕,怎麼花都花不完,乾脆給爸爸點吧,給他五萬,讓他花去。』這樣多好啊,爸爸不就沾了你的光了麼。」

「嗯,我記住了,」田田認眞地說,用力地點點頭:「那爸爸,怎麼掙好多好多錢呀?」

「這個嘛……怎麼跟你說呢,這個,我想想……怎麼說呢。」爸爸又開始作怪相:「這個你還不用考慮,你現在的任務就是好好學習。反正大概是這樣的:要想掙大錢,你記住,關鍵有兩點。一要有學問，二要誠實。怎麼才能有學問呢，就得把老師交給你的東西統統記住，然後每次考試都得一百分。至於誠實，那就是說不能撒謊，尤其是不能跟家長撒謊。你記住了麼？」

「記住啦！」

他們走了挺長的一段路，之後進了路邊一家小商店。商店裡既狹窄又昏暗，各種各樣的食品和日用品隨意地堆放在貨架上，空氣中有剩飯菜的氣味。

照看店鋪的年輕姑娘正在專心致志地看電視。

「老闆不在啊？」爸爸問

姑娘點點頭。

「那你哥哥呢？」

她回答了一句什麼，被電視的聲音蓋住了。

於是爸爸打開冷櫃自己取啤酒。他比較了半天，挑了兩瓶最涼的。女孩接過錢，隨手扔到了腳邊的鐵盒子裡。

「再給我來一注彩票。」

「機選？手選？」

「手選，給我根筆。」

爸爸拿著姑娘遞給他的一截鉛筆，扯了一塊報紙，走到牆上那張表格跟前去了。那上面像棋盤一樣畫滿了小格子，每個格子裡有一個數字，一條曲曲折折的紅線將這些數字穿起來。一個老頭子看了爸爸一眼，向旁邊挪了挪，讓出一個位置。爸爸皺著眉頭說了句什麼，老頭子長長地歎了口氣，點了點頭。兩個人簡短地交談了兩句，然後就一起沉默而嚴肅地看起那張紙來。

「爸爸，我去玩會兒行麼。」田田問。

「十分鐘。」爸爸說，沒有回頭：「不許過馬路，不許亂吃東西。去吧。」

田田在門口的樹坑裡挖了一會兒土，又站著看了一會汽車——沒有發現喜歡的——就順著人行道往遠處走去。他知道沿著這個方向，在前面拐個彎，就是一條寬得多的路。路兩邊有綠色的帶網格的鐵柵欄，柵欄裡面是一些又大又舊的房子，據說是外國人的房子。很久以前，爸爸送他去幼稚園就走這條路，回來的時候也走這條路。他記得那一次，許多輛大卡車從他們後面開過來，車上的人站著，快活地朝馬路兩邊叫喊、招手。爸爸停下來，跨在自行車上，也朝他們揮手，喊叫。

「嗨——！嗨——！好樣的！」

田田從沒聽他那樣喊過，覺得非常好玩，他在後衣架上仰著頭，瞇縫著眼睛朝前看。爸爸似乎特別高興，同時又像是氣極了，嘴張得圓圓的，像電視裡落水的人那樣揮舞著手，每喘一口氣喉結就痙攣似的跳動一下。他鬢角上的頭髮被汗水浸濕了，在陽光下面閃閃發亮，像抹了油似的。

他們等到最後一輛卡車開過去才繼續朝前走。

從那以後他們就不去幼稚園了，每天在家呆著，過得開心極了。爸爸每次上街都和別人聊上很久，有時候一些不認識的人也和他們一起聊，誰想說話就說話，就像幼稚園的自由活動一樣。

田田在十字路口想起了爸爸的話，就轉身往回走。他在樹蔭裡走著，想起那次和爸爸一起摘海棠的事兒來。當時爸爸站在樹上，彎著腰，手腳並用地搖晃著那段結滿了果實，幾乎探到路中間的樹枝，樹葉和半紅半黃的海棠果就像雨點那樣落下來。樹底下的人用手和衣服去接。沒被接住的果子就摔在地下，留下一個個分幣大小的，深色的水印。

「慢點，慢點！」有人喊。

於是爸爸就把果子摘下來，一個一個往下扔，他專門扔給田田，但老是半截就被搶走。這些人在他們來之前一個海棠也沒搞到。

後來一個女人帶著一個穿著很乾淨的小女孩，很有禮貌地請求分一個果子給她們。田田把自己撿到的都拿出來給她們挑，做出一副毫不在意的樣子。那女人蹲下身，一邊微笑著和她的女孩商量，一邊用手指撥弄著田田手掌上的果子。

「我們就想要一個帶葉子的，是不是？」她溫柔地問。

「都給你們吧，我不要了。」田田大方地說。

那個女孩穿了一件雪白的帶頸巾的連衣裙，頭髮梳得平順極了。她的皮膚不像他認識的小孩那樣紅潤，而是像牛奶那樣白，她的眼仁也不是黑黝黝的，而是像那種棕色的玻璃球一樣霧濛濛的。這一切都讓田田感到不自在。他站在原地晃動著兩個膝蓋，瞧著別的地方，恨不得跑開。

忽然，不知是誰喊了一句：「當兵的來啦！」

大家隨即一哄而散。田田跟著人群往家的方向跑，他看見有少數的幾個人朝相反的方向去了。他跑出一段，就放慢了腳步。

「小孩快跑啊。」有個人朝他喊。

田田認爲警察是不會抓小孩的，於是就一邊玩一邊走，裝作什麼事都不知道。

在一個拐角的地方，爸爸不知從哪兒鑽出來了。他把上衣脫掉，露出白色的，那件夏天穿的籃球背心；懷裡揣滿了果子，看上去就像肚子上長滿了小瘤子，前襟上印著的齒輪和字母被撐得扭曲了，變成了可笑的形狀。

在回家的路上，他很想把剛才那件事講出來，但爸爸並沒有聽。田田順著原路回到小商店。這個時候爸爸正和其他幾個人圍在老頭子身邊，聚精會神地聽他講著什麼。他手裡拿著一張皺皺巴巴的，折成長條的報紙，皺著眉頭從眼鏡上方頗爲費力地讀著。

「回來了？」爸爸看見田田，說道：「那走吧，回家。」說著輕輕地按了按老頭的胳膊，然後踩滅了香煙。

老頭子禮節性的，微微朝他的背影點了一下頭，頓了頓，隨即就帶著那種專家的架勢繼續讀下去，似乎毫不介意聽衆的減少。

「爸爸是什麼？」爸爸一邊領著田田穿過門口的塑膠簾子，一邊小聲問。

「活潑。」

「嗯，對。那老爺爺呢？」

「呆板。」田田不假思索地回答。

「嘿，你個臭東西。」爸爸哈哈大笑。

這時候，太陽已經落下去了，天氣悶熱。

爸爸不再擔心反義詞了，他覺得兒子在這方面很有才能，簡直就是天才。

「第一，是要有學問，」在回家的路上，他繼續講解賺大錢的方法：「要什麼都懂，什麼都知道。這就得多看書，書裡什麼都有，待會回到家，你就拿本書自己看去吧，可長知識了。第二就是要誠實，不能說瞎話……」

突然，爸爸好像想起了什麼，他停下腳步，把田田拽到一邊，然後蹲下去和他臉對著臉，猶豫著，顯出爲難的樣子，先朝四下看了看然後終於開口說：

「田田，你告訴爸爸，待會兒到了家，你怎麼跟媽媽說？嗯？兒子，你說說，咱們從哪兒來的，咱們都幹什麼了？嗯？你說一遍，我聽著。」

俄爾浦斯在北京

K的祖上是北京郊區的農民，他的父母在舊城牆拆掉之後仍舊種了半輩子地。他從小一邊念書，一邊幹農活，身體強壯，能識別各種農作物，兼有一般小市民的精明狡猾與農民的自私和固執；中專畢業之後，由一位親戚出面，托人在機關裡謀了一份工作。

他性格穩重，愛享受，道德感極強，一貫遵紀守法，從不幹投機冒險的勾當，但在法律許可的範圍裡，也無時無刻不在琢磨發財致富的門路。

幾年之前，汽油還便宜，他經常利用週末時間開著車到處兜風，一方面磨合發動機，一方面考察房價——和很多北京人一樣，他面對著翻騰著金水的冶煉爐一般的房產市場，在困惑和惶恐的同時，也有著一種難以克制的躍躍欲試的衝動。

有一次，他在路邊休息的時候出於憐憫，從一個膚色曬得黝黑的女人手裡拿了份海報。

那一天北京剛下過一場透雨，是個難得的晴朗日子，空中有一些雲，陽光既充足又不曬人，不時還有習習的涼風吹拂；K睡了個好覺，精力充沛，心情極爲之好。

他把那張用銅版紙印刷的廣告反複讀著，咀嚼著「綠洲」、「水榭」、「別墅」和「中產階層」這些個精緻且富有感染力的詞彙，心裡生出一種類似戀愛的軟綿綿的幸福感。

那女人指著路邊那片望不到頭的瓦礫，和像超現實主義的藝術品一樣在垃圾山上挺立著的一棵大棕櫚樹告訴他，未來的「樓盤」就將在這裡建設起來。

在那之後K也看過不少房子，卻總不能滿意。他心裡對於理想的住宅已經有了一個先入爲主的印象，就是廣告裡那片綠洲給他的印象，任何其他的形象、觀念，都只能起到襯托的作用，使這種印象更加鮮明罷了。

有些時候我們不明白為什麼初戀竟能夠在人的心裡紮下那麼深的，幾乎是挖不淨的根。我們不明白為什麼男人、女人總是要給那個自己為之第一次獻出愛情的人，在心裡設立一個隱秘的祭壇，並且將從別處獲得的愛情作為犧牲來供奉它。我們不明白為什麼美嬌娘要委身無賴漢，為什麼蘇格拉底會忍受她的潑婦。其實只要考察一下愛情的種子是在什麼情況下種在心裡的，一切就會變得容易理解了。

K心裡有一個關於住宅的理想，同時也有一個關於愛情的理想，並且從邏輯上講，住宅理想是愛情理想的一部分，或者說住宅的理想服務於愛情的理想。簡而言之，他想在一套好房子裡和一個好人講戀愛。

巧的是他給房子交了首付之後，沒過多久就當眞戀愛了。

對方是個外地姑娘，頭腦實際，身體健壯。兩個人都是沒到三十歲就已經發了福，並且開始脫髮，對飲食也都頗有研究，走在大街上，人家很容易當他們是兄妹。認識第一個禮拜，他倆去看電影，姑娘帶了一壺白開水，省了飲料錢，K看在眼裡，感動得不得了，暗暗發誓非她不娶——後來在婚禮上，他向司儀和賓客們深情款款地回憶了當時的情景。

結婚後夫妻倆努力還貸，暫時住在K的父母家，平常省吃儉用，深居簡出，跟原來的朋友幾乎斷絕了來往，女方的親友更是概不接待。

這樣的日子過了兩年，K升職了，又繼承了一小筆遺產，得以提前二十七個月跟銀行清了帳。

抵押登記撤銷那一天，K從房管局回來，懷裡揣著清清爽爽的房產證，在樓下坐了一會，抽了支煙。他望著自家的陽臺，心中百感交集，他想到自己憑藉膽識和魄力做成了這樣的大事，不愧是個男子漢大丈夫，又回想起那個讓他永遠難忘的晴朗的秋日，以及之後在實現夢想的道路上品嘗到的艱辛和快樂，生出一種「生命如歌，時光如水」的感慨。他胸中湧起一股詩情，想要念一點押韻的東西，或者唱一首歌，他有點後悔沒學件什麼樂器。

「我要從南走到北，

還要從白走到黑。

我要讓人們都看到我，

卻不知道我是誰……」

他小聲地哼唱著，右手在褲腰上來回摸索，假裝在撥弄琴弦。

這時，一個半熟臉的男人過來借火。攀談之中，他告訴K：自己正在搬家；有人出翻倍的價錢買他的房子，除去通貨膨脹和銀行利息，大概還有四十萬可賺！這還不算之前白住的那兩年。

K愣住了。之前他們全家把這套房子當成身上掉下來的肉，當成自己的孩子一樣，供著他，養著他，爲他受苦受難，魂牽夢縈，現在看來，這一切都是值得的。這是個有出息的孩子，而且是個會吐金幣的孩子，可以放心地把後半生交付給他了。

從此以後，他就像喜鵲檢查藏食物的樹洞一樣，每隔幾天就要巡視一下自己的產業，裡裡外外地欣賞它，給它估價，然後憑窗眺望，發一陣子呆。

汽油漲價之後，K儘量不開車，每次看房子都要倒三趟公車，再步行半個小時，累得垂頭喪氣，卻也樂在其中。

〇九年夏天，妻子的父親去世了，K去外地盡孝，期間聽說北京調整了公交線路，有一趟車正好把自己的兩處產業連接起來，這意味著房子的行市還會漲，於是他在哀痛中也稍感一絲欣慰。回到北京之後，正趕上週末，他決定親自去考察一下。

星期六下午，K睡醒一覺，提前吃了晚飯就出門了。他順利地坐上了車，找了個後排的位置，打開窗戶，戴上耳機開始看電視劇。車越往城外走，乘客就越少，K不知不覺打起盹來，等他醒過來，發現車裡除他之外只剩下了兩個人，自己大概就是被她們的聲音吵醒的。

「你這話算說對了，我告訴你。」一個女人說：「我把他當成親爹一樣孝順。至於他把我當不當親閨女，我做兒媳婦的不能說什麼。反正該做的我都做到了。對不對。」

K站起來，朝車窗外看了看。

「勞駕，城市綠洲到了麼？」

「沒有。」司機說。

「你知道我臘月初七那天干什麼來著？」那女人又說：「我幹了半宿粥。他不是愛喝粥麼，我從頭天夜裡就小火咕嘟著，就爲給他吃。我們家平時甭管是燉肉是燉魚，都揀好的給他端過去。你說你一個老頭兒，是怕我們吃你啊，還是怕我們要你的呀？我就說了，你不就這一個孫子麼？最後你那東西跟房子還能留給誰。是不是？連我們那小孫子都明白這個，一來就說：『我告訴你們，以後你們的東西全是我的。』」

「呦，那麼好玩吶？」另一個女人說：「現在上幾年級了？」

「還沒上學呢。他媽剛報的學前班，買的書跟光盤……靈著呢，國學的書念了三本了，唐詩會背好幾十首。」

「多好啊。」

「你們家閨女還學琴呢？」

那女人答道：「學著呢，老師說她能考八級了，我不願意讓她繼續考。因爲藝術這東西就是一個修養和陶冶。她學畫畫也是，我跟她說：我也不求你能成名，能成家，主要就是培養你的品味。前一陣她去逛街，有個星探問她願不願意上節目，還給了她一張名片，她那夥伴兒就沒給……」

K調大了耳機的音量，繼續看電視劇。

過了有十分鐘光景，終點站到了，司機把所有人都趕下了車。

K惶恐地發現，自己站在一個完全陌生的地方。他的一側是筆直向前的公路和城鐵高架，另一邊是衰敗的綠地：像幹牛糞一樣板結的土壤裡，長著幾株早已開敗的，落滿塵土的碧桃和迎春，靠雨水活著的黃楊沒有幾片葉子，枯枝東倒西歪。綠地的外面是望不到邊的廢墟。

四下沒有一個人影，車上那兩個女人已經走了，K趕緊追上去。

「勞駕，請問城市綠洲從這兒怎麼走？」

「城市什麼？哦，綠洲……沒聽說過。」

「沒聽說過。」另一個女人也說。

「說名字我不知道，有什麼標誌沒有？在五環路上？」那女人問，然後突然兩手一拍，說：

「是不是有個大椰子樹那個，嗐！你說椰子樹不就完了麼。我們都管那兒叫大椰子樹……你跟我說綠洲我哪知道啊。那你跟我走吧，待會到前面我指給你一條道，從中間穿過去。你這麼走且到不了呢。」

K道了謝，跟在她倆後面。過了一會，他們下了便道，走上一條隱藏在垃圾和瓦礫中的坑坑窪窪的小路。

這個時候，他才有機會仔細觀察一下自己的旅伴。這兩位太太都是農婦的體格，皮膚粗糙，肩寬背厚，走起路來一雙八字腳。臘月初七熬粥的那位穿了一件紅底加團花綠葉的化纖上衣，裡面透出背心式的內衣，下面穿一條收口的半長褲子，露著一截小腿，皮膚的裂紋和盤結的藍色靜脈清晰可見，腳下是一雙方口帶袢的皮鞋，配肉色絲襪。她大概要去參加婚禮，因此打扮得格外體面：手上是金戒指和翡翠面的戒指，耳朵上是金墜子；像嫩牛排一樣棕裡透紅，彷彿能滲出血水的脖子上，戴著一條粉色的珍珠項鍊。她煞費心思地修飾過自己的容貌：一頭又黑又硬的卷髮沾濕了用卡子壓住，緊貼著頭皮，鬢邊的碎頭髮沒有照顧到，依舊亂蓬蓬地飄著；臉上不知抹了什麼東西，使皺紋像陰刻線一樣在褐色的背景上鮮明地浮現出來，眼睛和眉毛經過著力勾勒，黑得極為醒目，像淺浮雕。這些因素配合在一起，使她的臉顯出一種陰沉忿怒的表情，像極了唐卡上的毀滅女神。

她的同伴年輕些，也白嫩一些，頭髮像男人一樣剪短了，化了淡妝；穿一件蕾絲邊的無袖上衣，按照當時的潮流，配了一條帆布短褲，繫一根只有手指那麼寬的小皮帶。腳下是一雙輕巧的平底鞋。這一位太太說話輕聲細語，舉止也十分文雅，擦汗的時候只用一根無名指，實在覺得熱了，就用手掌在臉旁邊扇一扇。

「那現在是你送她上學？」卷髮的太太問。

「是啊，我開車去。我不愛坐車，人太多了。要不是今天得喝酒，我就開他爸的車去了。」

「我告訴你，多的都是什麼人啊，都是外地人。現在一出門，你看有幾個北京人，全是外地的，我就說你們幹嘛來了？不過話說回來，人家也是人。可是我就說，你們來了能有的吃有的住麼？」她皺起眉頭，憤懣地長出了一口氣，繼續說：「奧運會那會兒，我們一塊當志願者，有一個外地人，溫州也不知哪兒的……跟我們聊天，說：『我以後要在北京買房，我要把家搬到北京來。』我說，『你有多少錢啊，就說這話。』他說我有一千萬。我說：得了吧你，一千萬也算錢？你還是窮命鬼。不信我給你算吶。我一樣一樣給他數，算到最後，怎麼樣，我說。哎，你這點兒錢什麼都幹不了，你還是窮命鬼，對不對？」她頓了頓，繼續說：「你還是窮命鬼。嘿……最後也不言聲兒了。」

短髮的太太說：「所以有機會還是得到國外去——人又少，消費又便宜。我有一個朋友在加拿大，她那個房子，緊挨著湖邊，帶花園，還送一大片草地。你猜多少錢。」

「多少錢？」

「你儘量往低了猜。」

「多大面積？」

「差不多三百吧。複式的，就跟電視上的一樣。」

「三百平米也就一百萬。」K說。

「差不多。」

「你瞧瞧！」

短髮的太太繼續說：「一百萬在北京，你買什麼房？就這五環邊上，你能買得起一套兩居室麼？」她扭過頭對K說：「您家是自己買的房子麼？花了多少錢？」

K臉上泛紅，一時有些語塞。

正在這時，從遠處傳來一陣淒厲、高亢的喊叫聲，勉強可以聽出是人聲。

短髮的女人不安起來，警覺地朝四下看了看。過了一會，喊聲又響起來，比剛才離得近了。

此時，他們走進了一個顯然在不久以前還有人居住，如今卻已經廢棄了的村鎮裡，他們腳底下那條破碎的，到處是垃圾和污水坑的小馬路，就是鎮子的中心大街。路兩邊的建築大都只剩下了四面牆，有的連門臉都不見了，窗戶都已經取走，到處都是碎玻璃。棕色的木梁倒在地上，做好了記號，準備運走。野草從臺階和地板的縫隙裡鑽出來，經過雨水的沖洗，綠得鮮嫩可人。在他們頭頂上，一大片厚實的，青灰色的雲遮蔽了天空，邊緣被陽光照亮了，變成半透明的銀色，像一塊擱淺在春天的河岸上，正在融化的骯髒的冰。

K喜歡看西部片，此刻他把自己想像成一位「孤獨的牛仔」，正護送兩位女士，穿過一個危機四伏的蠻荒地帶。他把手垂在身體兩側，隨時準備拔槍射擊。他入戲了，故意撇著腿走路，好像剛從馬背上下來一樣。

大約走了三、四百米，他們來到一片被推土機蕩平了的，矮山包似的瓦礫場上。短髮的太太腳疼，就在一截水泥樁子上坐下，脫了鞋往腳趾上貼膠布。

這時，他們又聽到了那種叫喊聲，離得比剛才更近了。

「你聽聽，傻柱子還在這塊兒轉呢。」卷髮的女人說。

「不都沒人住了麼，他還在這幹什麼？」

「不然他上哪兒啊，他們家都不要他了。」

「多可憐啊，你說。」

兩分鐘之後，鬈髮的女人站起來，把手搭在眉毛上面朝遠處望了望，扭頭對他們說：「你瞧，那不是麼，來了。」

K順著她指的方向，看見在這條路的盡頭，從一個垃圾堆後面閃出一個黑乎乎的，帶輪子的東西。過了一會兒，那東西靠近了，可以淸楚地聽到輪胎和瓦礫碰撞的聲音，以及夾雜在撞擊聲中間的，一種古怪的顫音，就好像有人把一件破碎的樂器在地上拖來拖去似的。一個褐色的骯髒的光頭，在車後面搖晃著。推車的人也發現了K他們，他直起身，在原地躊躇著。

「柱子，過來。」那女人喊道，衝他招手：「上這邊來。」

「哎呦，你別讓他來，怪害怕的。」她的同伴說。

「沒事兒，他認識我。」

手推車拐了一個彎，轉到一棵被連根拔起的大槐樹後面就不見了。

卷髮的女人站在路中間看了一會，像母雞拍打翅膀那樣動了動自己的兩臂，憤懣地歎了口氣。

「趕緊走吧，」另一個女人說：「你怎麼會認識他呢。」

「我們原來住街坊，我能不認識他麼？我管他媽叫姐。」

他們三個繼續向前走。

卷髮的女人陰鬱地皺著眉頭，說：「你知道他為什麼在這塊轉麼？這是找他媳婦呢。」

「他還有媳婦呢？」

「你聽我說啊，這是怎麼回事呢——小孩沒娘，說來話長。」她咽了口吐沫，繼續說「最早我們旁邊還有一家，姓李，他們家男的原來是和尚，都五十多了，還還俗成了個家，還生了個閨女。這孩子是小兒麻痹，癱子——你就瞧我們家這點兒街坊吧——女孩在家養到三十好幾，門都出不去，胖得跟什麼似的。後來不有了拆遷的信兒了麼。這一下就都瘋了。這老頭想弄個假結婚，多要點面積不是？開始想的是讓他兒子離婚，然後倆人再分頭結婚。問他兒媳婦，兒媳婦說：『我不離！要離你們倆離。』就說她老公公：『對不對，離了婚我知道我能不能復婚啊，趕明我不是這家的人了，我上哪住去呀。你不有閨女麼？讓你閨女找人去。』哎，他一想，對呀。於是就騙他閨女，假裝讓他跟傻柱子結婚。這倆人原來就訂過親，但是後來老李家又生了一個兒子，就有點後悔，這麼著，黑不提白不提，就完了。這女孩當然願意啦。然後他爸就找了一個算命的，說你呀，命中克夫，嫁誰誰倒楣，怎麼破呢？就得先找個人結婚，再離婚，等於就算克掉本夫了。這麼著讓他閨女跟別人結的婚，要不她不答應啊。」

「哪找的人啊？」

「民工唄。拿著錢以後大頭兒自己落了，給他萬兒八千的，能不樂意麼，比他一年掙得都多，天上掉餡餅了。」

「也是，這種事兒還眞不能找本地的。」

「沒錯，」胖太太使勁點了一下頭，說：「就是這麼回事。然後那邊兒也沒閑著，一看這個，給他來了個將計就計。問傻柱子：讓你跟玲玲結婚你願意麼？嗯！願意。他是傻子他懂什麼呀——

弄一個女的來——去，跟這個阿姨辦手續去，到那一問，你願意麼？他知道問什麼呢？嗯！一點頭。完事了……」

「還能這樣麼？」K說。

「您以爲呢。我們家有個親戚在民政，她講話什麼樣的都有。老太太牙都掉沒了，杵個棍兒在門口挨個問：結婚麼您？缺人麼？」

胖女人的身段和做功把K逗笑了。

「眞有這樣的。」另一位太太肯定地說。

這時，年紀大的女人像是感覺到了什麼，突然轉過身去。

「柱子！」她喊道，朝路邊走過去，那個傻子此時就坐在那兒。

他穿了一條被汗鹼和汗漬浸透的破褲子，光著上身，汗水從他臉上和突出的肋骨上淌下來，在連成片的油泥上留下一條條白道。他看到有人過來，就佝僂著背，側著身一拐一拐地走開了，同時用一條胳膊擋住腦袋，像是防備挨打似的。

「你別走，讓九姨看看你。」

傻子站住了，黧黑的臉抽搐著，顯出古怪的，似笑非笑的表情，似乎吃了什麼極酸極鹹的東西。從他那張沒有幾顆牙的嘴裡，發出一種既像嗚咽又像呻吟的聲音。

「柱子，你坐下，你坐下……讓九姨看看。」胖女人說，往前走了兩步。對方聽話地坐下了。

「咱倆別過去，這傻子打人。」另一個女人對K說，於是他們就離得遠遠地看著。

「柱子我問你，你怎麼不回家啊？你們家人多著急啊。」女人說著，看了一眼K他們，接著說：「你在這幹嘛呢？你告訴我，你幹什麼呢？哦……我知道你找玲玲呢是吧。玲玲家不在這啦，你找不著她在這兒。趕快回家吧，啊。趕明兒這塊兒什麼都沒有了……大挖土機都來了，到時候碰著你怎麼辦吶。」

傻子並不回答她，只是坐在那，像鐘擺似地左右搖晃著。他瞇縫著眼睛，用一種既愉快又滿足的眼光打量著這個他不能理解的世界。

光線暗下來，似乎快要下雨了。他們站的這個地方，之前是一家理髮館，如今只剩下半面山牆和幾塊碎鏡子。摩登女郎的招貼畫仍然留在牆上，她們有的巧笑含情，有的顧盼生姿，有的冷若冰霜，各有各的風流姿態。四周的瓦礫堆上有人用廢磚碼成了半人高的垛子，遠遠看過去，既像神龕又像傾壞的小塔，每隔不遠就有一處。

胖女人長長地歎了一口氣，扇動了一下那對像翅膀一樣的大臂，繼續說道：

「要說這都是作孽。你看，這孩子一點壞心眼都沒有，就是傻。那會兒他特喜歡我們小旺子，老想抱，買根冰棒也讓小旺子吃……我哪敢叫吃啊。」她轉向傻柱子，問道：「柱子，你還記得張旺麼？小時候你們老一塊玩呢？」

傻子依舊左右搖晃著，笑著。時間在沉默中過去了。

K眼看就要天黑了，有些惶恐，他想離開她們自己走，但又覺得把兩位女士留在這個荒郊野外不太合適，於是只好耐著性子等著。

「柱子，你跟九姨走吧，好麼？」胖太太說：「我帶你找你媽去。你聽我說，我給你點錢吧，來……」她說著掏出兩張紫色的鈔票，遞了過去。

「柱子，你拿著吧。」她說，等了一會兒，見對方沒有伸手，就又把錢揣起來了。

「不要。」她對K他們說，點了點頭，似乎爲自己的判斷獲得了印證而感到滿意。

「柱子，你能再叫我一聲九姨麼，你再叫我一聲。」她說，伸手給傻子抹了抹鼻涕，扯了一塊紙擦了擦手。傻子顯得非常不滿意，掙扎著站起來躲到一邊去了。

「你就再叫我一聲。」她說。

「趕緊走吧。」另一個女人說。

於是他們繼續趕路了。

傻柱子等他們走出一段，就朝相反的方向去了。他的推車上掛了一把琴頸折斷的破吉他，每走一步，就發出一種可笑的古怪的顫音。

「你說他傻麼？一點都不傻，心裡透氣兒著呢。」胖太太朝身後看了看，說道：「你給他錢他都不要：『我這麼著多自由啊，想吃了吃，想睡了睡，要錢有什麼用啊？』所以他也活明白了，他比咱們都明白。可不是麼……前兩天我們孫子給我講了個故事：說就在古代，有個要飯的，有一天弄了半鍋米，一點爛菜葉子，找了點小劈柴，生上火，一邊看著一邊就睡著了。然後就做白日夢，夢見自己中狀元了，又當大官，又掙錢。生了好些個兒子，兒子又接著當大官，掙大錢。他成了老太爺了，反正就是榮華富貴吧，享受了一輩子。到最後要死了，兒女圍著他跟前，都不願意讓他死啊。這時候皇上要抄他們家，兵都圍住外頭了，就等他死呢。家裡人哭啊：爸爸，爺爺，你可別死啊，你可別死。這時候他琢磨過來了：哎呦，我可不能死啊，我死了就什麼都不知道啦，多可怕呀。我不願意死啊。他這麼一著急，醒了。這時候煮的那鍋粥還沒熟呢。他心想，哎，我還是要飯好，比什麼都強……你瞧瞧，他就覺得要飯好。」

他們在一個岔路口停下來，胖太太向四周看了看，對K說：「你順著這條路一直走就能到了，從村裡穿過去，就是路不太好走。」

「謝謝您，大概還有多遠？」

「有個兩里地吧，你順著路燈走，前頭有一個公廁，有個老頭，你可以再問問他，別走錯了。」

K和兩位太太分了手，順著那條小路下去了，走出挺遠仍然能聽見胖女人洪亮的氣呼呼的聲音。

「……她問我來著：吻，大媽，這兩天怎麼老收拾東西啊，怎麼了。我還沒說話呢，她姨過來了。這不是……結婚也得有地兒……啊，就這麼著。誰能知道她有那麼大的勁兒，這要讓傻子知道能跟他們幹麼……胳膊都……」

K加快了步伐，又走出一段，遠遠地看見了自家樓上的燈光，才鬆了一口氣。

他朝天上看了看，之前那塊厚雲彩已經變成了狹長的一條，向著西邊地平線上起伏的青色群山退去了。雲彩的核心被太陽的余暉照成金紅色，邊緣是灰色的，毛絨絨的，像一大塊被灰燼包裹的，正在退火的鐵。

Watchman and man watch what

——通信摘錄

親愛的余老師：

原諒我冒昧的給您寫信，更原諒我淺薄的表達能力和文筆。在無數仰慕著您，渴望您指點迷津的莘莘學子中，我只是一個毫不起眼的小女生。不知我微薄的聲音能否被您聽到？

余老師，你我未曾相識，我們的人生也許註定不會有交集，但是我已爲您深深著迷，甚至可以說已經愛上了您（it's true）。我知道您的英文名是watchman，我喜歡這個名字的含義。在這裡，在黑暗中我也在倔強的守望著，不知您是否願意爲我點亮一盞燈光？

下面介紹一下我自己吧。我出生在一個單親家庭中，與爸爸相依爲命。從小到大周圍的人都稱讚我是個漂亮的女孩子，我的學習成績也總是名列前茅。但是由於家境不好（我的爸爸是個普通工人，每月的兩千多元錢是我們一家唯一的收入來源）我一直有著很深的自卑感。高中畢業之後我放棄了繼續深造的機會，選擇了一所專科院校。課餘時間我兼職做模特，生活有了一定好轉，卻也初嘗了社會的艱辛。畢業後，我進了一家國有事業單位，每個月能收入三千塊錢，工作很清閒，清閒到讓我發慌。簡單重複的工作讓我每每昏昏欲睡，我不禁問自己，難道這就是我想要的人生麼？難道我的青春註定要在平靜中消耗殆盡麼。我渴望去衝，去闖，像一匹脫韁的野馬一樣自由馳騁，草地，藍天，自由如風。我渴望像我崇拜的柴契爾夫人和《上海一家人》中的若男那樣，憑藉努力和拼搏，白手起家成爲受人尊敬的職業女性，我渴望有轟轟烈烈，七彩斑斕的人生……

於是我選擇了跳槽。我的新單位是一家知名的外國企業，同事中不乏畢業於知名學府的高材生，這讓我感受到了前所未有的壓力。好在皇天不負苦心人，經過一段時間的努力，我獲得了老闆和同事們的認可，薪水也漲到了八千元一個月。正當生活向我綻開一絲微笑的時候，打擊卻又接踵而至。事業上的挫折，再加上一段刻骨銘心寒徹心扉的感情經歷，使我不得不離開職場。我剪短了深冬之夜般的黑髮，每日足不出戶，像一隻受傷的小動物一樣，默默地舔舐著傷口……

我實在不知道這世上有誰眞心愛我，因爲缺乏安全感，誰對我稍微好一點，我就會感激涕零，因此我被一些人騙過，失去的不僅是青春，還有寶貴的信心和希望。我曾自殺，又被救了回來，至今手腕上還留著淡紅色的傷痕。

這就是之前我經歷的一切。現在的我完全可以用惶惶不可終日來形容，我不知道我還可以去追求什麼，相信什麼。是您的書給了我希望。

我渴望著出國深造，開啟嶄新的人生之旅。我也憧憬著能夠碰到一個乾淨、陽光的大男孩，安安穩穩的戀愛，結婚，生子，過一輩子平淡的生活。但這一切似乎都離我太遠了，讓我無從實現。現在的我自信心已經降到了最低點。我在近乎絕望中，給您寫這封信，並且焦急的等候著回音。請您救救我這個歷盡辛酸的女孩子吧。

您的讀者魯藝

親愛的魯藝：

都說文如其人，此話當真不假。當我讀著你的信時，恍然間一個亭亭玉立，風姿綽然的美女彷彿出現在了眼前的銀屏上。你擁有著得天獨厚的優勢（周圍的人都稱讚我是個漂亮的女孩子），又正值如花般的年紀，本應過著萬人豔羨的生活。你可以在T型臺上走著貓步，同時也像貓咪一樣張牙舞爪，盡情張揚，也可以在車展的舞臺上，展現如流線型跑車一樣的身姿，讓眾多愛車與愛美的人士，心跳超速，思維過線。也可以參加五花八門的選秀節目，或秀舞姿，或展歌喉，爲成爲全民偶像而拼搏一把（可以肯定的是，無論你參加什麼節目，我這一票都會投給你）。

套用一句廣告詞：生活如此多嬌，我能無限可能。可是你卻在那裡嗟歎，不知應該相信什麼，追求什麼，甚至自暴自棄，最不應該的是居然還動了自殺的念頭。

讓我怎麼說你好呢。魯藝啊，親愛的魯藝，魯藝同志！

俗話說靠山吃山靠水吃水，劉翔靠腿，劉歡靠嘴。容貌其實是一種財富，運用得當會給人帶來巨大的成功和榮耀。李白說：天生我材必有用，據我考證，這個材指的就是身材。可惜李白詩才有餘而身材不足，據考證他身高只有一點六零米，余老師這個一米七的二等殘廢在他面前也能算得上高大威猛了。呵呵，不說這個。

讓我感到可惜的是，你明明擁有容貌和身材的雙重優勢，卻沒有好好利用。人生最難得的就是機遇，往往需要無數次的碰撞，才能得到一個成功的機遇。而機遇往往是要一次，就足以讓你消受一生。就像《上海一家人》（我也很喜歡這部電視劇，還是李羚的影迷）的主題歌中唱的一樣：千折百轉，機會只一閃。走過去前面是個天。

不幸的是你卻選擇了一條按部就班的路，念高中，繼而大學，繼而工作，遠離了最有可能帶給你機遇的地方。不管是念大學，還是在國營亦或外企工作，對於別人而言可能是一個成功，但對於你就是錯誤，因爲你不是一般的人，你是特殊的人才（材）啊。

「認識你自己。」（know yourself）這是希臘德爾菲神廟裡的一句箴言，我遊歷希臘時亦曾親眼目睹，面對著歷經千載如歲月的面孔一樣斑駁的大理石，千年一歎，感慨萬端。

魯藝，請問你認識你自己麼？你是什麼？你是日月的精華，天地的造化，上帝的尤物。你本應在聚光燈下展現妙曼的身段，嬌媚的容顏，卻讓狹小的格子間幽閉了你的前途。

我認爲，你既然有做模特的成功經驗，就應該繼續向這個方向發展，以成爲一名演藝人士爲生涯目標。充分利用每一個機會，去業界人士聚集的場所，吸引人們的注意，爭取亮相的機會，結識名流和大腕。

甚至你可以利用一兩年的時間，去上海或者北京這樣的大城市，什麼也不幹，每天就是打扮的漂漂亮亮的，坐在最高檔的酒店的大堂裡，聽聽音樂，喝喝咖啡，就當陶冶情操，怡情養性。沒准幸運之神或者愛情之神就會來敲你的門了。這樣做雖然有些極端，但不乏成功的先例。

不走尋常路，這是人才成功的一個秘訣。我的上海老鄉董冬，當他的同齡人都在爲如何將書上的文字變成自己的而苦惱而絞盡腦汁的時候，他卻將自己的文字寫在了書上，成了中國現代小說的掌門小生。董冬如果按部就班的接受教育，上大學，那麼中國可能多了一個想出國的學生，而世界就少了一名偉大的作家。董冬的故事，就是如何善用天生我才的一個絕佳詮釋。

你說你拿不定主意是出國深造，還是結婚生子，就此過平淡的生活。但我勸你，趁著人生還有犯錯誤的餘地，還有可供揮霍的時間，拼一把，博一下。利用好自己的優勢，取得盡可能大的成就。

拼搏不一定會成功，但不拼搏一定會留下遺憾。假如幾年之後你發現這條路並不順利，再來申請Z大學（做我的校友）或者查蘭沃大學（做董冬上海老鄉梅勵的校友）讀一個學位也不遲。或者憑藉著曾經在知名外國企業工作的經歷，把自己的簡歷寄給心儀的公司，然後踩著貓步出現在面試官的面前，想必任何一家企業的大門都會像T型台的地板一樣，一馬平川，任你出入的。

對於你想成爲職業女性或者從事其他行業的想法，我不反對，但我問你一個問題，中國有數以億萬計的女孩在從事著行政，貿易或者一般性的事務工作。但，她們當中有多少人有條件站在舞臺的中央，成爲衆人矚目的焦點？魯藝啊魯藝！我懇求你，不要浪費自己的得天獨厚的優勢，莫讓青春付水流。天生我材必有用，時光流盡收不回。

請你認眞考慮我的建議吧。

下次來信時，我希望你告訴我你已經驅除了心中的迷茫，以及顧影自憐，患得患失的心態。希望你秀麗的臉龐上已經閃耀著自信的微笑！

祝福你！

你的見了美女就心跳的余

黑美人

二〇一三年的春天，我被邀請參加一個觀影會。評論家K坐在我旁邊。影片異常沉悶，剛開場半個小時，我就巴不得它快點結束了。K中途出去了一次，再沒有回來。又過了一會兒，我們就在休息室裡碰頭了。

「歇會吧，」他說，遞給我一支煙。

「謝謝您，我不會。」我說。

於是他把門從裡面鎖上，點著了一支煙，說道：「這種東西看看盜版盤就行了，純屬浪費時間。躲一會兒就走吧。」

「可是我打算仔細看看，我得寫點東西。」

「浪費，浪費！」他搖著頭說：「你畢業多久了？以後你就知道了……嚴格來講，這種東西根本算不上藝術，甚至連電影都不算。」

我未置可否。

K做了個嘲諷的表情，說道：「否則咱們就不會坐在這了，對麼。」

「可是有些地方還是挺感人的。」

「如果僅僅感人就行了，那藝術就太不值錢了。我們說的是藝術，對麼。很多事情都能讓人感動，讓人哭，讓人笑，讓人憤怒，但那都不是藝術。而且在我看來，這部電影也並不感人。導演對塑造人物一竅不通，他拉來了管弦樂隊，調動了軍隊和警察，甚至還點著了一棟房子，他和他的贊助人大概以爲美是和浪費的鈔票成正比的。他不會明白，有時僅僅需要對白還有……就夠了。」K熄滅了煙，繼續說：「不然的話那些古典作家就會失去魅力了。可是這個，」K搖了搖頭，說：「整部電影主要的……怎麼說來著，淚點——多麼可笑的一個詞——不過就是女兒告發父親，讓他蹲了大獄；一個布爾喬亞家庭破裂了。應該流淚麼？爲什麼？有理智的人會這樣想：如果他的父親是個道德敗壞的人，是個僞君子，或者乾脆就是個罪犯，那她的行爲難道不是正當的麼？所謂悲劇又從何說起呢。」

「可那個父親，並不壞。」我說。

「壞！」K就像故意頂嘴一樣嚷道。

「爲什麼？」

K沒有回答我，似乎根本忽略了我的問話，只是皺著眉盯著牆上的什麼地方出神。

我早就聽說他是個古怪的傢夥，非常難以相處，但是我讀過一些他的文章，在那裡面他卻並沒有展現出現在這種憤世嫉俗的樣子。我打開筆記型電腦，開始寫評論。

「我是說，如果，」過了一會K忽然自言自語地說：「如果那個父親眞是個壞傢夥，應該怎麼對他呢？」

「卽使是的話，也不能那樣。太殘忍。」我回答，沒有抬頭。

「不應該告發？」

「不應該。」

「讓他繼續害人？沒准他是連環殺手，已經弄死了不少人。」

「包括小孩。」過了一會他又補充道。

我假裝沒聽見，一個勁地敲電腦。

「如果你的父親是壞蛋，而你手裡有證據，那你要不要告發他？」

我猛地轉過頭去看著他。

「我是說，假如。」K舉起雙手，做了一個防禦的動作，說道。

「首先，我父親不是壞蛋，其次，我覺得，人不應該傷害自己的父母，這是最基本的……」

我看著他說。

「是的，是的！應該無條件地接受他們，」K不耐煩地說：「應該學會忍耐和順從，哪怕他們的行爲是卑鄙兇殘的。這就是孝的精神，是『國學』的精華。我不反對發揚國粹。但我自己不玩這個。我家社區圍牆上有全本的彩繪二十四孝，那裡面的父母幾乎都是壞蛋，我兒子問我：『爸爸，這些人幹什麼呢？』你知道我怎麼說？我告訴他，那都是些瘋子。」

我笑了笑，沒有說什麼。K悶悶不樂地坐著，似乎在想心事，沉默了一會以後他說道：「我給你講這麼個事，聽了之後你就能理解我的意思了，這個故事是我的一個朋友提供給我的，爲了方便轉述，我姑且借用他的口吻。但是你要明白，這件事與我以及咱們認識的人，都是沒有關係的。」

以下就是K的敍述：

知道我的人——無論是從電視上，還是從我寫的書裡面——都以爲我是獨生子。其實我還有兩個哥哥和一個妹妹。歷史上很多民族都有類似的風俗：一旦某人從事了某種特定職業，就要和原來的家庭劃清界限，在今天這種傳統依然沒有消失。

我的大哥像我父親，那種相像必須是基因的力量和後天的揣摩、效仿共同作用，才有可能達到的。假如要拍一部反映老頭子生平事蹟的電視劇，我大哥是主角的最佳人選，即使最有才能的演員都無法做到他那樣惟妙惟肖、形神兼備。他一直被看做弟兄中最有前途的一個，事實也是如此，他四十歲就已經坐上了老頭子退休之前的位置。

我的二哥像我母親。他年輕時在東北的窮鄉僻壤度過了十年光景，差點娶一個當地女人。像所有從流放地歸來，受過教育，並且內心清白的人一樣，他在我們面前總是顯得似乎在道德和意志上高人一等。在我講述的這件事情發生的時候，他正嘗試與人合夥經商。

接下來就是我，我自認爲誰也不像，從小到大我在家裡的位置更像是一個寄宿者或者食客。我的哥哥們第一次給妻子看相冊的時候，她們發現每隔幾頁就會出現一個陌生的男人，經過指點才認出那原來就是我。

我的姐姐剛剛成年就去世了。最小的妹妹出國留學，然後定居，幾乎算斷絕了關係。所以經常在家裡出入的，就是我們弟兄三個，再加上我的妻子。

老頭子本來能吃能喝，精力旺盛，可是突然就中了風，半邊身子不能動彈，不久之後又再次中風。

腦溢血的後遺症在他身上產生了一種奇妙的，惡作劇般的結果。他失去了記憶，忘了自己的身份以及全部歷史，也忘了我們是誰，唯一認識的人就是保姆。總之從漫長的昏迷當中甦醒之後，他變成了一個無牽無掛的老單身漢。

每週的家庭聚餐被迫取消了，因爲老頭子不讓陌生人進門，假如他躺在床上聽見臥室門口有什麼動靜——中風之後他的行動能力下降了，可是感官卻變得敏銳起來——就會掙扎著那半邊能動的身子，抬起腦袋，驚恐地向外張望，用老年人那顫抖的聲音大喊：「來人吶，來人吶！殺人啦——」

不知道誰看起來像兇手，但是從那以後，我們就只能在他睡熟的時候悄悄到床邊看他一眼了。大多數時間，老房子裡只有他和保姆兩個人。那幾年，報紙上有很多獨居老人和保姆鬧出事來的新聞。我們不想類似的事情發生在自己家裡；尤其是我大哥，他當時正在考核期。於是那年的中秋節，我們在母親的臥室開了個家庭會議。

我記得當時我大哥坐在門邊的椅子上——門是掩著的——二哥坐在床上，他們的妻子在窗口小聲地交談著；我靠在茶几旁邊的一張舊沙發裡，伸開了兩腿；我妻子搬了一個小板凳坐在我旁邊。

這裡曾經是我們的活動室，那時候大家也經常這樣聚在一起聊天，看書或者朗誦文學作品。這間屋子裡的一切都讓我感到親切和舒適。二十年過去了，陳設幾乎沒有改變。就連書桌上那些小物件的位置——說不清當初是誰，爲什麼把他們放在那裡的——也刻意保持著原樣，仿佛具有某種神聖的儀式性的意義似的。書架上書籍排列的順序也是如此。

當初在這間屋子裡我們一起度過了不知多少夜晚。那些長篇小說、短篇小說、劇本和詩集，其中平庸的我已經沒有印象了，精彩的也只記得一些零星的片斷。這些年我經常感到孤獨和無所事事，每當這時就只好在腦海裡回味那些隻言片語，聊以自慰，就像獨自坐在空房間裡的人，望著牆壁上的裂痕和紋理胡思亂想，消磨時間一樣。

我想起當初擔任朗誦的總是我大哥，他也是聚會最初的組織者。可是不知爲什麼，他後來突然離開了這個圈子，和我們疏遠了。那時候他很注意鍛煉口才，希望有朝一日能成爲演員。我則總是坐在角落裡，一邊做白日夢一邊偷偷打量那個後來成爲我妻子的女人。每當我爲小說的情節或愛情的幻想所打動的時候，就走到牆上的地圖跟前，假裝研究地理，藉以掩飾心中的激動。我不止一次強忍住淚水暗自思忖：生活是這樣的麼？假如不能得到她的愛情，我該到哪裡去呢？後來大姐去世了，二哥去了外地，這讓我預感到自己的結局也無非就是死或者出走罷了。我甚至計畫參加遊擊隊，死在馬來亞的叢林裡；在我看來，到了那一天，世界上一切正直的人們都會理解我的行爲，並且給予我愛和敬意——她當然也包括在其中。

生活總是用意想不到的方式解決那些看似無法解決的問題。如果你曾經認眞生活過，就會發現這個秘密。十幾年過去了，我仍然活著，結了婚；我們兄弟之間開始用排行代替名字互相稱呼，似乎爲了特意強調血親關係似的。

我有過理想，有過夢想，其中一些變成了現實，另一些則永遠破碎了。現在我自覺地過一種平靜的生活，心中沒有欲望；既不想激動，也不願後悔。

我大哥仍然在滔滔不絕地講著。他把用十個字就可以表達清楚的思想，拉成了一篇平淡乏味的演說。我對於他所強調的「道德」、「聲譽」、「輿論」這類字眼充滿親切感。現實生活使我既懂得它們的書面用法，也明白它們的實際涵義。一個正人君子總不會因爲穿上法衣和鬆緊身就變成另外一個人吧。

我忽然有了興致，於是打斷他的話，說道：「還什麼聲譽啊，老頭都這樣了，他自己都不知道自己是誰了，誰還能影響他的聲譽？再說了人活著是爲了聲譽麼？」

「那你說，人活著爲了什麼。」大哥轉向我，有些惱火，問道。

「爲了吃啊！」二哥搶著說。

我大笑起來。

「我覺得是錢，」我說：「你那個太低級。什麼叫實現自己?就是變成闊佬兒。到時候我還要帶你們一塊發財，共同富裕!怎麼樣。」

「一塊吃香的喝辣的！」

「同去！同去！」

「對！一同去！」

「還有個娘們。」二哥補充道。

這句念白字正腔圓，引起了我的喝彩。

女人們停止談話，皺著眉頭看著我們，像是在看一群做某種愚蠢遊戲的小孩一樣。

「小點聲兒吧！」老大說。

大家都沉默了。

我帶著笑意走到地圖跟前，漫不經心地看起來。二十年過去了，一些國家消失了，一些國家誕生了，地名改變了，邊界改變了，但這張地圖還和當年一模一樣。據說熱帶雨林很快就會消失……那麼遊擊隊呢?還有花豹、老虎和貘。

不知爲什麼，我輕輕地哼起了《小芳》的曲調，那一陣我腦子裡老是這支歌。

這時我妻子悄悄從後面走過來，用夫妻間才能察覺的隱秘方式做了一個警告的手勢，隨後又衝二哥那邊使了個眼色。

我沒看出那個老好人有什麼不快，但是作爲讓步，就走出去抽煙了。

當我從廚房往回走的時候，頭腦不太清醒，居然走錯了門。老頭此時已經醒了，正趴在床邊上喝水。我心裡一驚，趕忙退回到昏暗的走廊裡。這時我聽見他用睡意朦朧的，溫和的男中音問道：「您找誰呀？」

有一瞬間我以爲他認出了我，但隨即他又問了一次：「您找誰？」

這時保姆走過來，問我是不是修暖氣的，把我領進了屋，——這個女人無論智慧還是品格，都比我們想像的要出色。

老頭子非常高興，從床上坐起來，看著我幹活。

我一邊裝模做樣地檢查管道，一邊和他閒聊，把每個閥門胡亂擰了一氣，呆了大約十分鐘，就彬彬有禮地告辭了。回到另一間屋子，我一五一十的向他們講述了這次奇遇。

當天晚上我像往常一樣洗漱完畢，舒舒服服地躺在床上，準備在睡前看幾頁書。

我妻子坐在梳粧檯前面。

突然她說道：「你以後能不能多去看看爸爸。」

「怎麼了？」我坐起來，問。

「沒事。」

「我就是覺得，」她說，開始哽咽了：「爸爸多可憐啊，他連個說話的人都沒有了。你得幫幫他。好麼？」

我跳下床，光著腳向前走了兩步，站在臥室中間。

「行麼？」她轉過身，含著淚水問。

「當然行，我……我也覺得應該……你放心吧。」我摟住她的頭，輕輕地在她背上拍著，說。

第二個星期日，我又去了老頭兒那兒。他說過讓我「有空來玩」，我是少有的接受此類邀請的水暖工。我在沙發上坐了十五分鐘，喝了一杯茶。從那以後我幾乎每個星期都去看他。

老頭行動不便，又不太愛看電視，清醒的時候唯一的愛好就是讀自己的藏書，從《李自成》到《喬廠長上任記》，從《金陵春夢》到《藍蘋外傳》，還有幾本詩選，總之就是機關圖書室裡必然會有那些書籍。

每次見面，他總會和我談論最近看了什麼書，讀到了哪兒，有什麼精彩之處。那種興奮快活的樣子足以說明，這些書他從前連翻都沒翻過。

當時雖然是二十世紀末，但對於文學作品，我仍然和拉曼查的鄉村神甫持同樣嚴峻的態度。小說一向是危險的東西。一些好小說會使讀者產生當作家的念頭，而那些壞小說則幫他們樹立自信。很多原本可以做出卓越貢獻的人才，就是這樣被引到乏味無望的文字生涯上去的。

同樣的事情也發生在我父親身上，他已經八十歲了，半身癱瘓，筆都拿不住，一輩子除了公文和私人信件什麼都沒寫過，卻也做出一副文人的姿態。最可笑的是他認爲自己是一個成了名的作家，或者文藝評論家，最少也是個詩人——他會指著《廣場詩抄》裡的幾篇，聲稱那是他寫的！

對他這種自我定位，我一方面感到荒唐，另一方面又覺得不妨加以利用。一次閒聊時，我談到自己在上夜校，想參加成人高考，委婉地請求他爲我輔導一下功課。老頭兒很爽快地同意了。我們約定每個禮拜上一次課。這樣我就可以名正言順地長期出入他的家了。

整個春天我都在他的指導下溫習功課。每個星期日的早上九點鐘，我走進那間書房兼臥室，老頭總是和藹地笑著，指一指床邊的沙發，說：「來了？好，坐吧。」隨後打開那本做教材用的中專語文課本，開始講解。

我們上半個小時課就休息一下，閒聊一會，看看電視。中途保姆進來兩次，伺候他喝水、吃藥。

我是一個勤奮的好學生，頗得老頭的歡心。他大概覺得我這樣的時代青年給人家修暖氣太委屈了，總是和我大談「知識改變命運」、「莫讓年華付水流」之類的陳詞濫調，爲了表示器重還請我一起吃午飯。

到了夏天，他的健康明顯好轉，可以一口氣讀完一個單元的課文，我們的友誼也變得更加厚了。我把自己的妻子和哥哥們介紹給他。國慶日的時候我們一起爲他慶祝了生日——日期是我和保姆共同圈定的。一家人至此終於又團聚了。我們笑啊唱啊，吃啊喝啊，把父親簇擁在中間，不停地碰杯，抹眼淚，每個人都結結實實地擁抱了他。在飯店的走廊裡，我大哥拉著我非要說一說心裡話。我們都喝多了，互相攙扶著，腦袋貼在一起，把酒氣噴到對方臉上。在一片歡樂的嘈雜聲中，我只聽見他一遍一遍地叫我：老三，老三……

這次聚會之後，因爲女兒生病我有兩個禮拜沒有去老頭家。直到那一天——我記得是十一月——我走進前廳，一邊跺腳一邊脫掉大衣。保姆笑著出來迎接我。

「三哥回來了，」她說：「你去看看吧，爺爺寫字呢。」

我既意外又高興，快步穿過走廊，把臥室的門簾掀起一點往裡看。只見老頭靠在床頭上，身上蓋了一條薄棉被，手裡握著他那支竹管的蘸水筆，正聚精會神地在一遝稿紙上塗改著什麼。他那莊重的姿態，嚴肅的神情，使人聯想起病中的涅克拉索夫。

我掀開門簾走進去，說道：「您好啊，寫東西呢？」

老頭看見我顯得非常高興，把紙筆扔到了一邊，吩咐保姆燒水沏茶。我們閒聊了一會，就又開始上課。

自從他發現我具有一定的文學鑒賞力之後，就把我提拔到了知己加私人秘書的地位上，經常在我面前發表一些關於文學、歷史和哲學的見解，並且期待我會像艾克曼一樣，做個忠實的記錄者，有朝一日能將這些寶貴的思想編輯出版，公之於眾。

果然，課間的時候，老頭主動把稿紙拿給我看。

「你幫忙看一看，我還在修改，手不好使。」他笑著說。

我接過一看，原來是一篇類似三字經的韻文。內容沒什麼新奇，不過是在唱了上千年的老調子裡塞進些時髦但未必恰當的詞彙罷了。使我感興趣的不是文章的內容，而是筆體。我想我之前一定在什麼地方見過用同樣筆體寫成的東西，但寫的是什麼，卻一時想不起來了。我努力回憶著，突然有了一種不祥的預感。

這時老頭上廁所回來了。他在保姆的攙扶下，艱難地朝床鋪這邊挪動。

「這是您寫的？您用左手寫出來的！」

他楞了一下，隨即有些靦腆地說道：「啊，這個是報紙的徵文，街道讓老同志都參加。我拿它練練字——你看寫得跟蛛蛛爬一樣。」

「這……這是您寫的？眞的？您什麼時候寫的。剛才……」

我快速地從頭到尾瀏覽了這份草稿。我抬起頭來，渾身都在發抖。

「這怎麼可能，這字……」

我絕望地轉向保姆，問道：「這是爺爺寫的麼？你看見了麼？你親眼看見的！」

我沒有等她回答，就衝出了房間。

我回到自己家，一進門就開始翻箱倒櫃，最終在床下的一口舊箱子底部找到了要找的東西。那是一封信，封套是自製的，沾過水，上面的字跡已經模糊了。我抽出信紙，平攤在地上，然後把從老頭那兒拿來的稿紙鋪在旁邊。

我蹲在地上對比這兩份東西，過了一會，又跪下來看。最後我趴在地上，把鼻子湊上去，一個字一個字，一個筆劃一個筆劃地仔細審視，想要從細節中再看出點什麼來。我想，假如我是一名審判員，而且假設我正直、健全、具有足夠的理智，面對這樣一份物證，會做出什麼樣的判斷呢？我的判斷將決定某人的生與死，就像現在作爲證據的這些文件曾經決定另外一些人的生與死一樣。我在地板上坐了一個下午，我認爲我不能夠下結論。

當天晚上，我像往常一樣和家人一起吃飯、談話、看電視。等她們睡熟之後，我輕輕爬起來，溜進書房，掩上門，打開了檯燈。我用筆把在兩份文件中重複出現的字圈了下來，它們是：

尊敬的員會我向一嚴重命事我總處長忠禮是一個藏的分子地主級的孝子賢孫時變天夢死不改他祖父化文並與港臺我工農群眾極其

然後我把紙張疊在一起，就著燈光，讓這些字依次重合起來。我不明白自己爲什麼要這樣做。事情已經很清楚了。但我仍盼望出現一個奇跡，我想在這份證據當中找出些破綻來，哪怕是那種只有最老練的訟棍才能加以利用的曖昧含混之處，以便有理由爲推翻那個可怕的結論做一次象徵性的努力；就像一個賭徒翻遍所有的口袋只找到一個小錢，卻仍舊可以說：我還有機會呢。

但我沒有找到這樣的地方，兩種字跡幾乎像複寫紙謄寫出來的一樣。

我痛苦地歎了口氣，把頭伏在了書桌上。

這時書房的門開了，我妻子出現在門口。她穿著睡衣，頭髮披散，臉上還帶著睡意。我們對視了幾秒鐘。她用嗔怪的語氣說：「你幹什麼呢？」

「沒事……寫點東西。」

「寫什麼呢，鬼鬼祟祟的。我看。」她說，朝寫字臺走過來。

我站起來想阻止她。可是當我們面對面的時候，我突然意識到自己沒有權利向她隱瞞這件事。20年前她的家庭遭到了無情的毀滅，現在這樁血案當中最後一個疑團終於可以解開了。我應該把證據擺在她面前，讓她自己去看，自己去判斷。

「我問你件事，」我說：「你還記不記得，很多年以前，我，我父親，跟你說過……」

我停下來，看著她的眼睛。她也同樣望著我。她的表情漸漸變得嚴肅起來，在我看來她眼神中的愛和溫存也在一點一點消失，就像落日沉入海中之後，玫瑰色的晚霞在淤血般的黑暗中慢慢熄滅一樣。

我沒有資格繼續愛他、崇拜她、和她生活在一起了，我想，從今以後我還剩下什麼？我靠什麼活下去呢？

這時女兒醒過來，在臥室大聲地叫她，一聲比一聲高，一聲比一聲急。

「噯，乖乖，媽媽來了。」她喊道，急忙走出去了。

我趕快把那幾張紙鎖進了抽屜裡。

第二天，我又跑去找老頭兒。他情緒很高，似乎忘了我前一天的奇怪舉動。我們坐在一起看電視。

我要過那份草稿又看了一遍；把拿走的那幾頁夾在裡面，放回了他的床頭。

「勞駕幫我換個頻道，」老頭子放下報紙，說道。

「您看哪個台?」

「臭老九。」他說:「當了一輩子老九,還愛看九頻道。就是這個命。」

「唉,臭老九看九頻道。」他重複道,很爲這句俏皮話得意。

我和他都笑了。

「您認不認識一個叫何忠禮的人?」過了一會,我問。

「他和您是同事,他妻子叫江鵬,他們有一個小女兒,如果活到現在應該和我一樣大。您有印象麼?他們家就住這附近,大概是三十年前的事了。」

我一邊說,一邊觀察他的反應。我沒有受過訓練,不知道怎麼從表情和動作判斷一個人是否在說謊。在我看來,他要麼是個高明的騙子,要麼就是眞的什麼也不知道。

「我和他們的女兒小時候是夥伴,在一起玩兒。這些年我一直很想她。要是有可能,我還想再見她一面。他們一家都是很好的人。請您幫我回憶一下,關於這個人,他現在在哪兒?」

老頭子認眞聽我說完,鄭重地回答:「我替你好好想一想,何忠禮……我記下來。」

我看著他拿起筆,在報紙的邊緣一筆一劃地把那三個字寫了下來。

接下來是沉默。

到了應該告辭的時間,我仍然在沙發上坐著。我默默地環顧了這間屋子,回顧了在這裡度過的歲月,我想再跟他說點什麼,因爲我預感,自己大概不會再回來了。

忽然,我看見了書櫃上面的一件藝術品。那是一尊烏木的黑人少女頭像。她那圓潤的顱骨,豐滿的嘴唇,富有原始藝術風味的頭飾和項鍊,曾經無數次引領我走進神奇的幻想世界當中。

我很想再聽老頭講講這雕像的來歷。在那個故事裡有很多畫面被我一直珍藏在心底：蔚藍色的波濤洶湧的海灣，白色的海岸炮臺，像烤麵包一樣裂開口子的黑非洲的山巒；平靜而寬闊的翡翠色的河流一下子跌進萬丈深淵，彩虹從遮天蔽日的水霧中升起，又消失在半空。花豹在汽車旁邊奔跑，靈敏地越過灌木；乾枯的樹枝擦著他的皮毛發出輕微的折斷聲……

故事的主角是老頭的另一個同事，他去了非洲，並且死在了那兒。

在故事的結尾，很多年以後，人們終於想起去祭奠他的時候，發現那座白石塊壘成的墳墓比最初幾乎增高了一倍；而四周一直到佇立著一根混凝土柱子的地平線上，都開滿了一種淡紫色的細碎的小花。

「您記不記得這句話的意思？」我指著雕像底部一組斯瓦西裡字，問道。

「這個，我還眞不太清楚，我覺得會不會是商標？」

「商標？」

「有可能，」老頭說：「唉，對了，你英語怎麼樣？」

「英語不好。」

他似乎很爲我惋惜，就說：「應該好好學英文，英文主要是國際音標，學會了音標，就能夠自學了，對不對？我在電視上看到一個小夥子，爲了學英語，你猜怎麼，背詞典，一個單詞，一個單詞地背。」

「我也背過，背到F了。」我說。

這時保姆走進來宣佈開飯，我便趁機告辭了。走出房門之前，我默默地注視著那座美麗的雕像，送去了一個飛吻。

在那之後不到一個月，老頭毫無徵兆地去世了。直到生命的最後一刻他仍然在工作，始終緊握著心愛的筆桿。

在他的追悼會上，我們這些人站成一排。我的妻子和女兒站在我旁邊。她對女兒說：「乖，去親親爺爺吧，再看看爺爺。」

女兒猶疑地向前走了兩步，被我從後面抓住肩膀拉了回來。

「你怎麼了，你怎麼了呀。」她吃驚地看著我，搖晃著我的手臂，喊道。

這個女人，她有權知道那些事情，我想，但是她永遠不會知道了。

K微笑著向我點點頭，表示他的故事講完了。

「可是，那幾個外國字到底是什麼意思？」我問。

K歎了一口氣回答道：「我不知道，我那個朋友沒有告訴我。」

「那他，就是您那個朋友，現在怎麼樣了？我不太明白，他爲什麼要那樣？還有那封信，那是一封什麼樣的信？」

「我認爲那是一封告密信。」K嚴肅地說，隨卽微微點了點頭：「在那個年代，這種事情是常有的。」

「那麼也就是說……」

K笑著擺了擺手，表示不會對我的推測做出任何回答。

接下來是沉默。

過了一會，服務員進來了，我們就到外面去了。

我們是最後一批顧客，當我推開帶彈簧的門，走進昏暗的前廳的時候，一個瘦高個燙著卷髮的女人從櫃檯裡站起來，走到收銀機旁邊。她跟本不看你，眼皮耷拉著，薄嘴唇抿成一條線，蒼白鬆弛的臉上顯出一種既痛苦又冷淡的表情。但你知道她是爲你才站起來的。

我朝她走過去。仿青石的地板上到處是亂丟的紙片和筷子套，硬木的桌椅擺得歪七扭八的。

我把手放在櫃檯上，儘量快地看了一遍菜單。我擔心他們就要打烊了，有些後悔。

我說：「來一碗梅子燒雞麵。」

「燒鵝麵。」那女人立刻糾正。

「對，燒鵝麵，」我說，笑著朝K眨了眨眼睛。她正仰著頭瞇縫著近視眼，看那些價目表上的小木牌子，有一半的牌子已經翻過去了，她這樣專心的時候總是挺可愛的。

「露怯了。」我說：「你吃什麼？」

「你別催我呀，我也不知道。」

她又看了一會，扭頭對我說：「選不出來，你幫我點吧，我不知道哪個好吃。」

「爆魚麵怎麼樣？」

「好吃麼？」

「我也沒吃過，嘗嘗吧。」

「那好吧。」

「一碗爆魚麵。」我說。

我們挑了一張靠窗戶的桌子面對面坐著。在離我們不遠的地方，一個穿白色制服繫圍裙的男人正在擦桌子。

打掃衛生的女人拿著帶長柄的簸箕走來走去，鐵斗子在地上摩擦著，發出鏗鏘的聲音，她們用輕快的方言交談，我一句也聽不懂。飯店經理是個教師模樣的老頭子，矮個子，戴眼鏡，大腦袋上長滿花白頭髮，正就著廚房的燈，在柱子旁邊一張放餐具的櫃櫥上面計算著什麼。

畫裡面的牆上懸掛著一位將軍的照片：一幀戎裝的，一幀便裝的。旁邊是是外國遊客的照片。K走過去，饒有興致地看起來，我有些累了，沒有動彈。

「來，把你的大名簽上。」老頭用普通話招呼掃地的女人，微笑著給她一支筆。那女人放下掃帚，兩手握著簸箕的長柄，張著嘴懷疑地打量著他，說道：「我不會寫，你替我寫吧。」

「我怎麼替你寫，這是要你本人簽字的。」老頭子做出一副有理講不清的樣子，從鏡片上面朝我們這邊看了看，說道。

「麵來了。」我說。

K故意像個小孩子似的搖搖擺擺地跑過來。

「你說那邊那三個人是什麼關係。」她俯在桌子上小聲問我。

「男女朋友。」我把握十足地說：「剛進來的時候我就看見了。」

「可是那女的還帶著個孩子。」

「應該剛認識不久。」

K用我作掩護，側著頭仔細地觀察了一會，信服地點了點頭。

「那男的歲數不小了，看上他什麼了。」她說，對他們不再感興趣了。

「我才知道，敢情麵和燒鵝是分開上的，魚也是。你說是應該拌到麵裡泡著吃還是這麼單吃？咱們又露一回怯，人家本地人又該笑了。」

「鵝好吃麼？」K問

「還可以，你嘗嘗。」我說，把盤子推給她。

「那咱倆換，你吃這個。」

我把魚肉泡在湯裡，用筷子挑起麵條來吹涼。

「你先吃吧，我待會跟你說個事。」K說。

這個時候一個黑臉膛長相蠻橫的廚子走出來，一邊在圍裙上擦著手，一邊皺著眉頭說：「給我找點紙來。」隨後側過身，把門口讓出來。

那個穿白衣服的中年人從他身邊走過，用左手緊緊地攥住正在淌血的右手，背微微弓著，在走出門口的時候有意低了一下頭，仿佛害怕撞在橫樑上似的。

「我的天哪。」K輕聲叫到。

那男人接過一疊餐巾墊在手上，老頭子和搞衛生的女人圍攏過來，他小心地把手鬆開，給他們看手心的傷口。在燈光底下，他皺起眉，眼睛下面和顴骨上的皺紋微微顫動著，那張南方人英俊清瘦的臉上，顯出平靜的略帶煩惱的神情，仿佛他關心的並不是肉體的疼痛和失血，而是某個使他十分的困惑的哲學問題似的。搞衛生的女人站在他們身後，踮起腳從他的肩膀上往裡看。

廚子又走出來，說道：「找點碘酒。」

「沒有碘酒。」老頭子說，幫他按住了傷口：「我兜裡有創可貼，你幫我拿出來。」

「多疼啊。」K小聲說：「肯定是一個大口子，剛才我看見他擦東西，從上到下捋著擦。你想那架子的邊兒多快啊，像刀子似的。」

廚子扭頭走了。

「你剛才要跟我說什麼？」我問。

「待會走了再說。」K仍然在看那個人。

「趕緊的，現在就說。」

「好吧，我想跟你說，他們倆就是男女朋友。因爲剛才那男的跟小女孩說：『你趕緊去廁所吧。』小女孩不去，他就說：『你去吧，你去吧，快去廁所。』小女孩就哭了。」

「眞的？」我假裝看將軍的照片，用餘光瞥向他們。此時只剩下那個男人了，他擺弄著脖子上的照相機，把一個小紅燈揿亮了。

K冷笑著說：「如果是我肯定翻臉了：你憑什麼跟我的孩子這麼說話。你以爲你是誰啊。跟這樣的人有什麼好說的？」

「你問我呢？」我說。

「反正如果有人誰敢這麼對待我的孩子，我一定會罵他。」

廚子換了一身衣服，從前門出去了。

「眞是趕巧了，我正好帶了一貼，」老頭子說，滿意地笑著：「這兩天不好再沾水了，要等它長上。」

「這是您從家裡拿的？」

「藥店買的，用完隨手就放到口袋裡了……現在什麼都貴了，一包創可貼十二塊錢，合到一塊錢一個。」

「我回頭把錢給您。」繫圍裙的男人說。

「不用，不用，錢不要你拿。」老頭子連忙說：「你這屬於工傷嘛。」隨後他笑起來，揮著手把頭轉到一邊去，彷彿聽到了一個荒唐的完全不能接受的建議似的。

「你喝可樂麼？」我問

「喝。」

我去給她接了一杯可樂，回來時鞋底沾上了糖水，走路時發出「嗤」、「嗤」的聲音。帶孩子的女人回來了，經過她們身邊的時候，我看見那個男的遞給她的女孩一張餐巾紙。我把K剩下的麵也吃了。我們休息了一會就出了門。

「我還是不能接受，」K說，嚴峻地看著我：「如果那是我的孩子，我一定不讓她受這種委屈。我會當面和他翻臉。你說那女的爲什麼非和他在一起啊。」

「沒准跟你們原先的老闆似的，做買賣需要錢。要不就是有什麼把柄讓人家抓住了。」

「那她幹嘛非帶著孩子呢？」

「沒准是那個男人的孩子，」我說：「你說呢。」

「要是這樣還湊合，不然那小孩多可憐啊，當著媽媽的面被人這麼說。」

「要不就是他們領養的孩子，倆人都不心疼。」

K咽了一口吐沫，仰起頭看著我，用激動的快要哭出來的聲音說：「你閉嘴，這是不可能的。肯定不是！」

「開玩笑呢，就是那男人的孩子，他們長得多像啊。」我說，笑著把她拉過來靠緊自己。

獨身者

一

「最大的敵人就是懶惰，」我說：「假如再勤奮一點，少做點沒有意義的事情，省出一半甚至三分之一的時間來，我至少能寫成這麼厚的一本書。」我用食指和拇指比劃了一下：「在我這個歲數，湯瑪斯．曼已經寫完了《布登勃洛克一家》，拜倫已經寫出了《唐璜》。」

「駱賓王也寫了《鵝》」K說。

「是啊，是啊。」我笑著說。「所以我覺得，應該鍛煉自己的意志，那些最傑出的人物和普通人相差並不多，區別就在他們具有毅力。人應該知道什麼事情有價值，什麼事情沒有價值。他應該牢牢地把握住自己，在選定的路上一直走下去，直到生命停止的那一刻，把天賦都用在有益的事業上面。」

我被自己的這番話感動了，輕輕地歎了口氣，眨了眨眼睛。

「是啊。」K歎息道。

接下來是沉默。

這時，一個豎著領子的男人從我們旁邊經過，他扔出的一枚煙蒂在地面上跳躍了一下，飛散出無數橘紅色的小火星。

我們走在沒有燈的人行道上。樹根從破碎的地磚裡露出來，像剝了皮的死蛇一樣橫躺在路中間。我扶住K的胳膊，防止他絆倒。

「多謝，多謝。」他感激地說。

K是個胖子，中等個頭，皮膚白嫩，因爲肥胖和平足的緣故，走起路來顯得笨拙而且費力。他那張皮肉鬆弛的臉上，總是帶著一種有點可笑的慌慌張張的表情，一雙近視眼從鏡片後面快速地四下打量著，似乎在防備什麼危險似的。因爲這種獨特的表情，他上中學的時候得了個外號叫「小偷」。

「這一帶一點都沒變樣兒。」我說。

「是啊，跟咱們小時候一樣。」K說，擦了擦額頭上的汗珠：「前面那個小鋪你有印象麼——白潔他奶奶開的，現在她媽管著呢。」

「他奶奶死了？」

「前好幾年就死了。」

「那過兩年，就該她接班了。」

K笑了，巨大的身體顫動著，說：「她還得排幾年隊呢。但我估計她愛幹這個，比當小組長過癮。『唉，你的手紙錢呢；汽水退瓶了麼？今天必須交，快點，快點！我不管，你跟陳老師說去吧，你別走，你別走！』」

K捏著嗓子惟妙惟肖地模仿著那個我們都認識的小市民女人的樣子，我不禁笑著鼓起掌來。

「她現在幹什麼呢？」

「誰知道。他媽跟人說閨女在電視臺，電視臺也分幹什麼呀……弄了輛車，蹭得跟花瓜似的，也不修。最近找了個男朋友——交警——開個摩托，每次一進胡同就使勁轟油門，生怕人不知道。」

「孟磊他們家還在這住著呢？」

「住呢，他能跑哪去。」

「對了，孟磊他爸中彩票你知道麼。中了十三萬。」K咂了一下嘴，搖晃著腦袋說：「好傢夥，你沒看他那個樣兒，真值得一看，學都學不來。」

「前兩年就中了吧？」

「對，前年。不，是大前年……」

這時我們路過之前談起的那家小鋪，K停下來，往開著的小窗戶裡看了看。

「您好，阿姨。」他彬彬有禮地說：「勞駕您能給我拿一個打火機麼？謝謝，謝謝。阿姨再見。」

「你現在也不抽煙？」他一邊用新買的打火機點煙，一邊說。

「不抽。我總覺得那是一筆花費。」

K皺起眉頭，顯出痛心的樣子，說道：「太對了！這真是一筆花費。千萬別學我。」

「怎麼樣，有拆遷的消息麼？」過了一會，我問。

「沒有，不過葛文娟他們家好像要拆了。」

「那跟你有什麼關係……你決定跟她結婚了？」

K歎了一口氣，說道：「那怎麼辦，你也看見了，我爸得這個病就是一天一天地捱了。像我這種條件——不怕你笑話——還敢想什麼。就是她吧！讓我爸看我結了婚，也就算……」

我們默默地走出一段路，K執意要再送我一程，於是我們就又向前走。

「我覺得你還是再慎重一些，」我說，拍了拍他的後背：「她這個人……並不壞，但是你們不般配。她的問題就是太實際，她理解不了我們所想的東西。至於家裡……我覺得你們可以好好談一談。人生很長。急急忙忙地結婚——如果你是個小市民也就算了，你這一輩子就到站了。但你不行，你和這些人不一樣！」我說著，指了指巷子兩邊那些高出我們頭頂的嵌著鐵條的小窗戶。

「人和人的想法相差多遠啊。我能想像到，我理解你。」

「是啊，是啊。」K說，用胖手掌在額頭上緩慢地撫摸著。

「如果在這個時候你選擇犧牲自己，犧牲自己的事業和理想，這種行爲當然很高尚。但是我會爲你感到可惜，因爲你把才能浪費了。」

停了一下，我繼續說：「你看這條路，當年上學的時候，咱們總是一起走。那些人嘲笑咱們，給咱倆起外號，好像自己有多麼高明。可是現在呢，他們在幹什麼？小鋪子、摩托車、彩票……這些東西多麼庸俗，多麼可笑，但卻成了他們生活的支柱。這種生活就像爛泥，能把所有的才能和智慧統統窒息掉，讓人喘不過氣來。」

「但他們過得也挺快活，不像喘不過來氣的。」

「問題就在這！」我大聲說：「人們認識不到。所以我們就應該給他們指出來。我們可以寫文章，可以畫畫，可以用一切的手段大聲疾呼。關鍵就是要馬上行動起來，不能再懶惰下去了。我給你的題目你寫得怎麼樣了？我已經寫得差不多了。這個月我們就把刊物辦起來。我迫不及待要看看人們的反應了。有些人一定會暴跳如雷的，我想像得到，那就讓他們跳吧，罵吧！坐在爛泥裡撲騰，一點也不感到羞恥，反而自得其樂，心滿意足，這種生活早該結束了！」

「讓暴風雨來得再猛烈些吧！」K喊道。

「給企鵝們洗洗澡吧。」我笑著說。

我們走到了外面的大路上，於是我停下來，說：「好了，你趕緊回去吧，我走了。那個論文我已經寫好了，不用著急，讓你的導師跟我聯繫，這些知識份子我了解，好歹打發一下。」

「哎呀，那就多謝仁兄啦，容小弟他日登門拜訪，共商大計。」K用那種他擅長的，歷史小說似的腔調說。

我們熱情地握了握手。

「我最近總有一種感覺，」我說：「新的時代不會太遠了。我已經能夠隱隱約約地聞到它的氣息了，就像大雨來臨之前，能從空氣中嗅到潮濕、清新的水汽一樣。我總想，也許明天早晨一覺醒來，我們就已經生活在一個全新的，美好的世界裡了……所以就像剛才說的，不要浪費時間，愛惜自己的才能，努力工作，爲這個即將來到的時代。」

「爲了未來！」K用深受感動的語氣說。

這時街上駛來一輛電車，車廂裡空蕩蕩的，沒有點燈，突然從它的天線頂端閃出一團藍色的火光，並且發出爆竹般的劈啪聲。我們看著它開過去。

二

四月中旬的一個晚上，我吃過晚飯想工作一會，就回到了自己的房間。我在寫字臺前坐下，一隻手握筆，另一隻手支住頭，皺著眉頭在一張紙上隨意塗抹著。我找不到思路，於是只好一遍一遍地寫自己的名字，然後用粗筆道描成印刷體，四周再加上方框。就這樣，十分鐘過去了。我微笑著欣賞著自己的作品，心想：

「見鬼了，如果我寫什麼都像寫名字這樣順暢就好了。我就盡可以寫呀寫呀，不假思索地寫下去……那樣寫作將是一件多麼輕鬆，多麼愉快的事情啊。但實際上，想寫出點有意義的東西來是多麼的困難多麼的痛苦……」

「假如一個人是文盲，或者僅僅會寫自己的名字。」我進而想到：「那麼他也就永遠不會體會到這種痛苦了。從這個意義上講，他也就具有了比我更加幸福的條件。不，不能這樣講。無知大概到了任何時候都不能夠和幸福聯繫起來。相反，在這個世界上，除了極少數未開化的原始人，不是所有的民族都將不能讀和寫，視作最嚴重的不幸之一麼？假設有這樣一種情況：一個人學會了一種或幾種文字，能夠閱讀和書寫，但永遠不會生出運用文字進行創作的意願。那麼這個人大概就可以永遠身心康泰心滿意足了。可是眞的會有這樣的人麼？從這個意義上講，幸福是一種多麼渺茫多麼脆弱的東西啊，而人又是多麼容易陷入不幸的境地。」

我歎了一口氣，從寫字臺前離開了。我站在窗口往樓下的人行道看了一會，然後走到房間另一邊的書架前面瀏覽起自己的藏書——這些書籍大多在我還沒出生時就已經出版了，之前屬於我祖父，在他死後由我繼承了下來；還有一部分是我從舊書店裡買回來的。

我隨手取下一本書，站著讀了兩頁，然後用食指在擱板上抹了抹，在灰色的塵土上留下了一條狹長的，鐮刀一樣的痕跡。

之後我從架子頂端取下一個褐色的手槍套，用衣服把上面的灰塵擦掉，拿在手裡把玩了一會。我試著用指甲把插在子彈帶裡的槍彈的綠鏽刮掉——據說那裡面仍然有火藥和引信，但誰也沒有打開檢查過。

此時天已經完全黑了。一種孤獨感像煙霧一樣包圍了我，使我感到憋悶、困倦，彷彿我不是坐在書房，而是坐在一間狹窄的蒸汽浴室或者正在煮東西的廚房裡。最近我越來越頻繁地體會到這種感覺，尤其是在晚間無所事事的時候。有人建議我結婚，可是我已經過了應該結婚的年齡，而且我也不認爲和別人一起生活就可以擺脫孤獨，相反，我認爲情況有可能還會變得更糟。當一間浴室裡只有你一個人的時候，總歸還是比較自在一些的。

離上床的時間還早，我看了一眼錶，就到外面去了。

我走進父親的房間。他此時正全神貫注地用電腦玩紙牌。他沉湎於這個遊戲已經好幾年了，每天晚上就這麼一動不動地坐著，打發晚飯後漫長的時光。

我站在他背後看著他。

過了一會兒，他摘掉了眼鏡，瞇縫起眼睛微笑著對我說道：

「今天終於把這局打通了，你看，也就是我！」

「好！」我讚歎道。

他戴上眼鏡，把牌局的編號記下來。

「你明天幾點走？」

「八點。」

「好，路上慢一點，帶著人一定要注意安全。車我保養過了，油也加了，你開的時候稍微在意一點，記住掛三檔不要太使勁，輕輕地往前推。你的技術我放心，但是別大意，一定要安安全全給送到了，人家剛結婚，可千萬不能出事兒。」

接著他一邊揉搓著額頭和眼瞼一邊繼續說：「K這個孩子挺不容易的，到時候，有什麼困難——咱們能管就一定要管，等人家提出來就沒意思了，別扣扣索索的，叫人瞧不起。好朋友不能計較，懂不懂？」

聽了這句話，我不由得笑了。

「我當然明白了。」

在客廳裡，我母親正在看電視劇。我不得不過去和她待一會，這種時刻對我來說總是特別難熬，倒不是因爲我不愛她，只是她看的那些電視節目在我眼中實在太愚蠢，太令人難以忍受了。我和她隨便說了幾句話就回到自己的房間去了。

第二天早晨，我把車停在K家樓下專門給我留出來的位置上。這個時候，一層的門洞裡已經聚滿了各種各樣的人。有遛狗的保姆，有從菜場回來的老人，有送奶的工人和附近餐館上夜班的服務員。樓道裡很暗，從地下室傳來的霉味和垃圾的臭味讓人一陣陣地噁心。

有人走過來跟我打招呼，我認出那是另一個K——他和K在同一個地方上班，連名字也一樣。我們寒暄了幾句，很快就沒有話說了。

過了一會，來了幾個推自行車的人，樓道裡幾乎沒有落腳的地方了，大大小小的狗在人群裡鑽來鑽去，不停地嗅著。

我和K商量了一下，決定走樓梯上去。

我們跟在兩個搬家具的工人後面，沿著樓梯一步一步地往上爬。K似乎心情不錯，開始哼唱《大宅門》的主題曲，那是他最喜歡的一首所謂「京味兒」歌曲。但奇怪的是，他每次只唱前兩個小節就突然停住，似乎忘記了歌詞似的，過一會又從頭開始。

走在我們前面的是一個矮個子的棕色皮膚的工人，他背著一張雙人床，用近乎匍匐的姿態艱難地向上攀登著。從我們的角度只能看到他的一條胳膊和兩隻穿著布鞋的厚腳掌。每次轉彎，他都會緩慢地小心翼翼地轉動身體，這時我就能看到一張沒有表情的，因爲緊張和疲勞而微微顫抖著的臉。用破布包起來的床腳有時碰到頂棚，發出類似船底在泥沙中拖行的聲音，每當這時他就更低地彎下腰去，臉因爲重力和充血的原因變得腫脹而且更加劇烈地顫抖起來。

「昨天我吃飯去，」K說：「有一個服務員胸口別了一個牌子，寫著：黃埔軍校第三期。嚇他媽我一跳。一問才知道，那是他們的培訓公司。我跟他說我爺爺跟你是校友，別看你歲數小，你比他還高兩級呢。你說可笑不可笑。黃埔軍校，這都能隨便叫了麼？」

「這不算什麼，去年電視裡報導過一個老頭，自稱是孫中山。」

「孫中山。」

K皺起眉頭，重複道，過了半分鐘左右忽然毫無徵兆地大笑起來，摟住我的肩膀說：

「誰？他說自己是誰？」

於是我把那樁愚蠢的詐騙案原原本本地給他講述了一遍。

期間我們兩次超過了搬家具的，又都讓他們趕上了。

我們爬了十五層樓，決定歇一口氣。兩個搬運工也和我們在同一層平臺上休息。

K點了一支煙，吸了兩口，指著其中一個工人說：「你看，這身板兒多好，這床要讓咱們弄，兩個人都搬不上來。你說他們是怎麼練出來的，嗯？」

「你們一頓飯吃多少饅頭？」他轉過頭去，問另一個工人：「菜呢，都吃什麼？夠吃麼，管飽？」

「這傢夥，眞他媽棒。跟小牛犢子似的。」K笑著一邊拍打他的後背，一邊對我說，爲了表示讚賞，給了每人一支煙，然後就和他們一起吸起來。

「沒關係，沒關係，抽吧！」

煙味遮蓋住了搬運工身上的汗臭和嘴裡的酸味。

「咱們還得在他們前面走，」我說：「這樣快一點。」

我們繼續往上走，K有些氣喘了。

「我昨天打了兩個多小時球，還眞有點累。」他解釋道。

「這麼爬樓誰都得累。我上次這麼幹還是上小學三年級的時候。」

K笑了起來，把煙蒂在臺階上撚滅了，說道：「我跟你也差不多，小時候我們家有一個地下室，我們一夥人經常跑進去再跑出來，高興著呢，誰也不知道爲什麼要跑來跑去的。就是跑。」

「快走，別讓他們追上。」我向樓下看了一眼，說道。

接下來我們誰都沒有再說話，只是一個勁一層一層地往上爬。

在頂層的樓道裡，K的母親正在迎候我們。她是個身材高大的女人，肥胖而且溫和，此刻穿了拖鞋和家常衣服。我們很多年前就認識了，因此她對我們的態度既隨意又親切。

「你們走上來的呀？」她說：「電梯壞了吧？我心說這倆孩子要爬樓梯可累了，你看看……趕快進來。」

我們跟著她穿過一條堆滿了雜物的陰暗的過道走進客廳，在一張四方的餐桌旁坐下來。

「你們先坐一會兒，K剛起，喝點水吧，吃早點了沒有？」

「洋洋。」她喊道，一邊往廚房走，一邊招呼那條從臥室跑出來，好奇地衝我們搖著尾巴的吉娃娃犬。

「過來露露，別淘氣。」

那條難看的褐色小狗並沒有聽她的話，反而歪著比例失調的腦袋專注地打量著我們，同時不住地瑟瑟發抖，顯出一副既可笑又可憐的樣子。

「來，寶貝兒，嘖嘖……上我這來。」K伸出一隻手逗弄著它。

「給你點好吃的，嗯？」

小狗湊過來戰戰兢兢地用黑梅乾一樣的鼻子在他的指縫裡嗅了嗅，忽然打了一個噴嚏，把自己嚇了一跳，慌忙跑開了。

「洋洋，洋洋。」K的母親在廚房裡喊。

過了一會臥室的門開了。

「啊，你們眞早，」K穿著襯衫和線褲走出來，一股憋悶的熱乎乎的空氣隨著他湧進客廳。

「喝點水吧。」

「我們自己來，您別忙了阿姨。」我站起來，從K的母親手裡接過茶壺和杯子。

「我跟你說過多少遍了，」K指著另一個K說：「他在的時候別叫我小名，要叫尊稱。」

「成，大K，行了吧。」

「來一根麼？」另一個K問。

「先待會，我還沒刷牙呢，」K皺了一下眉頭說道：「我爸昨天沒怎麼睡，等他洗完臉咱們再過去。先歇會。」

接著他站在原地，用食指的關節在眼睛上揉了揉，長長地呼出一口氣，眉頭皺得更緊了。他似乎忘記了我和另一個K的存在，輕輕吧嗒著嘴唇，顯出一種胃病患者或者負債的小商人常有的那種憂心忡忡的樣子，出神地望著從另一間臥室門底下透出來的亮光。

我和另一個K交換了一下眼色，端起各自的茶杯喝起來。

這時，從過道另一頭傳來一陣敲門聲，緊接著是咳嗽和跺腳的聲音。

「來啦，稍等。」K從沉思中回過神來慢慢地朝門口走去。

片刻之後，那兩個和我們在樓道裡談過話的搬運工走了進來。

「不是說下午來麼？」K說，把他們領到自己的臥室裡去。

另一個K喝完了一杯茶，心滿意足地靠在椅子背上，摩挲著手裡的橄欖核，又開始哼唱《大宅門》主題曲，照例只唱第一個小節。

我們坐著的這間小客廳陳設簡樸甚至有些寒酸，牆面很久沒有粉刷過了，桌子上鋪著有汙漬的舊臺布；用來沏水的是一個粉彩描金的西洋式茶壺，壺蓋用細繩拴在把手上，周身有「萬壽無疆」四個字。方桌的一角擺著一個老式鋁飯盒，裡面裝滿了做針線活用的各種零碎物件，在五顏六色的線團和鈕扣上面是一張圖紙，用硬紙板裱過並且標注了「客廳」、「臥室」、「走廊」等等字樣。這就是K口中他母親的「戰術板」。每當她想給臥床的丈夫換個地方或者調整一下房間的佈局，都會先在這塊紙板上做一番演習。我曾不止一次看見她坐在這張桌子旁邊，像一個正在複盤的棋手一樣，專心致志地擺弄用硬紙板剪成的各種傢俱圖樣。

「來吧，正好讓他們也幫個忙。」K走出來說。

於是我們站起來和他一起走進另一間臥室裡去。

三

和另一個K分手之後，我們開車去接葛文娟。這個女人原本是K的同事，是那種受過恰到好處的教育，能勝任大部分寫字間工作的，半城半鄉的年輕姑娘，在K認識的女人裡，是唯一有可能嫁給他的。每次見到她，我總會產生一種厭惡和憐憫交織的感覺，而爲了掩飾這種感覺，就不得不格外注重禮節，對每一句話每一個動作都深思熟慮——我不想讓她發現我的輕視和偏見，因爲我認爲她這樣的女人都是自尊心極強，敏感而且記仇的。

我們以前常走的那條小馬路現在變成了一個集市，破損的，坑坑窪窪的路面上擠滿了農民的三輪車和馬車，以及各種各樣的熟食攤子。我駕車耐心地在趕集的人群中間緩慢前進，車輪碾著菜葉和爛水果發出一種類似牲畜反芻的帶水音的碎裂聲。

「礙事的到是咱們。」K說。

「純粹的東方式的混亂，」我對K說：「就像在印度一樣，你看。」我指了指車窗外面：「人類歷史上各個階段的發明創造都有自己的位置，誰也不用擔心誰，誰也礙不著誰，各得其所。」

我笑了，表示同意。「豈止礙事，簡直就是多餘，簡直就是愚蠢。我們有一百二十四馬力，他們，」我停下來，等著一輛膠皮輪胎的馬車在我們前面掉了個頭：「他們只有一匹馬力，但現在的情況是，我們反而阻礙了它，你看他那個樣就像是在說：『你們怎麼跑到這兒來了，誰讓你們來的。爲什麼要給別人添麻煩？』」

「多謝啦！謝謝您！」我朝車窗外面喊道。

出人意料的是，那個裹著破迷彩服的車把式，從座位上扭過頭來衝我們敬了個禮，咧開嘴得意地笑了。

還挺可憐咱們的。」

「好嘞！」他喊道，晃了晃鞭子，趕著半空的拉甜瓜的大車走掉了。

「你瞧，他並不生咱們的氣。他大概覺得，幹嘛和傻子制氣呢。人賺了錢心情就好，他想必還挺可憐咱們的。」

車開出了集市，我的心情好了起來。

「我曾經想，如果沒有地理大發現，或者……比方說，智人在歐洲的後代沒有戰勝尼安德特人，不然就是在冰河期滅絕了，那麼，我們現在會過什麼樣的日子呢？我們大概還坐在馬車裡，大概滿洲人不再當皇帝了，至於其他的我就想像不到了。但我們不會和歐洲人一樣，他們的地盤那麼小，卻總喜歡跑得快的東西——蒸汽、電力、鐳射，一切都是越快越好，時間是他們的仇人。可是在我們這裡，反倒沒有什麼值得著急的事情，一切都按照中國式的，從容、緩慢的方式進行。我們這樣生活了幾千年，而且還會這樣生活下去。」

「但是這個，」我用手指碰了碰儀錶盤，繼續說道：「這個東西把我們的節奏破壞了。怎麼辦呢，要麼跟著跑，要麼落在後面。可是我們不是尼安德特人，幾百年的時間不過是一瞬……我們挨過打……但時間是我們的朋友——我們不像你們那樣壓榨它、奴役它——它會幫助我們戰勝你們！亞述人完了，羅馬人完了，蒙古人也完了，還有大不列顛——這就是你們的命運，好好看清楚吧！而我們，我們會永遠在這塊土地上生活，祖先的在天之靈會庇佑我們。他們不是別的人，他們使用的語言和文字我們仍舊在使用，他們的神話和歌謠我們仍舊讀得懂，我們的心是相通的。」

說到這兒我激動得幾乎難以自持，不得不停下來平復一下心情，以免淚水奪眶而出。

「不看誰跑得快，要看誰跑得遠。」

「當然了，我們不會永遠跟在別人後面，否則誰能相信……」我咳嗽了一下繼續說道：「誰能相信……我們又不是野蠻人，我們有自己的文化。有人說世界上所有的人，包括我們，都是非洲黑人進化來的。我認爲這純粹是胡說。」

「我也不相信。」

「我認爲我跟黑人一點關係都沒有，這很明顯，不需要任何證據。」

K嚴肅地點點頭，表示同意：「個別人有可能，比方說……」他提起了一個我們都認識的人。

「這只是一個例子，但我的意思是——前面怎麼走？」

K朝車窗外面看了看說道：「繼續走吧，前面有地方。」

「我的意思是，我們不能把隨便什麼人的結論當成自己的結論。也許歐洲人樂於接受這樣的結論，但是我們應該有自己的想法。就像原先我們認爲世界是盤古創造的，而他們認爲是另一個什麼神創造的。後來證明大家都錯了，但沒有關係，這正好說明我們的文化和歷史具有獨特性，這是一個很大的優點。」

我們把車停在一家購物中心前面的空地上，此時葛文娟已經在門口的臺階上等我們了。她在一個常去買化妝品的小店裡打扮過，穿了一件水綠色蓬蓬袖上衣，白色的瘦腿褲子，膚色很深的胳膊和小腿都露在外面，並且按照習慣在涼鞋裡面穿了一雙尼龍襪子。

她看到我們，就摘掉墨鏡，微笑著走過來。

我從駕駛室出來，爲她打開車門，笑著說：「你還眞有新娘子樣兒。請吧！」

「那當然了。是不是K？」

「是什麼呀。」

「你不懂得欣賞，你看人家多會說話。」葛文娟感激地對我笑了笑，用一隻手護住新作的髮型，小心地坐進車廂裡。

「唉，你一個人麼，上回跟你一起那個美女呢？我還讓K跟你說，讓你們倆都去呢，怎麼，又換啦？」

「該帶東西都帶了麼？」她轉向K說。

「帶了！」

「我跟你說的那個，原來我用的，藍色的那個……」

「帶了，帶了！就差你了。」

我發動車子，搓了搓雙手說道：「好啦，萬事俱備。那咱們就……」

「你要這樣我就不跟你走了。你愛去哪去哪兒。又怎麼了？」

「行，行，行！你別耍脾氣啦！」K說：「也不怕人笑話。」

葛文娟假裝生氣，用一隻手拍著我的座椅靠背說：「陳鉞，咱倆走，不要他了你看行不行！」

「這，這有什麼不可以的。」

葛文娟看了K一眼，保持著勝利者的尊嚴姿態，不再說話了，前襟上巨大的蝴蝶結隨著胸脯的一起一伏微微顫動著。

「那咱們就出發吧？」

「出發！」K說。

「啊，當初羅蒙諾索夫也是這樣跟著漁夫們出門的，後來他成了名滿歐洲的人物。所以……」

我從後視鏡裡看著他們，故作輕鬆地說。我看見了葛文娟那用髮膠固定住的，前額上盤了一條小辮子的髮型，心想：「我的天，這個女人。」

「沒錯，知識是黑暗，愚昧是光明，走吧！」K快活地喊道。

「你們倆可真逗！」葛文娟說，過了一會而又補充說：「真可愛，跟小孩似的。」

四

將近八點鐘，我們已經駛出了北京的最後一個收費站。天氣很涼快，太陽在車頂上的什麼地方閃耀著，陽光透過擋風玻璃照在我握方向盤的手上。我們的老桑塔納孤零零地行駛在寬闊的，仿佛無窮無盡的公路上；偶爾會有一輛蒙著苫布的載重卡車和我們擦肩而過，然後慢慢地退到後面去。道路外邊，形狀像猶太人的燭臺的楊樹的細枝從護欄上面探出來，春天的嫩葉在陽光下像碎玻璃一樣閃閃發亮。

過了一會兒，路基變矮了，從車上可以看到公路兩側的楊樹林和在林中放牧的與土地顏色極爲相近的羊群。茂盛的紫色稠李在林地邊緣生長著，像鄉下女人裙子下面露出來的深色內襯一樣。

葛文娟已經忘記了剛才所受的委屈，在後座一會兒拍照，一會兒打電話，一會兒跟著收音機唱歌，顯得興致很好。

「洋洋，你以後也學學開車。趕明兒咱們也搖個號，省得老麻煩人家。」她說：「陳鉞吃麵包麼？」

「我不吃謝謝啦。」

「沒關係，讓K拿著……」

過了一會兒，她又問道：「咱們現在多少脈了？」

「一百二。」我把駕駛室的玻璃向下降了一點，說：「你們熱不熱？空調有點毛病。」

「挺好的。」

「不用管我。」K有些犯困，皺著眉頭擺了擺手。

「還是開車方便，想走就走，想停就停。是不是K？以前我剛來北京的時候，一說回家就特別高興，頭兩天都睡不著覺。這兩年倒有點無所謂了，反而還有點捨不得北京。」葛文娟歎了一口氣，繼續說道：「K趕明兒你帶我去參加個胡同遊吧，我挺想坐坐三輪車的，看看那些四合院兒，尤其是恭王府什麼的。單位去後海那次我都沒去，聽他們說那裡面超美。」

「那有什麼可看的，你們家不也有院子麼。」

「那不一樣，北京是北京，誰在北京有院子啊。」

葛文娟的這句話讓我們都沉默了。過了一會兒，她又說：

「不過我聽電視上說，現在的北京也不如原來好玩了，四九年以後都給拆了，包括城牆，城門樓什麼的。像東四、東單、朝陽門什麼的現在就剩下地名了。」

「是朝陽門兒。」K說：「一定要加兒化音。」

「朝陽門兒？」

「沒錯，是朝陽門兒。」我笑了：「你說的那些人懂得什麼？他們腦子裡只有小市民的那套見識。在他們看來，北京就是豆汁兒、焦圈兒、胡同兒、小院兒這些玩意。事實上北京從一開始就是一個軍事要塞，是防備北方少數民族的，最開始是匈奴人，然後是契丹人、韃靼人。後來女眞人又把它變成了一個公社聚落——一部分駐紮武裝，一部分蓄養奴隸和工匠；城市結構要最大限度滿足兩個需求，第一軍事防禦，第二控制居民。那些狹窄骯髒的小巷子，和與畜圈差不多的低劣房屋，是外民族強迫它的居民去接受的。再加上城牆、壕溝、雉堞和望樓，這些東西構成了完整的中世紀的生活圖景。一代又一代的居民在和平時期貢獻生產力和賦稅，到了戰時則有幸可以成爲貴族和軍人的擋箭牌甚至糧食。就是這麼一部光榮的歷史。」

「可不是。」K說。

我歎了一口氣，儘量保持語氣的平靜：「如何在馴服地做奴隸的同時，在允許的範圍內尋找一點卑微的樂趣，這就是小市民的全部生活藝術。枷鎖鐐銬和其他那些恥辱的標誌在他們看來，簡直和祖上的遺產一樣珍貴；騎在他們頭上，將他們視爲牲畜的，是皇上、大汗、格格、貝勒、老爺，總之是必須供奉的神祇——直到今天他們提及這些人，語氣裡還透著恭順。可是解放者在他們眼裡乾脆就是破壞文物的罪犯！」

「就像——」

「可是如果那些破爛家當都爲他們留著，他們今天大概又會爲自己的小汽車必須排隊通過城門而罵人了。」

「這就像，就像，《圍城》裡寫的，」葛文娟說：「城裡的人要出來，城外的人想擠進去。」

我遲疑了一下，不明白她爲什麼會引用這段話：「那倒不是一回事。」

接下來誰都沒有再說話。

我一邊開車一邊默默地在心裡回想著剛才所發的議論，這些話是我一直想寫而沒有寫出來的——如此激烈的文章是不會有人敢於發表的，一種刊物或者一個網站想要生存，最要緊的就是學會如何拍小市民的馬屁，從他們捂得嚴嚴實實的口袋裡掏出錢來。然而，我的語言是多麼有力，我欣喜地想，更重要的是，無論到了什麼時候，特別是在那個人們普遍極爲聰明的未來的時代，讀者會意識到，我的行爲是以一種極爲無私的良好願望爲出發點的。他們會說，啊，這眞是一個好人，他使用了一些過火的字眼，似乎脾氣不好，但是他的心地多麼眞誠；他希望那種公正、優美、強壯的人生，降臨在他自己的時代。讓我來算一算，那時候他已經死去多久了——從那時起世界改變了，人們眞的過上了他曾經期盼的那種生活，一直到現在。

我握著方向盤沉浸在諸如此類的幻想中。過了很久很久，高速公路上幾乎看不到別的車。葛文娟和K小聲交談著，他們談論的人和事情都是我所不了解的。於是那種一個人獨處時才會有的孤獨感又降臨了。我回顧了自己的一生，暗暗思忖道：那些未來的人，他們能夠比我們生活得更好些麼？我，以及和我類似的人們的思想和行爲會在他們那裡獲得理解麼？在他們眼裡，我會是什麼面目，那個時代的藝術家和歷史學家會如何描述我和我的同伴們呢？

不知不覺中我們已經離開高速公路，駛上了一條省道。路面開始顚簸起來。葛文娟不知爲什麼和K爭執上了，說話的聲音越來越大。

「我怎麼樣，我夠不講究了。誰家的閨女嫁到你們家連喜酒都沒有一桌，親戚朋友連面都沒見過——我媽都說了，姑娘到了你們家，婚車沒坐上，先坐好幾趟救護車，天底下有這樣結婚的麼，我們家什麼都不要你們的，就這樣還不行，你們家還要怎麼欺負我！」

「可當初是你們家同意不辦事兒的呀。這不是說好的麼。」

「沒說要辦啊，沒說要辦啊！」葛文娟喊道，哭了起來：「這是辦事麼？我們家親戚知道了，隨個禮，請人家吃頓飯不行麼？不行麼！」

「可是我爸都這樣了！你們當初不也答應了麼，現在這叫幹什麼。」K皺著眉頭嚷道。

「那叫辦事麼！那叫辦事麼！」

「那叫什麼！」

此時事情似乎已經鬧得不可收拾了。

葛文娟拍打著車窗哭喊道：「停車！停車！我不走了，讓我下去！」

我下意識地踩了剎車，葛文娟不等車停穩就跳下去了。

K咬著嘴唇，眉頭緊鎖，胸膛劇烈地起伏著。

「怎麼了這是，你去勸勸她。」我看見葛文娟在朝過路的車輛招手，做出要搭車的樣子。

「讓她走！」

「你應該早就想好。」我看著他說。

K歎了一口氣，點燃一支煙，隨後下車去了。

我關閉了發動機，默默地看著他們。反光鏡裡一會兒出現葛文娟那脹紅的涕淚縱橫的臉，一會兒出現K那蒼白的，肥胖的臉。路邊幾個賣水果的農婦，張著嘴饒有興味地觀望著我們。與此同時我也能看到自己的眼睛，我能知道自己是如何去看他們的。

葛文娟因爲激動突然嘔吐起來。

「天吶，這是在幹什麼！」我把頭伏在方向盤上，心想。

過了一會，雨刷器忽然擺動起來，發出那種滑稽的驢叫般的摩擦聲；一塊紅褐色的鏽斑在車窗前忽上忽下地跳動著。

五

我們抵達P鎮的時候，已經是下午兩點鐘了。幾天前下過一次雨，村外的道路泥濘不堪，路兩側是綠色的麥田，被牲口踏壞的麥穗倒在爛泥裡。道路中央散落著各式各樣的垃圾，有時是廢紙和煤渣，有時是堆得像小丘一樣的破衣服。在一個三岔路口，站著一個七八歲的骯髒的男孩，他看見我們的汽車，忽然用雙手捂住耳朵，害怕似地發出微弱的「啊——」的叫聲，似乎車輪碾著了使他憐惜的什麼東西一樣。等我們過去了，他又用尖細的聲調在後面喊道：「飛飛！飛——」然後就一動不動地站在那兒，直到我再也看不到他為止。

村裡有三排房子，街道和空場都鋪著舊紅磚，幾乎每家院子裡都有狗，門口都有一小塊菜地。葛文娟的父母已經在等著我們了，他倆一前一後地把汽車領到自家門口。

「媽！」葛文娟放下車窗，喊道。

K也跟著她叫：「爸，媽。」

一陣寒暄之後，主人歡歡喜喜地領著我們往院裡走。

K的岳母體格結實，牙齒很黃，皮膚曬成棕色，因為風濕病的緣故兩條腿都已經彎了。她和葛文娟拉著手，用本地話交談著。講這種方言的，在通俗小戲裡大多是一些天性快活、喜愛插科打諢的角色。我一邊留意她們那種具有喜劇氛圍的對話，一邊微笑著。

「瞅這天要下雨了。」K的岳父說。

「是，路上就下了一點了。」K說。

「我還說你們可別趕上雨。」

「小陳餓不餓？有烙餅、醬牛肉，還有餡包子，」女主人說：「都是剛弄得的，先墊吧墊吧。」

「吃那幹啥！待會還吃飯呢，你淨叫人吃那個。」K的岳父板起臉訓斥妻子。

我和K對視了一下，我們知道他又要講那句最得意的俏皮話了。

「我怕孩子餓不是。」

「就你烙那個餅，好傢夥，加上嘴唇總共三層。」

這句話一說出來，所有人都笑了。

我們來到堂屋裡坐下，屋裡有葛文娟的幾個女伴，都是鄉下姑娘。我很得體地跟她們交談了一會，就到院子裡去了。

一條瘦弱的幾乎掉光了毛的小狗對著我疲憊地眨了眨眼睛，搖動了一下尾巴，幾隻剪掉翅膀的雞在南瓜地裡互相追逐著。一切都還是老樣子。

我穿過停著農用車的門廳來到第二進院子，迎面碰上了葛文娟的弟弟。

「你挺好的？」我說，伸出手去。

「還行，還行，啥時候到的？抽煙？」

我們上一次見面他還是一個瘦長靦腆的小夥子，現在卻已經是一個發了福的中年人了。我們看上去似乎不是同一個時代的人，而這中間不過隔了兩三年的功夫。

「你又胖了，」我說：「髮型也變了。」

他笑起來，難爲情似地摸著自己的光頭：「我媳婦給我剃的，涼快。」緊接著又說：「我還尋思上大路上迎你們呢，後來我姐打電話說：『不用，你盯著點弄飯吧。』正好他們又來了。」

他指了指一夥正從貨車上卸爐灶的人。

「你們利索點，姑爺到了，」他對那些人說：「這位是婆家來的人，那飯菜人家說吃著行，那才行呢，不然不給你們結錢。」

「好嘞！」幾個人一起答應到。

一個管事摸樣的五十多歲的莊稼漢，陪著笑臉，走過來恭恭敬敬地說道：「咱們這都是農村做法，您們城裡的人可能吃不慣，待會這一桌，您先嘗嘗，鹹嘍淡嘍的跟我們說；您有什麼忌口東西，我跟廚子那……」

「不，沒有什麼特殊的要求。」我說：「辛苦你們。」

這種特別的尊敬，以及主人對待他們時那種十足的商人氣派，使我感到非常不舒服。於是我看了一會，就從後門走出去了。

我把車開到村外的一座小水壩上，裡裡外外擦拭了一遍。

這之後我就在岸邊坐下，默默地看著河水在車輪底下迴旋流動，激起雪白的泡沫，將有牛糞味的污泥沖刷乾淨。

午後的太陽似乎不能穿透樹葉的間隙，河岸上連陰影也看不到，然而還是熱。生長在河岸上的椿樹彎著腰，把成排的石鏃形的葉片伸向水面，細枝上長滿了一簇簇黃綠色的，豆角似的莢果。在離我不遠的地方，是一棵在暴風雨中折斷的粗壯的白楊，此刻它倒垂的樹冠在微風中輕輕搖動著，發出簌簌的聲音，沒有完全斷掉的樹幹吱吱呀呀地呻吟著，讓人以爲有一支搖櫓的船要從河道轉彎處劃出來了。

我坐了一會兒，精力逐漸恢復，不再感到疲勞了。我回憶著這一天中發生的事情，早晨K家樓梯上的那一幕突然又清晰地浮現出來。那兩個裝卸工堅忍的表情，以及軀體在重壓之下那種扭曲痛苦的狀態在我眼前一次次的閃回，他們和我離得那麼近，又是那麼的眞實，使我幾乎不能再去注意別的東西。我試圖忘掉那一幕，但是他們的身影就像漂浮在河面上的，帶水草腥味的霧氣一樣，緊緊地，溫柔地將我包圍住了。

我感到難過，彷彿他們肉體上的痛苦以不同的，精神上的形式施加在了我的心上。而且不知爲什麼，我感到他們所遭受的殘酷虐待是爲我所允許的，也就是說我是將他們推向深淵的加害者中的一員。

我用指關節在額頭上按壓著，咬緊牙關努力想把這個使我發瘋的想法從頭腦裡趕出去。

「你們要求我做什麼呢？同胞們。」我在心裡想：「我們是一樣的。假如我有權力，我就下令解放你們，讓你們和你們的同伴從此不再受到苦役的摧殘。可是這需要什麼樣的權力呀，這種憑一句咒語就建立起來的天國恐怕只能存在於神話當中。難道要我也去編造故事安慰你們麻醉你們麼？難道我必須放棄現在這種不勞而獲的，實際上並不道德的生活，和你們一起受苦麼？這樣的話，我的良心也許會得到解脫，但你們的痛苦卻不能減少萬一。那麼？你們爲什麼期待我呢？你們應該離開，你們爲什麼要期待著我呢……」

這時一片雲彩將太陽擋住，樹蔭裡暗下來了。

葛文娟端著一個瓷盆沿著河岸朝這邊走過來。

我衝她招了招手。

「K呢？」她說「他出來找你來了。吃櫻桃吧，挺甜的。」

「謝謝，謝謝。我一直沒看見他。」

「這都是你的，」她說著把盆子放到我腿上：「他還說要幫著你擦車呢。」

我拿了一個櫻桃放進嘴裡。

「好吃，眞甜。這是你們家種的？」

「鄰居家種的，我們家的樹給砍了。」

「怎麼砍了？」。

「長得不好，老有蟲子，我爸也懶得收拾。」

「原來如此……是不是要下雨了，」我說，仰起頭朝天上看了看。

「已經下起來了吧。」

過了一會兒，我把手裡的櫻桃核扔到水裡，說道：「你們打算去哪玩兒？」

「還沒想好呢，我想去趟歐洲，K怕花錢。我其實特別想去瑞士玩兒。」

「瑞士？」我皺起眉頭看著她。

葛文娟點了點頭繼續說道：「我們同事回來說，特別美。她說你在瑞士的湖邊上能感覺到時間都靜止了，景色美得簡直連眨眼都是浪費時間。我看過照片，那天簡直太藍了，在國內根本就看不見的那種藍。」

「我只知道他們喜歡射箭，還擅長用各種長杆兵器。」

「不能眨眼。那到是適合瞄準。」我笑著繼續說：「還應該在頭頂放一個水果。」

「爲什麼？」

「沒事，我瞎說呢。」

「其實我覺得沒事兒還是應該多出去看看，趁著年輕。我總跟K這麼說，他老是犯懶。其實像歐洲這些小國家移民最好了。你說是不是？」

「我認爲應該永遠在中國。我受不了生活在別的地方。」

「K也是這麼說的，你們倆眞一樣。我眞奇怪了，外國有什麼不好的。在外國就不能愛國了嗎？那海外的華僑不也有好多愛國的麼？」

「這不是愛不愛國的問題。」

「我有一個師哥，」葛文娟打斷我說：「在美國念的博士，後來移民了，在IBM上班，現在雖然國籍變了，但每天都爲全世界人民做貢獻。」

「全世界人民！」我不客氣地說：「全世界！這話他自己說的麼？他的世界有多大？都包括誰？他，他老婆，他兒子，也許還有他們家那條狗。」

葛文娟側過臉去看著河水：「怎麼說呢。人不是都有追求幸福的權利麼？我覺得。」

「幸福麼？」我歎了一口氣：「這個世界上不存在幸福。」

「爲什麼？」

「因爲在我們這個時代，任何人的幸福都要或多或少地建立在他人的不幸上面。比方一個人想要發財，就必須千方百計地去佔有他人的財產，甚至不得不去偸盜、詐騙、搶劫！讓另外一些人被盜、上當、破產。這就像物理上的守恆定律——幸福不會憑空生出來。一些人越是幸福，另一些人就越是痛苦。一些人越是追求愉悅和享受，另一些人就越是一步一步被推向悲慘的境地。解放自己，奴役他人。這就是我們這個時代人人信奉的格言。從這個角度講，所謂幸福，實際上也就等於他人的不幸。」

我說著這些話，同時觀察著葛文娟的反應，她起初很困惑，繼而驚愕，最後又顯出一種冷淡的極力掩飾的輕蔑，就好像遇到了一個喋喋不休的傻瓜一樣。

「我的天哪，這是在幹什麼。」我心想：「爲什麼要說這些。」

「眞深奥，不懂。」她搖著頭說。

我故意笑起來，說道：「這是一本書上說的，不代表我的觀點，再說我作爲一個光棍完全是紙上談兵。」

「反正我喜歡北歐，我們同事都說我們上輩子可能都是北歐人。」

「沒准還是同一條船上的。」我附和道。

這時K從灌木後面走了出來，故意大聲叫道：「哈哈，你們倆在這呢，我全都聽見了。」

「來得眞不是時候。」我說。

K開心地笑起來，白嫩的臉上顯出一種舒暢得意的表情，仿佛眞的發現了什麼秘密似的。

「我已偷聽多時啦，你們準備怎麼堵我的嘴啊？」

「別廢話，你跑哪去了，該幹活你就跑了；我去看看飯熟了沒有。」

「親愛的，能不能給我二十個蘇？」K說。

「大概你們還要喝起酒來吧！」我喊道。

葛文娟擺了擺手轉身離開了。

我們目送著她的背景消失在在河堤上。K在我身邊坐下，用那種新婚男子特有的輕鬆愉快的態度點了一支煙，微笑著吸了一口。

「怎麼樣，你們都說什麼了？」

「說了些國家大事，人生的道理。」

「說我什麼了？」

「你？你的所作所爲我們大家都看到了。還用說麼。」我做出一副詫異的樣子說道。

「啊，這個呀，眞讓你見笑了……」

「一點也不可笑，」我朝他舉起一個手指警告說：「回去的路上絕對不能出這種事，懂不懂？你就不能哄著點兒她麼？多危險啊。到時候反正出了事，我可不陪你打官司。身在黌宮，片紙不入公門。」

「啊，沒問題，我們念書的人全在綱常上下功夫。放心吧。」

「這個引用到很恰當。」我笑著說。

過了一會樹蔭裡也落下雨點來，我們就坐進車裡往回走了。

「現在，有一個好消息，和一個壞消息。你想聽那個？」我看了一眼他問道。

「壞的。」

「你老婆已經開始討厭我了。」

「眞的麼？那好的呢。」

「好的就是，」我歎了口氣：「她上輩子是北歐人。」

「不是瑞士麼？」K說，做出困惑的樣子，用手撫摸著肥胖的下頜。

回到葛文娟家，我們冒著濛濛細雨坐在沒有苫布的天篷下面吃了一頓酒席，就早早地各自睡覺了。

六

第二年春天，K的父親去世了。得到這個消息我多少有些吃驚。因爲我已經很久聽不到關於他的消息了，猜想他要麼早已死了，要麼就是已經康復了。

我放下電話，去向上司請假。

「你……怎麼了，坐，坐。」主任在辦公桌後面一邊審閱我的報告，一邊冷淡地蹙著眉，指了指屋子中間的一把椅子。

「茲有……葬禮……事假。」

「誰死了！」他抬起頭睜大眼睛問道。

「我一個朋友的父親去世了。」

他點點頭，在報告上簽了名，還給我，不再說話了。

我雙手接過來，道了謝，向門口走去。

「唉，陳兒，你和王磊是一期的麼？」他似乎想起了什麼，問道。

「我比她早，他是和小張一期的。」

「對，我記錯了，你跟我是一期的，張正他們比咱們晚兩年，那他就是——行，沒事了！」

我點點頭，退到走廊裡，關上了門。

舉行葬禮的日子，天氣很晴朗。在停屍房前面的小空場上，我遇見了另一個K。我們站在一起，小聲交談著。

「那都是他們家親戚，」他朝站在院子另一端的幾個人微微揚了揚腦袋：「那個是他叔，胖的那個是他大爺。」

「人也不少啊。」

「你以爲呢，現在都露面了。」他露出嘲諷的神色說道。

這時，K從一間黑黢黢的門廳裡走出來，一個工人摸樣的面色灰暗的老頭子跟在他後面，和他商議著什麼。

「謝謝，謝謝。」K走過來和我們握了手。他穿了一雙白色的球鞋，將白色的並不合身的襯衫塞在褲腰裡。

我們說了幾句話，他就走到聚集在停屍房門口，陪伴著他母親的女眷們那去了。

過了一會兒，人群忽然騷動起來，在忙亂中死者的靈柩推出來了。我們走上前去，七手八腳地把硬紙糊成的像老式扇盒一樣的棺材抬到靈車上去。

我伸出一隻手扶住棺材的側面。這時紙棺的一頭碰到了車廂，死者晃動了一下，就像鞋子在包裝盒裡滾動那樣，發出一種沉悶的碰撞聲。我嚇了一跳，像挨了電擊一樣縮回了手。

在去殯儀館的路上我一直試圖搞清楚，這個身材高大總是帶著一副銀邊眼鏡的沉默寡言的廚師究竟發生了什麼事情。我回想起有一年夏天，他曾經送給我幾條自己養的小魚，我把裝魚的瓶子放在一堆舊書後面直到暑假結束才想起來，我永遠不會忘記，當我擰開瓶蓋的時候，那灰白色的翻攪著細小鱗片的污水發出的那種令人恐懼的惡臭。那是死亡的氣味。後來我每隔幾個月幫忙把他從一間臥室搬到另一間臥室，每當我使出全身力氣，一點一點向門口挪動的時候，他那鬆垮的像抽去了骨頭的身體就在當擔架用的門板上一左一右地晃動著，有時我的汗會滴到到他身上。

生病之後他就再也沒有說過話。

車隊到達殯儀館的時候，開始陰天了，這讓我的心情更加壓抑。我和另一個K站在告別廳外面的綠地上；我們開始閒聊，談起了昨天晚上的一場比賽。

爲了掩蓋從緊閉的門裡傳出來的音樂聲和哭聲，我們不得不大聲說話。

K把胸前的紙花取下來掛在一顆雪松上，慢慢轉動著手裡的香煙將花朵的萼片點燃，含著微笑開始講述那個我聽了不止一次的淫穢故事。那棵樹被送葬的人們打扮得像掛滿了小雪球的聖誕玩具一樣。

「小馬丁踢得還可以，他能踢甲級比賽，再高就費勁了。他只會踢凌空球，我發現。」

「那你還記得岡波斯麼，他只會射低平球……原來還有一個只會頂反彈球的前鋒，叫什麼來著？」

另一個K點了點頭表示同意，爲了表明自己是行家，他又列舉了幾場他看過的比賽，我基本上同意他的分析。

這之後他執拗地把話題繞回了那個有關處女之血的故事，並且補充了一些有助於突出主題的，說明性質的細節，就像司湯達爲那些義大利的仇殺故事所做的注解一樣。

「你第一次什麼時候？」他突然問。

「我嘛，」我說，向四下下看了看：「當然沒你早了，不過我曾經有機會，每個人在上中學的時候都有機會，然後就得等一等了。」

我清了清嗓子，空氣中那種有苦味的灰塵讓我很不舒服。

「這個是骨灰麼？」

「應該不是。我覺得應該不是。」K吐了口唾沫，皺著眉頭說。

「我上中學的時候在體校訓練，有一次我們去參加運動會，所有的運動隊都住在體育場的看臺下面。我們那間屋子裡有一個很高的櫃櫥。我們不知道怎麼發現櫃子後面有一扇門，門那邊就是隔壁，住的是田徑隊的兩個女孩。我們就隔著門跟她們聊天，問她們是誰，他們也問我們是誰。後來……」

我咽了一口唾沫，拿不准K想不想繼續聽我講，於是沉默了。

「然後呢？」

「後來，我們請她們過來。她們商量了一會兒，用釘鞋把鎖弄壞了。只過來一個女孩。於是我隊友就讓我過去——他比我大。我進去之前先敲了敲門。那個女孩在屋裡看電視。做出一副視而不見的矜持姿態。她是練跳高的（我們跑步的時候，以看她們爲樂趣）皮膚挺白，腿很長，乳房特別結實，每當她助跑的時候，就在衣服裡面有節奏地跳動。我們研究過她到底穿不穿內衣；後來電視沒有了，爲了蓋住隔壁的各種騷動我們就在窗口聊天，把頭伸到外面去呼吸新鮮空氣。我一邊說話一邊小心的偷看她的脖子和胸口。最後我們爬出窗戶在體育場裡走了走。等我回到自己房間，那個混蛋躺在床上，枕著胳膊，像純潔的哈姆雷特一樣，望著窗外的月色。」

我笑起來，繼續說：「我只能在又潮又皺的床單上睡覺了。」

K點了點頭，專注地用煙頭撩撥一隻爬到花瓣上的驚慌的昆蟲，我不確定他是不是在聽我說話。

「啊，走這邊，走那邊，不行啊……哈哈。」他用唱歌似的語調念叨著。

我走上禮堂的臺階，穿過拒馬似的擺成一排的禮炮朝大廳走去。我不知道自己爲什麼要說那些，自從那天以後，我們再沒有見過面。他們還活著麼，我思忖著，有些人壽命很短，有些人要長一些，這中間似乎沒有一定的規律，仿佛只能用命運來解釋。但不管怎麼樣，她們不會比我活得太長，也不會比我活得太短。

禮堂裡似乎是空的。我沿著一條黑暗幽深的走廊向裡走，不知爲什麼對櫥窗裡的照片和文告產生了興趣，我把臉貼近玻璃費力地辨認著。忽然從遠處照進一束光，一個明亮耀眼的四邊形在黑暗的盡頭出現，隨卽又消失了。

漸漸地我能看見一個矮小的，穿著藍色制服的老頭子，慢慢朝這邊走過來。他像傳說中的樹精一樣長了一張多毛的，黑黪黪的臉，微笑著，露出一口參差不齊的牙齒，用那雙誠實而且又大又亮的眼睛望著我。「唉，你看看，到處亂藏，這是你的孩子啊。啊，你要把它們藏到哪兒去呀。」他把膠皮手套上一團蠕動著的物體展示給我看，那似乎是什麼東西的幼崽。

這時一對螢火般的光點在我腳前閃爍了一下，使我下意識地向後退了兩步。片刻之後，穿制服的老人和那雙野獸的綠眼睛就都消失不見了。

走廊裡似乎又亮了起來，我惶恐地一邊四下打量，一邊順著來時的路向外走去。在一間寬敞的像舞廳似的房間裡，正中央有一張被鮮花和綠葉植物環繞著的空蕩蕩的靈床，一支穿灰色制服的軍樂隊坐在正對門口的位置上。空調吹出冷氣。樂手們平靜地等待著，小聲交談，把帽子放在膝蓋上；鼓手用指肚在大腿上輕輕敲擊著一支進行曲，長號手一邊用唾沫潤濕號嘴，一邊用他的凸眼睛從鏡片上方打量著我。

七

葬禮結束之後，K和葛文娟執意要用他們的帕薩特送我回家。一路上K不停地打電話，葛文娟負責為他調節音響和空調、按喇叭驅趕自行車和摩托車。

這對夫妻保養得很好，比我上一次見到他們的時候更胖了。我坐在後排的椅子上假裝看電視，不知道應該說些什麼。

也許是注意到了這種不自然的氣氛，過了一會兒K主動說話了。

「哎，對了，你現在開車麼。」

「不開了，賣了。」

「換新的了？」葛文娟問。

「賣了多少錢？」

「一千五百塊錢。」我笑著說。

「多少？」K嚷道。

「一千五啊，合一公斤一塊錢多一點。」

K快活地大笑起來，繫在腹部的安全帶輕輕抖動著。

「就這還托了人了呢，人家說你這個給我們都不願意要——別人來最多了五百塊錢。」

「眞夠可以的，我還說過一陣兒咱們出去玩去呢，我朋友給我推薦了一條自駕遊的路線，有機會跟他們一塊去雲南，帶著你女朋友。」

「我嘛……」

「你原來那個桑塔納太小了，你應該開個大點的車，高一點的。」葛文娟說：「K也是，我特別喜歡 GLK300，可他非要買這個。」

「你懂什麼，我們有身份的人，跟那些種田的扒糞的怎麼能平起平坐。」K從反光鏡裡對我使了個眼色，拿出了滑稽戲的功架，繼續說道：「你，」他指著妻子：「你是個爛忠厚沒用的人，因此這些話我不得不教導你。你這樣就是壞了學校規矩，連我臉上也無光了。」

他的表演仍然很有些妙處，我笑著喝起彩來。

葛文娟莫名其妙地看著丈夫：「又說什麼呢你，陳鉞，你聽得懂他叨叨麼？」

她想了想繼續說：「反正我喜歡奔馳。大衆也不錯，都是德國車。陳鉞你懂車，你說我說得對不對？買車就得買德系的，其次法系。日本車也不行，不安全。」

「而且我也不喜歡兩廂的車。」她最後補充說。

「北歐的車考慮過麼？」我有些不知好歹地開了個玩笑。

接下來又是一陣沉默。

忽然葛文娟像是想起了什麼：「你現在有女朋友麼？」她問道：「上次跟你一起那個女孩呢？」

「我覺得你有必要改變一下外形，」K說：「尤其是穿衣服。我發現HM的東西還行，沒事路過進去轉轉，買兩件，也都不貴，還能穿一季。你也可以去看看，別老穿那個老卡列克了。」

「啊，卡列克，說得好。那都是帝政時期的式樣了。」我說。

在一個地鐵站，我藉口要去辦事，和她們分別了。

八

現在我坐在桌子前，將讀者們已經看到的部分寫完了（我幾乎是在一夜之間寫完這些東西的）。接下來我只能簡單地敍述一下之後的事情了，因爲這個故事已經拖得太長，爲了不讓諸位過於厭煩，最好將它及早結束。

昨天晚飯之後，我突然想讀一本書，可是找遍了家裡的每一個角落就是找不到。我坐在沙發裡，一邊喘氣，一邊努力回憶上一次讀它是在什麼時候。那本書裡有一篇我非常喜歡的故事，從前我經常借給別人讀，所以它很可能在某個曾經和我很熟悉的人那裡。

我小心地斟酌了句式和措辭，給一個過去的朋友發了短信，詢問她有沒有看到過這本書；我們約定在常去的一家咖啡廳裡見面。

當她穿過玻璃門從櫃檯那邊朝我走過來的時候，我立刻察覺到了時間在她身上留下的痕跡；她現在的樣子和從前有了明顯的差別，就像歷史小說開頭的人物，在中間的章節裡再度出現時一樣。

她在我對面坐下，從挎包裡取出那本用畫報紙包住的書放在了桌子上。

「好了，我可以走了吧。」

「不行。」我示意她坐下：「我得檢查一下，萬一裡面包的是字典呢。」

「好險呀，被發現了。」她笑著說，扭頭去看窗外。

我拿起書，翻了翻。

「喏，現在呢？」

「現在我要檢查頁碼，還有書頁的整潔，假如發現缺頁或者亂寫亂畫，就扭送公安機關。」

「罪名呢？」

「我正在考慮。」

「啊，無賴，」她輕聲叫到，舒舒服服地靠在椅子背上。「有一段圓珠筆的字不是我寫的，本來就有。就在這頁。」她像是忽然想起來似的，說。

「這要經過鑒定之後才能下結論。」

「沒准是你哪個女朋友寫的，不是只有我看過這本書吧。」

「這麼寫字的人，沒准是我爺爺的女朋友。」我頓了頓，繼續說：「趁這個時間，你可以講一講自己最近的情況。」

「我十天之前結婚了。」她說。

「啊，他還那麼崇拜韓寒麼？」我說，把書放到一邊。

「你永遠不放過這個。」

「我就想知道他是不是感情專一的人。」

「我要是笑了，我就得下地獄。」她說。

我叫來一個服務員，隨便點了點東西。

「你爲什麼急著結婚呢？」我笑著說。

「怎麼能說著急呢？我已經快三十歲了，你……」她停頓了一下，看著送飲料的侍者：「人總得結婚呀，不是麼？」

「是啊，這是通行的社會習俗嘛。」

「你呢，現在怎麼樣。」過了一會兒，她問道。

「我剛剛和唯一的朋友絕交了。」

「眞的，爲什麼?是那個叫K的?」

「你還記得他，」我點點頭：「因爲他老婆討厭我，你見過她，那次在山城飯店。」

「啊!我記起來了，」她叫道：「是布瓦萬太太。眞可惜，我還挺喜歡她的。」

「親愛的，請給我二十個蘇。」她模仿道。

「她也好喜歡你呢。你小心別落在她手裡。」

她揚了揚眉毛，用吸管攪動著杯子裡的冰塊，發出輕微的碰撞聲。「然後呢?」

「之前我幫他寫完了學位論文，題目是我想出來的：《論範弗拉森如何戰勝湯瑪斯阿奎那》。」我伸出食指和拇指在空中比劃著：「這篇文章耗費了我兩個月的心血，可是我自己也不知道自己都說了些什麼。這就是我的全部成績，除此之外我什麼都沒有寫，我死以後，這就我的代表作。有機會我一定要把它印出來。你知道它妙在什麼地方麼。」

我停了一下，等待她的回答，然後接著說：「最妙的就是把兩個名字調換也不會對內容產生絲毫影響。」

「什麼學位需要寫這樣的論文?」

「不知道，到現在我也沒弄明白。」

「然後呢?你那個同事當上主任了?」

「當上了，他相當有前途。」

她笑著搖了搖頭，似乎對我的話很不以爲然。

之後是沉默。

我看著她，她的臉第一次使我感到痛苦。

「爲什麼要說這些呢。」我心想。

過了一會兒，我用手撐住血管猛烈跳動著的頭說道：「有時候，我覺得時間對於我們並不公平，直到現在我什麼都沒有做，什麼都沒有寫，我沒有做出任何有價值的事情。所有的精力都被消耗在無聊、庸俗甚至可恥的事情上了。我感到我沒有眞正地生活過。眞正的生活在哪呢？這我不知道。不過到了現在，一切都已經晚了，我的一生雖然還沒過有完，但等著我的只有一個死了。」

我吸了口氣繼續說道：「就是這麼回事。也許死的那一天還早，但畢竟就在那等著你。就像這張桌子，你坐在這不想走，可是你已經吃喝完畢，結了帳，你還能去哪呢？早晚都是要離開的。我們把自己的時間浪費掉了，就是這麼回事。」

「你想聽我的想法麼？」她說：「並不存在浪費時間的問題，就是有再多的時間也還會是這樣，特別是對於你——這麼說有點殘酷——但你應該接受。以前我們想得多美妙：可以靠畫畫、寫作養活自己，不做不喜歡的事，不理睬討厭的人。這多麼幼稚。我們想避開那些庸人，所以選擇藝術，沒想到卻掉到了庸人堆裡。我現在給人設計網頁廣告。以前我多看不起這一行。我是畫家，我應該有自己的畫室，每隔幾年辦一次畫展，我應該住在巴黎，至少是也是日內瓦。可是現實是我們沒有畫出一幅畫，沒有寫出一本書。我們算什麼藝術家。」她歎了口氣，繼續說：「然而這就是生活。哈，你看看，這語氣好像我眞的明白這兩個字的意義似的……不過說到底，一切即使從頭再來也只能如此。」

「是啊……也許只能如此。這樣想似乎就輕鬆一點了。」

「日內瓦，布瓦萬太太也喜歡日內瓦。也許這是女人的天性？」

「但是我不能接受這樣的生活。」我說：「幾天前我在馬路上看到這樣一件事：在一個十字路口，一輛轎車打算掉頭，這時一輛三輪摩托擋在它前面。兩個人爭吵起來。開摩托車的是個四十多歲的男人，他用沙啞的煙酒嗓咒罵著，使用的都是一些聞所未聞的最惡毒的詞彙。車廂裡坐著他的妻子和小孩。當時正下著雨，轎車司機被激怒了，他趟過泥水，把那個開摩托車的人從駕駛室裡拽了出來。混亂中開摩托車的人倒在地上，這時所有的人都看見了，這原來是一個半截的人——他從腹股溝以下什麼都沒有。他仰面躺在地上，兇狠地咒罵著，雨水落到他的臉上和嘴裡。他的妻子和孩子還坐在車棚裡。轎車司機愣住了，他不知道如何從這個局面裡脫身。我不能再看下去了，就逃一樣地跑開了。這些天我的腦子裡只有這件事，那個悲慘的場面隨時隨地都會在我眼前浮現出來。我不能忘記那個沒有腿的男人和他的妻子、孩子。我問自己，這是爲什麼？我爲什麼要用別人的痛苦折磨自己。我爲什麼不去過自己的生活，我爲什麼不能像別人那樣將自己作爲世界的中心，甚至全部？我想啊，想啊，終於想明白了。」

「爲什麼？」她皺起了眉頭。

「因爲人民在受苦。」

「啊，你還是這樣。」她笑了，眼角出現了細微的皺紋：「你仍舊相信人和人應該平等，世上應該有正義。這多好，也許應該這樣。是啊，你就這樣堅持吧，永遠不要改變。」

接著她認眞地看著我，用離別祝福似的語氣說道：「你啊，你多麼高尚，多麼正直，我曾經多麼迷戀你啊。你一定要這樣下去，永遠不要改變，好麼。也許時間對你是不產生效果的，也許你能永遠這樣。」

然後她掏出電話看了一下，隨後說：「好了，我該走了。」

「好吧。那麼進行最後一項。」我說。

「怎麼？」

「把手續辦了。」我把書後的借閱卡遞給他。

她看著我，眨了眨眼睛，有半分鐘的時間沒有說話，終於拿起點菜用的鉛筆在上面寫下了自己的名字和日期，接著像是猶豫了一下，把卡片還給了我。

「那就再見了。」

「再見。」我說。

我看著她沿著來時的路向門外走去，很清楚這時候如果追上去還是來得及的。

我看著她從玻璃窗外面走過。「現在也還來得及。」我想。

她乘坐扶梯下樓，在每一層停留一下：「現在還來得及。」我心想。

她的身影穿過商場的大廳，在旋轉門裡最後閃現了一下。「現在也許還來得及，」我想：「但是如果她走進外面的廣場，就能往任何一個方向去，要追上就不太可能了。」

五分鐘之後，我猜想她已經坐上了地鐵或者汽車，於是坦然地在心中說：「現在來不及了。」

與此同時，我忽然產生了一種從未有過的神聖的使命感，我無比清晰地看到了自己的未來，就像古代那些朝聖者在沙漠和荒野中看到上天爲他們指出的路一樣。

我明白了只要這個世界上還存在著奴役和壓迫，還存在著一些人對另一些人的殘酷行徑，只要公正、美好的社會制度與行爲準則還沒有被推廣到陸地和海洋的每一個角落。我就不能心安理得地追求自己的幸福。

這時晚班服務員過來收拾餐具。

「我還想再坐一會兒。」我仰著頭對她說。

「沒關係您坐您的。」

「不會耽誤你們做生意吧。」

「不會。」她說，笑了笑。

餐廳裡已經變得喧鬧起來，下班的人們正在享受週末時光。我在一張從領班那兒要來的紙上寫完了這個故事的最後一個段落。

我默默地坐著，感到生命似乎剛剛開始。

毛氈一樣又髒又硬的地毯被痰跡和飲料污染得失去了本色，這會兒在亞熱帶的溽暑中蒸發著黴味。在不用轉頭就可以縱覽無餘的那一小塊天幕上，掛著一輪扁平的淡黃色滿月。使我困惑的是：在時間的長河中，那些像此刻的我一樣凝望這亙古不變的景象的人們，需要何等的想像力才能創造出關於仙女、瓊樓、以及桂樹的美妙神話呢。

在月亮周圍，三組恒星以固定的頻率交替閃亮，形成一種難以解釋的天象，其中一顆已經嵌進了渾濁的月球，使人想起科教影片裡那種入侵細胞的長著芒刺的病毒。

剪貼畫似的棕櫚樹將枝幹伸展到離星空三四尺遠的地方，慘綠色的落滿了灰塵的葉片中間隱藏著路燈的圓形玻璃罩。

兩張漆成白色的長椅遙相呼應地擺放著，其中一張長椅上蹲坐著一個不倒翁似的沒有四肢的男人，另一張是空的。

坐在我前面的那位胖太太把燙滿了髮卷的頭枕在椅背上，張著嘴發出輕微的鼾聲。我向四下裡望去，觀眾們的臉像漂浮在霧中一樣模糊不清。

這時，穿著禮服襯衫紮著領結的樂隊開始演奏。於是在那團潮濕渾濁充滿汗味和香煙味的霧氣裡響起了淩亂的掌聲，像亞熱帶暴雨的最初一批雨點降落到乾燥的棕櫚葉上一樣。

那個穿著白色襯衫和長椅的靠背幾乎融爲一體的沒有四肢的男人，此刻抬起了碩大的腦袋，把嘴唇湊到了固定在胸前的麥克風上。

電子琴手在鍵盤上奏出一組跳躍性的和紘；一面疏於保養的鼓發出沉悶的應答，像是肺病患者克制的咳嗽聲。緊接著一支傷風的薩克斯加入合奏，用憂鬱的音色爲鍵盤幫腔，重複著他們共同的樂句。具有軍人般冷峻風度的彈簧鼓一再強調秩序和服從，強迫所有的樂器在一種儀式般的節奏中發出自己的聲音。

我認爲自己在什麼地方聽到過剛才那組和紘，就在不久以前，但究竟是在哪兒呢？我等待著，等待著……可它卻再沒有出現。

失去四肢的不倒翁一樣的男人打開他黑陶般的嗓子，晃動著碩大的腦袋，唱起一支悲傷的歌。他醇厚的男中音像釅茶一樣苦澀卻帶有甘甜的回味。

我信服地微笑著，想觀察一下這個小小的天才在觀衆中間引起的騷動。然而四周依然是渾濁而潮濕的霧氣，好像之前爲扮成仙子的舞女們釋放的乾冰氣體仍然沒有散去一樣。

我端起已經溫吞的汽水喝了一口，故意剩下一點，好留到渴得受不了的時候再一飲而盡——鋁罐子外面已經結了一層透明的小水珠，說明飲料正在變熱。

能夠痛痛快快地喝一點冷飲是多麼舒服的事，我心想。

這時我想起來了，兩天之前，在那個計程車司機帶我去的電器行裡，就在店主向我推銷電子射線槍的時候，電視裡播放的正是類似的音樂；同時螢幕上出現了這樣一幅奇異的畫面：一片白色光點組成的浩瀚無垠的星海中，一個拇指般大小穿東方服裝的女孩從黑色的背景中推出幾個巨大的像節日花車一樣的日文假名。

這個以五音調式爲基礎的三和弦組成的樂句，經常出現在西方電影和舞臺劇裡，用以烘托由戴斗笠的勞工、漢字招牌和相貌猥瑣，長著鯰魚鬍鬚的商人湊成的所謂中國場景。我對它既熟悉又厭惡。

「這個叫什麼？」我問，指著螢幕。

店鋪裡擠滿了放學的孩子，各種電子音樂響成一片，以至主人回答了兩次，我卻始終沒有聽得很眞切。

「這個好玩麼。」

「怎麼不好玩，」他看著我說，用指關節扣著櫃檯的玻璃：「從日本過來的，在日本好賣得不得了。全東南亞都流行。」

爲了使我信服他又找出一盤錄影帶，播放那個據說是遊戲藍本的動畫片。短暫的片花和前情提要說明故事發生在未來世界：駕駛F14戰機的黑眼睛勇士(他有一個羅馬字母拼成的日本名字)鍾情於穿旗袍的中國少女，同時卻爲歐羅巴人種的女軍官所愛慕。當金髮隊長率領不同膚色的戰士出發抵抗斯拉夫臉孔的外星魔鬼時，中國少女和白人軍官含淚爲各自的理由向同一個上帝禱告。從那首進行曲風格的主題歌裡我聽懂了這樣一句用英文演唱的歌詞：哦，你這永生的偉大戰艦啊！

「這個卡裡只有一個遊戲？」我問。

「對。」

「那個有多少？」

店主退出錄影帶，很愛惜似的輕輕朝磁條上吹了吹：「哪一個？那個，十五個。但是沒有這個好玩。」

「哪一個便宜一點？」

「這個。」他看著我，說道。

我不知道田田會喜歡哪一種。他說過遊戲越多越好，但似乎又說過單獨的遊戲要比合集好玩。在臨出發的時候，他費盡心思地抄寫了一份名錄，可是當天我卻把那張紙落在了酒店。

我站在櫃檯前面，突然感到有些難過，不知爲什麼，那些在周圍擠來擠去的小學生對我手裡的卡帶連看都不看一眼。

店主從一個孩子手裡收了兩角錢，將一台纏繞著電線的骯髒的遊戲機從櫃檯裡拿出來。

「你要是買電子槍，那塊卡就送給你。」他終於說。

K從太平門走進來，在我旁邊坐下。他端起汽水默不作聲地喝了好一陣，然後輕輕呼出一口氣，擦了擦額頭上的汗水。

「這人是幹什麼的？」他問。

「你說他唱得怎麼樣。」

K揚了揚眉毛，用自己那雙優美的手揉搓著臉頰和下巴上的胡茬。

「這原本是一首女人唱的歌，」我講解道：「講的是一個煙花女子爲了愛情脫離了原先的生活。」

「妓女？」

「對，妓女。也有可能是舞女或者陪酒女，她最終還是遭到拋棄，於是感歎……」

我笑了笑接著說：「這其實是古典文學中常見的題材。但是我們現在的觀眾可能………」

「這種歌是不能在晚會上唱的吧。」

「那當然了。」

這時舞臺上那個沒有四肢的男人仍然在唱著自己苦難的歌，他緊閉雙目，臉上顯出一種做作的哭喪人般的痛苦表情，使用顱腔共鳴的時候總是輕輕地搖晃腦袋。

「你還喝汽水麼？」K問：「我有點渴了。」

我招手叫男招待過來：「來一瓶汽水。」

「你不喝麼？」

我躊躇了一下。招待員正準備找零錢，聽到這話，手指停在了上衣口袋的邊上。

「那就來兩瓶。」

「他聽得懂普通話。」我對K說。

「我也發現了……哎，閩南話『男人』怎麼說？」

「zabu。」

「那女人呢……啊，是這樣。我老是把這兩個搞混。那咖啡怎麼說來著？」

「gabin。」

「gabin，gabin，gabin……」K小聲地重複著：「跟廣東話差不多嘛。」

這時不倒翁一樣的男人已經開始唱另一首歌，我沒有再爲K翻譯歌詞。他說得對，這個人不能出現在聯歡晚會上。他畸形的身體以及那種在乞討生活中養成的舞台風格，會使我們的觀衆看了難過。

突然我感到一種比剛才更加強烈的孤獨感。幾天以來，我和K一起吃飯，睡覺，跑來跑去，比平時更加親密。但是我無時無刻不感到我們之間隔著一層難以逾越的鴻溝。在這個世界上唯一一個沒有共產黨組織的地方，我們和其他人是不同的，而我和他又更是不同的。

「然而，」我想：「我們究竟爲什麼要到處尋找這樣的通俗歌手，而讓眞正的藝術家以各種各樣的理由出走——他們一旦走掉就永遠不會回來了——就像雅典的泰門把珍寶慷慨地拋擲給心懷叵測的親友們一樣呢。這是多麼殘忍，又是多麼瘋狂……」

「先生，對不住呵。」一個穿著綢襯衫，面孔像杏脯一樣皺皺巴巴的老太婆悄悄走過來，用國語對我們說：「可不可以把喝完的汽水罐送給我？」

我和K對視了一下，都感到有些詫異。

「可以，你拿去吧。」我用普通話說。

K聳了聳肩膀，把最後一口飲料喝進肚子裡。

老婆子十分得體地道了謝，熟練地控幹了鋁罐，又用幾乎不出聲音的動作把它們踩成一個圓餅，放進胳膊上挎著的手提袋裡。

接著她像一個做了椿好買賣的小販似的，高興地湊過來，伸出一個手指點著舞臺上面，說：「阿彬仔唱歌你們喜歡聽啊？」

她感激地看著我們，微笑著，黑色的似乎充滿了淤血的嘴唇張了兩次，終於說道：「我就是他的媽媽！」同時用手指碰了碰胸前的紐扣。

我們都沒有想出應該說什麼。於是，老太婆的身影像石子陷進熱柏油裡一樣消失在迷濛的霧氣中了。

「咱們什麼時候走？」K說。

「聽完這首歌吧，然後回去收拾行李。」

一想到明天就要離開這裡，我的心情突然變好了。我已經等不及要見到田田了，他現在一定在為期中考試發愁，他還不明白，無論考出什麼樣的成績，我都會一樣愛他的。回家，這是多麼好的事情啊，我們來到這兒本來想尋找唱著我們的作曲家臆想出來的思鄉曲的歌手，可是最終卻發現這裡沒有人唱那樣的歌，這是多麼殘忍，又是多麼瘋狂……

但是K與我又不同，我想，他有更遠的地方要去，因此也就更有理由急著回去。

直到今天，我還清楚地記得在音樂學院的演奏廳裡第一次見到他時的情景，當時我站在太平門邊上陰暗的過道裡，K走上台，坐下。他的第一次擊鍵就使我像遭受了電擊一般，全身肌肉都為之收緊了。

「蕭邦，蕭邦。」我喃喃自語道。

服務員們在我身後走來走去，我用手在前額上揉搓著，假裝頭疼，藉以掩飾抑制不住的眼淚。在手指的縫隙裡，舞臺上的燈光像慘白的閃電一樣盤旋著；洶湧的琶音震撼著我的神經，使我像患熱病般地顫抖起來。

我彷彿看到了那個反復出現在噩夢中的景象：在一條被亞熱帶暴雨沖刷得泥濘不堪的小路上，軍用卡車正以和步行相仿的速度掙扎前進著。突然，一串照明彈像垂死的星星一般拖著冒煙的尾巴，從高空緩慢墜向大地，沒有溫度的銀色光芒照亮了苫布下面祭壇一般堆放著各種樂器的三角鋼琴上的烤漆，並且反射進那對黑色的瞳仁。

我彷彿聽到了人們因爲憤怒和驚恐而變了調的吼叫、高爆彈尖利的呼嘯、以及各種口徑的防空炮火高低分明的爆炸聲。噴氣式攻擊機空洞的噪音聽起來就像有個瞎眼的瘋子試圖吹響一支銅號。

在極度的幸福和悲痛當中，我踉蹌著衝出演奏廳，把頭掩埋在一面絲絨的幕布裡，音錘敲擊著鋼弦，所有的聲音都變得模糊了，在最後幾個重音之後，這場血肉與鋼鐵的搏鬥中一些人的命運被最終決定了。

「革命失敗了麼！失敗了麼！」我喊道，聞見一股令人窒息的潮濕的塵土味。

當我再次回到大廳的時候，一群佩戴獎章的士兵簇擁著K，一邊鼓掌一邊爭先恐後地觸碰他那雙勻稱白皙的手，動作小心而又虔誠，像朝聖者接觸聖物一樣。另一些人張著嘴朝鋼琴掀開的頂蓋裡窺探著，對於它爲什麼可以發出聲響，謹慎地交換著意見。

我走過去抓住K的胳膊。

「您是……祖國的財富……」我說，隨即淚水奪眶而出，便再也不能出聲了。

K尷尬地笑著，掙脫了我的手，把臉轉了過去。

這讓我感覺自己像一個令人厭惡的虛情假意的官僚。

是啊，無論是我還是祖國，無論是活著的人還是死去的人，都沒有權力規定一名藝術家應該做什麼，不應該做什麼，應該去哪裡，不應該去哪裡。

我記得當她第一次問我要不要從巴黎帶些東西的時候。我的回答使她同樣令人難堪地沉默了。她那種不以爲然的取笑態度，使我覺得如果我沒有提到拉雪茲公墓和蒙馬特高地，而只是希望得到一瓶紅酒或者一本旅遊手冊，她對我的看法也許都會有所改觀。

哎，巴黎。是的，你是沒有祖國的藝術家們永遠的祖國，他們去投奔你，就像金剛鑽和寶石離開孕育了他們並且因此變得貧瘠的祖國的礦層去裝飾你的宮殿和城門一樣理所當然。

我無法阻止他們這樣做，無論他是我的妻子還是同事。

但是田田還是和我在一起的，他現在正爲期中考試而擔憂。我會教他玩新買的遊戲，我們可以想像自己眞的變成了駕駛F14戰機的黑眼睛勇士（他有一個用羅馬字母拼寫的日本名字）翱翔在浩瀚的宇宙。

啊，你這不會被摧毀的偉大戰艦呦！

這時K把我從回憶中喚醒了。「他們在說什麼？」他指著舞臺問。

兩名主持人趁著觀衆連聽了三首歌要休息一下的機會，走到前臺來，一左一右地坐在了歌手旁邊。他們一個穿著白色的燕尾服，另一個穿著藍色的西裝和白褲子，打扮得像個滑稽電影裡的小開。

那些頭髮油膩，睡眠不足的樂師們活動著酸痛的骨節，抓緊時間喝水、吐痰；剛剛扮演過鍾情少女的舞蹈演員，穿著閃閃發亮的狂歡節比基尼，帶著五顏六色的羽毛頭飾在邊幕附近擠來擠去；靠演唱語意不連貫的歌詞謀生的和音歌手們也忘記了自己的苦悶，睜大眼睛好奇地向外窺探。

眞正的明星出場了。

「他們說什麼？」K又一次問。

「這兩個人是上來插科打諢的，他們剛才問他腿是怎麼斷的，他說是在街上被卡車壓斷的，穿白衣服的說是偷人家番薯被打斷的。」

這時穿燕尾服的主持人聲情並茂地抖響了一連串包袱，觀眾爆發出一陣哄笑，就連我們前面那位胖太太也醒了過來，一邊擦拭眼屎一邊鼓掌。

我冷笑著繼續說：「那個穿藍衣服的說有一次打麻將，他去了廁所就再沒回來，原來是掉到了茅坑裡。另一個說上一次警察抓賭，所有人都跑光了，只剩了他跑不動，所以把他當成了莊家。」

K也笑了：「這些混蛋。」

「現在說的是他和他老婆……」

「他還有老婆？」

「是的，就在後臺。」

這時兩位主持人帶領觀眾們歡迎剛剛和我們搭話的老女人走上舞臺。

「咱們什麼時候走，我看夠了。」

「等他唱完吧，應該還有一首歌。」我故意說。

「看夠了麼？」我心想：「你沒有，看吧，繼續看吧，不是你要來這兒的麼？你沒看夠，看吧，好好看吧。」

穿藍西裝的主持人的麥克風發出一陣尖銳的鳴叫。老婆子幫他把噪音止住了。

舞臺上的四個人一會兒用閩南語對話，一會用國語對話。

主持人提問題，老太婆回答問題，那個沒有四肢的男人老老實實地坐在長椅上，顯出一副低眉順眼的樣子，活像家長被請談話的小學生。

「現在的觀眾都已經不認識你了。」穿燕尾服的主持人收起了嬉皮笑臉的腔調，略帶傷感地說。

「說起來這位阿媽是我們的老前輩。」另一個主持人說：「您原來……」

「我起初一直在北部作秀。」

「啊，那就難怪。您當初的藝名是？」

「Jenny Su」老太婆用標準的美式口音回答，微笑著。

穿藍西服的主持人誇張地重複了一遍她的名字，但沒有在觀眾中引起任何反應。

「你聽得懂他們說話麼？」我問。

「她說自己原來是很紅的歌星，對，對。然後那個穿白衣服的說如果有認識她的觀眾——她以前的主顧——可以演出結束到去後臺等。」

「爲什麼要搞這些？」K說。

「我也不知道，也許樂隊要多休息一會，或者主秀遲到了吧。」

「看吧，好好看吧，你可沒看夠。」我在心裡想。

「阿彬，媽媽告訴你，你唱歌的時候，要把眼睛抬起來，要看著觀衆。」老婆子最後教訓自己的兒子說。沒有四肢的不倒翁一樣的男人輕輕地點著碩大的腦袋，恭順地看著地面。

接著她又說：「你要明白眼睛是心靈之窗。」

「什麼?眼睛會生痔瘡?」穿燕尾服的主持人用不倫不類的國語插進來說。

我在觀衆的哄笑聲中扭頭問K：「你聽懂了麼?她剛才說『窗』，他故意說成『瘡』。」

「咱們什麼時候走?」

「再等會吧，現在走不太好。」

我真的感覺這是一個很有趣的噱頭，於是微笑著鼓起掌來。

「那我先走了。」K站起來向太平門走去。

「你沒看夠呢，你怎麼會夠呢，看吧。」我在心裡說。

假如讓這個人去主持我們的聯歡晚會，會是一種什麼效果呢？我心想。那些相聲演員和穿著毛料長裙的女演員們懂得如何應付這種粗野的脫口秀麼？相聲演員也許可以——從前他們不就是靠這種本事養家糊口的麼？

終於，穿燕尾服的主持人問道：「你現在要唱一首什麼歌？」

「下面給大家帶來一首，是一首閩南語的歌曲《香港之戀》。」

「香港之戀。」我小聲把歌名翻譯過來。

兩個主持人各自點起一支煙，也給了唱歌的人一支，然後一左一右地靠在長椅上吸了起來。

「Jenny Su」我默念道：「她會是一個什麼樣的藝人呢，一切都無從知曉了。我們只知道她後來生了一個兒子。這個小兒子天生就是殘廢，在街上流浪的時候又被吉普車壓斷了腿。這些都不怎麼重要，假如她現在還在唱歌，那倒是可以出現在我們的聯歡晚會上的。啊，多麼殘忍，多麼瘋狂……」我忍不住笑了起來。

穿白衣服的沒有四肢的男人演唱完第一段歌詞，開始念白，他緊閉雙目，用哭喪人那種誇張的悲戚語調念誦道：

「是啊，我們分別的那一晚也下著濛濛的細雨

四周也有茫茫的夜霧
心愛的，你講過有一天一定要帶我去香港
於是我每天就是在東港海邊望穿秋水般的等待
心愛的，我已經空等你三年了
癡情的我，癡情的我……」
他停頓了一下，然後用盡全身氣力喊道：
「就是天底下最憨的人啦——」
當最後一個字從胸腔裡噴發出來的時候，他無法自控地向前晃動了一下，幾乎從椅子上摔下來。
那個穿藍色西服的主持人下意識地伸出腿將他擋住，就像一個擅長運動的人突然看到一隻足球向自己飛過來那樣。
K有些氣急敗壞地走過來說道：「怎麼還不走。」
「怎麼？」
「我忘帶鑰匙了。」他皺著眉頭解釋道。
我趕忙站起來「那你就在酒店等我嘛。」
「得了，走吧，走吧。有什麼可聽的。」
我微笑著在煙灰缸下面壓了一張鈔票，跟在他後面向外走。
當我從即將關閉的彈簧門的縫隙最後一次向舞臺上望去時，那個沒有四肢的歌手正在歡快的串場音樂中被抬下去，耳朵上還夾著主持人給他的那支香煙。

我呼吸著潮濕清新的空氣，沿著一條黑黢黢的小巷朝酒店走去。亞熱帶的夜空中群星在肉眼望不見的地方永恆地閃爍著。

不知不覺，我又想起了那個幾天以前在電器行看過的動畫片，於是用自己的曲調哼唱到：啊，你這不會被摧毀的偉大戰艦呦！

在餐館門口，K和每一位同事道了別，他喝醉了，現在他覺得他們都是些可愛而且有趣的人，甚至爲以後再也不能見面而感到一絲惋惜。他忽然想起在自己的婚禮上，他正是懷著這樣的心情送走了那些並不太熟悉的親友，邁著輕快的步伐回到熄了燈的空蕩蕩宴會廳裡的。

他們分了手，一些人和他順路，另一些人則往相反的方向走。

「哎，明天估計要下雨了。」其中一個人說。

K抬起頭向深藍色的，幾乎看不見一顆星星的天空中望了望，覺得有些不可思議。他感到在這樣的夜晚，明天是遙遠的也許永遠不會到來的日子，至於明天的天氣，則更是極爲渺小的，幾乎不具有任何意義的事情。

這時一群散場的觀眾從街對面電影院和商場共用的通道，走到昏黃的路燈底下，其中一些穿過馬路朝他們走過來。

這些人談論的大概也是同樣的事情，K心想。他望著車站廣告欄的海報上有自己名字的地方（從這個距離他看不清那些豎排的小字，但知道大概位置）同時裝出並沒有去看的樣子。

他們走過了電影院，路燈暗下去了，在懸鈴木靜謐的陰影裡，他聽見從路旁樓房的某個單元傳出卡拉OK的樂聲，一個底氣十足，頗爲自信的男中音用自創的發聲方式唱道：「無論在何時。」「無論在何地。」接著一個尖細的女高音唱道，那聲音像是從很遠的什麼地方傳來的。然後兩位歌手按各自的聲部合唱道：「我的心會陪伴在你身旁。」

音量上巨大的優勢使男中音興奮起來，開始起勁地賣弄肺活量，在每個字上都用出全力，將同伴那可憐的氣聲壓扁碾碎，就像鍛造機在捶打一枚別針。

現在只剩下K一個人了，他仰起頭望著高處那些亮燈的窗口，想弄清楚聲音是從哪兒傳出來的。

雨天

K醒過來的時候，正夢見一塊插滿了鮮花的墨綠色花泥。玫瑰那長著三角形硬刺的枝條同樣也是墨綠色的，像鵝毛筆一樣尖，刺進花泥時發出一種令人滿足的摩擦聲，並且留下一個無法彌補的圓孔；紅色的花苞用尼龍網束住，不知爲什麼讓他聯想起生物課的解剖掛圖上切開的子宮。浸過水的人造海綿像堅實的積雪，那種寒冷潮濕的感覺使人很不舒服。他一動不動地蜷縮著，同時聽著另一間臥室裡的動靜。

嘟嘟已經起床了，他心想，把臉在枕頭上貼得更舒服一點。

「媽媽，爸爸呢？」

「爸爸睡懶覺呢。」

「睡懶覺是什麼呀，睡懶覺。」

「那你去找爸爸好不好。」

嘟嘟總喜歡在句子末尾將自己認爲重要的東西重複一遍，K聽見他說話，閉著眼睛笑了。

接著他聽見穿著襪子的小腳掌在地板上發出的聲音。

「爸爸。」嘟嘟從門口探進頭來。

K假裝沒有聽見，瞇縫著眼睛看著兒子吃力地爬上和他差不多高的床，像一頭小象似的朝自己爬過來。

「爸爸，起床吧。快起床吧。」

「啊，你是誰？」K喊道：「我抓住你啦！」抱住兒子，用嘴唇在他有香味的胸口和胖臉蛋上摩擦著。

嘟嘟笑得上氣不接下氣，笨拙地揮動著柔軟的小手掌喊道：「別親我，你別親我。」

「能出去玩麼，爸爸。」過了一會，他問道。

「可是現在下雨呢。」

「我想出去玩，現在就想。」

「那咱們問問媽媽好不好？」

「我現在就想去，」嘟嘟顯出了要哭的表情：「現在就想去，爸爸。」

K立刻坐起來，用腳在床邊尋找著拖鞋：「那咱們不能玩時間太長好麼，不然該生病了。」

「就玩一分鐘。」嘟嘟舉起一個手指，認眞地說。

他們在那個爬滿紫藤的門廊底下撐開了傘，手拉手地走進院子。K原本以爲會遇到其他小朋友，沒想到只有他們兩個人，這讓他感到很踏實。

綠地中間的小花園裡非常安靜，就像人類誕生之前一樣安靜，雨點打在傘上和接骨木生機盎然的枝條上，發出輕微的沙沙聲；嘟嘟一邊走一邊故意跺腳，把拖鞋都弄濕了。

一朵暗紅色的月季兀立在水泥砌成的小花壇裡，周圍是已經開始腐爛的美人蕉的闊葉。槐樹和椿樹在九月的頭一個禮拜裡已經變黃的葉子這時候吸足了水，一片接一片地飄落下來，黏在黑色的泥土上。

在一個水坑裡，嘟嘟發現了一隻垂死的蜻蜓——它仰面朝天地漂浮在沉澱了一整夜變得十分清澈的積水裡，不時轉動一下碩大的腦袋，使倒映在水中的那一小塊天空震顫起來。

嘟嘟蹲在水坑邊上，出神地觀察著。K舉著雨傘站在旁邊。濕潤涼爽的空氣使人困意全無。K打量著兩邊的樓房，目光在每一個窗口停留一下，想看看是否有人在注意他們倆，同時在上衣口袋裡發現了一包餅乾。

「這個蟲子是什麼呀？這個蟲子。」

「這是蜻蜓。」

「能摸麼？」

「能啊。」

嘟嘟想了想說：「那，你摸他吧。」

K笑了：「咱們去餵小魚好不好？嘟嘟。」

「好吧。」

他們沿著柏油路向外走，一路上沒有遇到任何人。整個住宅區就像睡美人的城堡一樣寂靜。道路兩旁，汽車一輛挨一輛整整齊齊地停在白線裡，被雨水沖洗得光亮如新。

嘟嘟可以叫出每種車的牌子：大衆、賓士、奧迪、雪弗蘭、寶馬、然後又是賓士……

K像往常一樣在心裡盤算著：如果把這些車像廢品一樣處理掉，可以得到多少錢，這些錢又夠自己生活多久。

他們在池塘邊上把餅乾掰碎了拋向黑綠色的水面，等待魚群浮上來。水已經淹沒了他們常坐的那一層臺階，幾乎要漫到平臺上面了。

「咱們去看大提琴吧，嘟嘟。」他們往回走的時候，K說。

「好吧，再玩八分鐘。」

「八分鐘是多長時間？」

「就是八分鐘。」嘟嘟一字一頓地回答。

此時，環繞一層庭院的那條便道已經積了水，他們就站在路肩上向那戶人家張望。K以前散步的時候總期望碰到主人練琴，他從未親眼見過大提琴是如何演奏的。

這一次他看見了落地窗後面那架熟悉的棕色提琴，旁邊還有的黑色的、白色的、原木色甚至天藍色的提琴。

「這麼說他是賣樂器的。」K心想：「可是，難道說……」

「爸爸，你看，你快看！」嘟嘟忽然喊道。

K順著兒子手指的方向在腳下的水窪裡發現了幾條像新鮮牛肉一樣紅潤的蚯蚓。這些沒有視力和觸覺的小生物努力延展著身體，互相糾纏、阻擋、傾軋，在排水管噴吐出的有浮沫的雨水裡掙扎著，無望地尋找著熟悉的土地，同時隨著不斷高漲的水位，慢慢被沖向路邊的陰溝。

一個穿碎花睡衣的女人從窗戶後面看了看他們，打了個哈欠，將窗簾拉嚴了。

「我比較喜歡這個故事。」他以行家的口吻評論道，用指關節叩著我早晨才列印好的分集大綱：「好像眞沒有人拍過類似的劇，那個叫什麼來著，從韓國翻拍的……誘惑的——」

「妻子的誘惑。」我說

「啊，對了！但是感覺還不太一樣。她是爲自己報仇，你這個是爲了朋友。就好像《基督山伯爵》和……」

「和什麼呢。」他從沙發裡站起來，走到窗子旁邊，瞇縫起眼睛思索著。

「你吃早飯了麼？」我問。

「不用管我，」他接過我妻子遞過來的茶杯，說：「多謝，多謝，我一會兒就走，不用準備飯。」

「根本就沒準備。」她笑著回答。

「我是說我光吃菜就可以。然後給我買點巧克力，不然我暈倒在你們家。」

「那我給你叫救護車。」她一邊往外走一邊說。

他微笑著從房間的一頭踱到另一頭，觀察著建築結構和裝潢，然後把茶杯放在書架上，拿起那柄鍍金的裁紙刀看了看。

「還是你有眼光，」他說，歎了口氣：「你們家這兒的房子現在多少錢？嗯，値了。多好啊。」

「等那邊的樓也蓋起來，就更値錢了。」他指著牆角說。

接下來是一陣短暫的沉默。

「我最近開始寫一篇小說了，」我說：「就是我給你講過的那個。」

「關於婚外戀的？我知道。」他故意大聲地說。

「是的，是的，這不是什麼秘密。你聽我說，我重新安排了一下人物：女主人公的丈夫是個商人——自稱白手起家的那種。她們有一個小女兒，長得像父親。」

「眞造孽！」他說。

「是的。男主人公是商人的朋友。他既可以是好朋友，也可以是好情夫——仇恨讓他同時扮演這兩個角色，而且那女人越是愛他，他的恨就越強烈。他把這兩個人攥在手心裡玩弄，挑動他們互相猜疑，互相折磨，最終同歸於盡。」

「奧賽羅……」

「對，就是這樣一個故事，但背景放到了二十一世紀——管他呢。我原來打算把第一幕放在客廳裡，但昨天我突然想到可以把它安排在動物園，北京動物園。」

「啊！這是個好想法。那兒有公羊和母羊。他可以心裡說：『好一塊羊肉，居然落到狗嘴裡。』」

「你聽我說——那是你的角色，不是我的。」我笑著打斷他的表演：「那是他們第一次約會。我們都在動物園裡約會過，對不對？保姆帶著孩子遠遠躲開了。他們就像眞正的夫婦或者情侶那樣……自然的景色、犯罪的預謀、情欲、溫存……野獸、牢籠，一切一切都充滿暗示和隱喻。在五光十色的節日人群裡他們回顧了自己的童年和逝去的青春，澄澈高遠的天空下面，碧綠的河上，一隻天鵝孤獨地鳴叫著……」

我洋洋自得地對著他的背影講述著這些幾個小時之前才獲得的靈感。

「我喜歡這個創意，眞的。」他用受了感動的語氣說，然後轉過身來，不知什麼時候戴上了那個我在廟會上買的有鬍子的假面具。

「你可以改編成劇本。」他說。

「對，但是首先我得寫完它。一定要開好頭——這是最難的部分，後面就容易多了。這一點我現在深有體會。你前兩天發給我的那個「大師的開頭」的文案你還記得麼？那裡面也是參差不齊，有些人根本算不得作家——那個什麼米切爾完全是家庭婦女的水準。最好的還得說是《堂吉訶德》的開頭，那是是世界上最完美的小說開頭。」

我清了清嗓子，引用到：「在拉曼查地區，前不久住著一位紳士。他那類貴族通常都有一支長矛……」

「你能不能把那個摘了，」我說：「那是我兒子的。」

「他常吃牛肉而不是羊肉。」

「因爲羊肉，人們都說：『好一塊羊肉，倒落在狗嘴裡了。』」

「不管怎麼說，沒有比這更流暢更自然的寫法了。」

「是啊，不過那是古典風格，」他把面具摘下來，放在身旁的沙發上：「文學也在進步嘛。」

「不，我知道你要說什麼。」我舉起一隻手，打斷他的話頭：「千萬別跟我提那個什麼什麼上校和冰塊。我認爲那麼寫並不高明，也許很有趣，但並不高明。不過在我們這兒，出版了一千次的東西其實和孤本沒什麼兩樣。誰要是在自己冗長的三卷本著作的開頭模仿這句話，誰就可以獲得國家文學獎。請問我們在哪兒？我們是文明人麼？有時候我感覺咱們這個地方比馬奎斯的小村子更靠近亞馬遜的源頭，我們所知道的文學和藝術就是不定期來訪的流浪藝人所講述的《羅蘭之歌》和《哈利波特》——我們願意相信這兩種作品是上下部的關係，並且全都出自他的手筆。」

「不過，這也並不矛盾，」過了一會兒我接著說：「騎士和魔法師本來就屬於同一個世界。」

他做了一個不置可否的表情，伸開了兩腿，將手疊放在肚子上面。

「總而言之，」他說，將拇指互相環繞轉動著：「還是要提防摩爾人吶。黑公羊小母羊，哈哈，這就又繞到了羊肉……」

「怎麼了，想吃羊肉了。」我妻子走進來，說：「那今天的飯不合你的口味了。」

於是我們站起來，一起向餐廳走去。

「不過我有點不太明白。」他說：「那個男的殺了女主角的朋友，然後女主角爲了報仇就嫁給了他，對麼？」

「什麼？啊，是這樣的。」我意識到他說的是劇本的情節。

「那他爲什麼非跟他結婚呢？直接弄死他不就完了。還有，那個男的給她喝了一種藥，僞裝成自殺，然後那個女的又反給他下了藥，自己吃了另一種藥。那到底是什麼藥呢？」

「誰管他，」我笑著說：「你坐這兒，想喝什麼？我們只有可樂。孩子在家的時候我們基本上不做飯。」

「那我喝水。可是還是應該給觀眾交代清楚。」

「我覺得沒人在意這個。」

「我覺得有人會在意。」

「看電視劇的人不會在意。」

「我就會在意。」我妻子說。

打掃完房間之後，你坐下來嘗試在嘟嘟散步回來之前寫幾行什麼。你的手在水裡泡得發白，有一股洗滌劑味兒，並且不太聽使喚。你把它們放在褲子兩側摩擦著，同時望著面前那摞差不多一元硬幣厚的白紙。

「我知道他們應該談論些什麼，應該看到些什麼。」你心想：「我知道所有的東西，我嘗過他們盤子裡的麵包，我喝過他們杯子裡的酒。我甚至能夠看見他們看到的人和景色，聽到他們聽到的聲音；整個的故事就像卷好的電影膠片一樣儲存在我的腦海裡，隨時可以拿出來放映。然而一旦我試圖去用文學語言描繪它，立刻就會發現這是一件無法完成的工作。」

「也許我應該用格子紙，那樣事情大概就會變得稍微簡單一點了。但我還是喜歡白紙。但我已經連續好幾天沒有寫過一個字了……」

這時你聽到電梯的聲音，於是站起來朝門口走去，與此同時意識到當你還是個小學生，每當星期日的下午，在父親的看管下練習算術題的時候，就總盼望著有這樣的機會去開門；你還記得有一次門外站著三個水管工人，他們修理熱水器的時候，你站在旁邊遞工具，那天下午你再也沒有回到書桌旁邊去。

然而外面沒有人。你握著門把手聽了一會兒。你聽見一個快遞員在一樓的過廳裡跺腳、拍打雨衣、咳嗽，然後走進了電梯裡。他給了你一個包裹，裡面是一套電視連續劇，在包裝盒上用油性筆寫著你的名字。

你把盒子拆得亂七八糟的，隨手扔在了餐桌上。

你用額頭貼著冰冷的大門。

「我什麼也沒有寫，什麼都沒寫。」你心想：「假如我能有些帶格子的稿紙，事情就會變得簡單一點了。等雨停了，就去買一些格子紙，這樣我就可以開始工作了。」

你這麼想著，慢慢地感覺心裡有了著落。

在一堆鞋和雨傘後面，你找到一個帶窟窿的木頭盒子。你想起那天妻子對你說想養點動物，隨便什麼動物都行。

「哪怕是一隻鳥，一隻倉鼠都行，我想有個東西跟咱們作伴，要不我總感覺住在與世隔絕的地方。」她說。

於是你就做了這個像小房子一樣的東西。

你把盒子綁在百葉窗外面，又弄了些米和豆子撒在窗臺上，靜靜地觀察了一會兒，然後躲到了一個你認爲不會被看到的地方，借助玻璃的反光繼續盯著那個供小鳥出入的圓孔。

薄木板在雨水裡漸漸變成了深褐色。沒有一隻鳥希望住在裡面。

動物園

在河邊的那條小路上，K費了好大的力氣才把折疊童車打開，急得幾乎要發起脾氣來。

「爸爸是個笨蛋，對不對？嘟嘟。」

「我老是忘了應該按哪兒。」K解釋道，關上後備箱。

「我把鑰匙給你了麼？」他忽然抬起頭來，問道。

「給了。」

「好的，走吧。」

「爸爸是笨蛋。」嘟嘟快活地說。

這個時候垂釣的人們仍然一動不動地坐在河岸上，他們當中的一些人總要等到第一艘平底遊船從河道拐彎的地方露出頭來，才戀戀不捨地開始收拾東西。

「你說在這兒能釣到魚麼？」

「你每次都問我，我怎麼知道。」

沒有打領帶的檢票員從鐵柵欄旁邊的門房裡出來看了看他們，又目送他們走上了那條穿過綠地和人工湖的林蔭道。

一頭長著黝黑犄角的羚牛在濃蔭覆蓋的獸舍上徘徊著，脖頸下面淡黃色的長毛在陽光照射下像汽燈紗網一樣燃燒起來。

在小說裡，他們就是在這兒見面的，K心想。她坐在長滿了青草的山包後面兩株海棠之間的那條長椅上，看到他走近了，就摘掉墨鏡，顯出一種坦然的，甚至略帶一絲意外的神情。她的女兒正在和保姆一起用切成長條的胡蘿蔔吸引遠處的公牛。那個上了些年紀的，臉頰通紅的女人穿著她那件緊身的絲絨上衣，一直沒有抬起頭來。

他走過去坐下，詢問似地看著她們。

「這是我姐姐。」她小聲說。

「是親姐妹麼？」

他的話把兩個女人都逗笑了。

「你倆就當我不存在啊。」保姆看著腳下的方磚地，說道，隨即將船型的嬰兒車推走了：「寶寶，咱們去看看小鹿好不好？嗯？那你想看什麼呀？大象啊……」

他望著小女孩那毛髮稀疏的扁平的後腦勺，感到一陣噁心，仿佛那並不是一個嬰兒，而是科幻電影裡那種出於邪惡目的被製造出來的，人獸雜交的怪物一樣。事實上他每次把她的丈夫和女兒放在一起比較的時候——通常是在她家的客廳或者兒童房裡——總是能夠發現一些驚人的相似之處；她的翻鼻孔的獅子鼻，眼瞼肥厚的冷漠的小眼睛，以及對保姆說話時那種可笑的矜持姿態都讓他感到有一個中年商人的靈魂住在這個小小的軀體裡面。他甚至認為可以把這個小東西看作是從她的丈夫身上分裂出來的一個苞芽。

「他們就是這樣繁殖後代的，」有一天他這麼告訴自己：「吃最好的食物，住最貴的房子，把最美的女人攫為己有，像水蛭一樣不知疲倦地自我複製，以便使自己醜陋的子孫佈滿地球……」

他的胳膊像捕獵的蛇一樣悄無聲息地伸向她的後背和肩膀。他擅長這樣接近並且控制一個女人。

短暫的抗拒之後，她開始放任他吻自己，同時用能活動的一隻手在長凳的邊緣摸索著，仿佛要為身體找一個支點似的。

憑藉餘光他知道屋頂上那頭金色的公牛正長大濕潤的鼻孔困惑地注視他們，兩肋隨著心跳在有節奏的地顫動著。

K他們給各種四蹄動物餵過菜葉之後，繼續向動物園的腹地走去。陽光從樹冠的間隙照射下來，就像一把打開了的褪色的綢扇子。

灰喜鵲那老式打字機般的叫聲回蕩在清晨的水汽裡，與高大的鐵籠中此起彼伏的猿啼相呼應，仿佛有一名書記員在記錄著一篇重複了無數次的慘痛的自白。

他們在樹林中間玩了一會兒，照了幾張照片，然後開始吃早飯。K顯得心不在焉，例行公事般地把各種香腸和麵包送到嘴裡。

從他們坐的地方可以望見獅虎山那窯洞似的入口。K忽然意識到可以讓他在那些老虎和獅子中間，在那個他曾經留心觀察過的，被遊人蹭得溜光的噴水池旁邊發表一番獨白。讓他告訴讀者：當一千年後的人們站在這座苑囿的廢墟上的時候，將把我們想像成一群外強中乾，永遠被恐懼和欲望折磨著的不幸的病人，喜歡在音樂的伴奏下，一邊暴飲暴食，一邊欣賞猛獸和奴隸互相殘殺，流著血痛苦地死去。殘存的壁畫和雕塑會被他們的歷史學家作爲佐證，論述我們如何期望通過祭祀和崇拜食肉動物而獲得生存的能量和信心。

這個時候，遊客多了起來，有些人特意到獅虎山前面的小廣場上合影，用灰色的假山和紅色的行書大字做背景。

「我小時候也在這兒照過相。」K說，此前他一直沉浸在自己的世界裡，只用最簡單的詞彙與妻子和兒子交談。他害怕他們會生氣，因此主動找了個話題。

「就是你不穿內褲那張照片？」妻子說。

「閉嘴，我那會還小呢。」

「爸爸，不穿內褲。爸爸。」嘟嘟咯咯地笑起來，重複道。

「那時候我爸老是帶我從正門進來，我們先看各種鳥，再看猴子，再看熊貓。然後順著這條路，」他指著那座遊人川流不息的小橋，說：「到這邊來看大老虎。你記得長尾雞的籠子旁邊有個過道麼？過道和柱子之間有一條很窄的縫，我老爹告訴我那裡面藏著一個喜鵲窩。這個秘密只有我們兩個人知道。後來每次走到那兒的時候，我都要看上好一會。」

「眞的？」

方。」

「對。」

「前兩年我才真的看見了一次：一隻小鳥從外面飛來，一低頭就鑽到那裡面去了。」

接下來是沉默，K一邊擺弄相機一邊看著妻子給嘟嘟餵飯。

「他跟我說柵欄上那塊油漆就是讓喜鵲蹭髒的。我看呀看呀……就一直盯著那塊黑糊糊的地方。」

「你看，也就是說我們不知道什麼時候就會進到別人的照片裡。你看這個男的，多可笑。」

「嘟嘟你還想不想看大鱷魚？」過了一會，K忽然說。

「想看。」

「那爸爸帶你去。」

「給他多喝點水。」

「好的，咱們再給媽媽帶一條大蛇回來好不好。」

「好的。」孩子開心地回答。

在那個潮濕悶熱永遠有一股樟腦味的爬行動物館裡。K讓兒子騎在自己的肩膀上從一個一個的櫥窗前面走過，攥著他的腳腕，感覺他柔軟的小手在自己的頭髮上撫摩著。他瞇縫起眼睛努力在昏暗的光線底下辨認每種動物的名字，遇到看不清的就瞎編一個。

在那個貫穿整個展館的玻璃天井前面，人們在兩層樓高的假樹的枝幹上，以及點綴在四周的各種熱帶植物和岩石中間尋找著蛇的蹤跡。

這個人工模擬的熱帶雨林的一角，和那面裝飾鱷魚池的描繪著海鷗、浪花和藍天的馬賽克牆，以及這座殘留著二十世紀八零年代裝飾風格的公共建築，甚至整個動物園本身，都代表了我們對那個永遠也不可能重現的天堂時代的懷念。在那個時候，蛇的祖先和它那些已經滅絕了的可怕親屬就是這樣搜尋生活在樹上的人類的。

K看見在棕櫚葉的遮擋下，他們互相依偎著靠在鐵管扶手上，像那些可以在任何地方消磨掉一整天時光的情侶一樣喃喃低語。

「這個地方對我有一種魔力，我小的時候曾經覺得這裡就是世界的心臟，你知道麼？」他說，用食指的關節在她的臉頰和下巴上滑動著。

「你害怕蛇麼？」

「我麼？」她回過頭去朝裡面望了望：「我看不見它們。我更害怕蟑螂。」

「是啊，有些人害怕蛇，有些人害怕狗，不同的人害怕不同的動物，但所有的動物都害怕人。你知道麼，蛇其實也有很多美德，你笑什麼？這是真的。你看，它總是那麼冷靜、沉著，你可以把它扔進火裡，把他凍成冰，把他剁成幾段，用盡辦法折磨他，消滅他。你會看到他能默默地忍受所有的痛苦，沒有呻吟，沒有眼淚，甚至連眼睛都不眨一下——人可以做到麼？」

「航空公司可是喜歡這樣的乘客。」

「什麼？我不覺得。」她微笑著說，又朝身後看了看。

「而且，它只服從自己本性，任何法律都對它不起作用，無論那法律是上帝制定的還是人制定的。」

「如果它決定咬死醒來之後看到的第一個人，就絕不管那個人之前是否溫暖了自己。」他把頭伏在她的胸前，低聲說。

「我給你講過那個故事麼？」

「哪個故事？」

他抬起頭來看著她，說道：「從前在一個動物園裡，一條蟒蛇很喜歡飼養員，可是有一天飼養員不見了，蛇於是就再也不吃東西了，每天一動不動地呆著。人們都覺得它大概會死掉，於是急於找一個新的飼養員。」

「不，別說了。」她顫抖了一下，想從欄杆上起身。

「你看見它了麼，就在哪兒。」他指著她身後，說：「你聽我說完，你猜到結果了麼。對，直到兩三個月之後，那條蛇忽然又開始活動了，像什麼事都沒有一樣。其實是飼養員的妻子把他打死了，然後開車帶到這兒……她嫉妒他們倆。」

「我想說如果你想擺脫一個人，擺脫一段記憶，那麼就把他交給一條大蛇。獅子只會把人咬死，鱷魚把人撕碎，而蛇更有教養，它不會弄出聲音，也不會留痕跡。」

「而且如果是個小孩，那就更容易。對了，你覺得你女兒像你還是像他？我每次看見她的時候都懷疑你是不是做過整容手術。就像……」

忽然，她將右臂掙脫出來，打了他一個耳光。

幾乎在挨打的同時，他毫不猶豫地用之前撫摸她臉頰的手打了回去，第一下從她下頜上擦了過去，第二下被她躲開，撞在了欄杆上，接著冒著被咬斷舌頭的危險把她按在欄杆上吻著，直到感覺她不再掙扎爲止。

曾經有一瞬間他想要殺死她，但現在不這樣想了。他從餘光裡看見保姆正在從靠近蜥蜴標本的樓梯走上來。

她們看見了，他心想，回味著嘴裡血和眼淚的鹹味。

K一口氣把睡著的兒子抱回小車裡，然後坐下來舒舒服服地把剩下的食物吃了個精光。他們已經可以回家了。而他和她——小說的主人公此時仍然遊蕩在垂柳庇蔭的湖岸上，從競相給水鳥投食的人們中間穿過。她握著他指甲紺紫的右手的中指和無名指，放在自己的口袋裡，絕望而又溫柔地一直重複著那個關於「一切可以重來」的幻想。

他懷著厭惡的心情默默地聽著。

「如果眞能那樣的話，」他說，用另外一隻手撥開黏在領子上的閃光的蜘蛛絲：「你猜怎麼著？那我早上就多吃一個煎餅。」

談話

出乎你預料的是：當掛鐘的指針一點一點從數字七上面經過的時候，你居然又不受打擾地閉著眼睛躺了很久，直到不安和好奇驅使你光著腳避開地板上的玩具和圖畫書朝另一間臥室走去。

在臥室門口你看見兒子仍然在睡覺，妻子用手勢叫你走開。

你洗漱完畢，想弄點咖啡喝，一連試了兩次，卻只得到了一杯滾燙的褐色的水。

這時妻子又把你從廚房裡趕了出去。

你心情振奮地坐到寫字臺前面，從抽屜裡拿出那疊已經有些發黃的圖畫紙，然後暗地裡向那位面貌模糊也許根本不存在的神明祈禱了一下，準備開始工作。你就像一個在無魚可捕的湖裡撒網的漁夫一樣，寄希望於某些超自然的力量已經在你熟睡的時候將需要的東西準備好了。張開嘴呼吸的時候，你能感覺到牙齦和舌頭上清涼的薄荷味。這樣的早晨對於一個必須要寫出些什麼的人來說還不算太壞。

在一開始——你心裡想——應該讓讀者明白這是一間既豪華又俗氣的房子，三個人吃完了晚飯，或者在外面吃了飯回到這裡，他們開始談話，可是你不知道他們應該談些什麼；也許應該從描繪建築外觀和室內裝潢開始，就像巴爾紮克喜歡做的那樣，然而你盡可以像他那樣在不動產上做足文章，卻沒有辦法找到利用這些產業的人，我們缺乏的是人物，對，這就是問題，你想。

「雨還沒停呢。」你對端咖啡進來的妻子說。

「是啊，我昨天一夜都沒怎麼睡。」

「嘟嘟還睡著呢？」

「可不是，他可瘋夠了。」她把手搭在你肩膀上：「你餓麼？」

「我不餓。你把我那杯水倒了麼？那個漏壺看著挺簡單可我怎麼都弄不好。」

「這得感謝我原來的老闆，」她在椅子上坐下，拿起上個星期天擱下的十字繡，說：「我給他沖了足足兩年咖啡。他有一個特別高級的咖啡機，可以攪拌，加奶。現在看他的品味還挺不錯。」

「剩下的渣滓怎麼辦？倒掉？」

「你要是抽煙的話，可以墊煙灰缸。」

你把空白稿紙推到一邊，回過頭看著她刺繡。

你們的樓房像是被神話中的巨人背來放在這荒郊野外的，窗戶外面目力所及的範圍裡，工廠和倉庫以及居住區的遺跡暴露在瘋長的雜草和灌木中間。在一塊殘留著瓷磚的水泥地上，停著一輛鏽跡斑斑幾乎只剩下空殼的麵包車。一切可以利用的東西都已經被拆走或者毀掉了，就連原先庭院中的棗樹和槐樹也被連根拔起鋸成了原木，而樹葉和枝條卻仍舊是綠的，還來不及枯萎。

你每次眺望那輛麵包車的時候，總會想起小時候看過的一本描寫荒島冒險的書：裡面最精彩的情節就是主人公利用報廢汽車改造的木筏重返文明世界。直到現在這都是你最喜歡的故事，每當你什麼也寫不出來的時候，就走到窗前在與之相關的幻想裡尋求逃避。

咖啡裡沒有加太多的奶粉，但很合你的口味。

「我現在覺得小時候的事情都挺有意思的，有時候事情本身倒沒什麼，但是，你明白我的意思麼？可是你偏偏能記得它，這很奇怪。」

你要說的是：有一年暑假——那會兒你大概是三年級——一天下午你坐公車回家。汽車走在一條很窄的柏油路上，路兩旁是又高又粗的黑楊。陽光照得樹葉上，車窗玻璃上，地板上到處都閃閃發亮。從車窗吹進來的熱風讓人昏昏欲睡。就在這個時候，你忽然產生了一個念頭：要一直記住這一刻，直到長大。從那時到現在眞是挺長的一段時間，但是當時你就預感到，這個願望一定能夠實現。你會經常像今天這樣以一種勝利者的姿態，或者不妨說是以到達了目的地的朝聖者的心態來回憶那一刻。你花了二十年的時間實現這個願望。事實證明你的預感是對的。」

你給妻子講了這個故事。

「你的願望都這麼無聊麼。」她說：「你小時候是不是特別孤僻？」

「孤僻麼？倒也沒有。只不過那時候我很想做成點事情，卻又總是做不成，我都覺得我可能活不到現在。」

「行吧，奇怪的小朋友。那你除了故意記住一件事之外還記得小時候的什麼事兒？」

「然後就是在雨裡撈西瓜那件事兒了。」你望著荒草中間那麵包車的空殼，說。

你當然知道你記得的事情不止這麼多，可是你不願意再多說了。

野餐

第二天早晨，雨終於停了，我們一家人決定去公園野營。中午的時候，我從車裡搬出爐子，在一個護林員找不到的地方開始生火。我的妻子和兒子一起把串好的羊肉和各種調料碼在一張小折疊桌上。那桌子是剛結婚的時候我們一起買的，為的是能在床上看書或者寫作。我按照經驗把敲碎的炭塊在灰燼上堆成金字塔型，然後點著了露在外面的引火棒的一角。

先是藍色然後是橙色的火苗，包裹住了海冰一般白中透藍的酒精塊，使它也像冰一樣地開始融化。木炭在雨裡受了潮，不時發出劈啪的爆裂聲並且冒出白煙。

每次這樣點火的時候我都會想起我的編輯講過的那個用打火機燒咖啡的典故。我不知道美國人是否眞的幹過那樣的事，我認為這大概是他為自己一直不能戒煙所找的並不合適的藉口。昨天通電話的時候，他忽然告訴我他以後再也不能吃肉了，不僅是畜肉還包括所有的海鮮，然後就開始咒罵使其陷入如此悲慘境地的現代醫療檢測。

跟他通完話我就到廚房告訴妻子，我們應該好好吃一次燒烤了。

這個時候，我的妻子在遠處的草地上和嘟嘟一起玩耍，保證他不會靠近炭火，直到我招呼他們過來為止。

現在我唯一擔心的就是炭可能有些少，不夠烤完所有的肉。然而我馬上想到後備箱裡還放著那個我從雜物堆裡找出來的小鳥巢——在最壞的情況下可以用它作燃料。

第三天

「把你的體檢報告給我看看。」他說，在我旁邊坐下。

我一言不發地把報告遞給了他。

「你的尿酸居然不高，爲什麼？」看過之後他似乎很沮喪地說：「可是我呢，我節食了半年了。還是那個鬼樣。」

「但你吃得很健康。」

「去他媽的吧。」

這時原先坐在我旁邊的那個發行助理從廁所回來了，站在我們背後喘著粗氣，呼出一股發酵食物的酸味。

「請問，這是六號桌嗎？」

「那邊。」我的編輯說。

發行人很有風度地道歉之後，踉蹌著走開了。

「我恨醫院，」他用拳頭輕輕地錘著桌子，說：「我恨體檢，我恨嘌呤，你知道什麼是嘌呤麼？我跟我老婆說，這都是醫生瞎編的，就是爲了不讓我吃肉。」

「我給她講生物學——牛有四個胃所以吃草，而人只有一個胃，所以必須吃肉。」

「我的那個小說你還記得麼？」我說。

「我他媽想吃涮羊肉，」他繼續說，皺著眉看著桌子上的殘羹剩菜：「只有和尚跟性無能才吃素呢。什麼小說？你寫的？」

「是的，我就是告訴你我最近什麼都沒寫。我現在的情況是，什麼，什麼，什麼都寫不出來。」

「誰說的，劇本不算麼。」

「那都是垃圾，而且那也不是我寫的，我抄來的。」

「抄誰的？」

「不同的人，從一個網站上，」我一五一十地說，我看出他有點緊張了：「那上面的人都夢想著成爲第二個歐亨利，能給《故事會》寫稿。有一個女的像下蛋一樣一天弄一篇這種東西，我有好幾集都是用的她的故事。」

「有名麼？」

「沒有。」

「那就沒關係了。」他舉起雙手做了個祈禱的姿勢，說。

「問題是我一開始就知道那是胡說八道。」

「我覺得挺好。」

「可是，」我說，因爲覺得滑稽就笑了：「你記得那一集麼，女一說：『我給你吃的是一種不會被查出來的，無色無味的毒藥』現實中沒有人這麼說話。而且我知道那種藥根本就不存在，那個男的和那個女的，還有他們的什麼好朋友都是假的，跟紙糊的一樣。」

「我是騙子。」我補充說。

「我還是覺得挺好。」他說。

接下來我們便沉默了。

此時宴會進行到了高潮部分，公司的年輕員工們來到大廳中央，在《小蘋果》的音樂聲中開始跳舞，領頭的是老闆的司機和保鏢。

「你看沒看過《穆斯林之死》？」K忽然靠近我，說。

「看過，看到第二頁了。」

「我告訴你，那本書從頭到尾都是扯淡，從頭到尾。」他說：「老楊想把它拍成電視劇，所以我仔仔細細地看過一遍，看得我想把書撕碎了塞她嘴裡，再給丫一腳。可是，我現在卻總能想起裡面的一個情節：男主角一個人在東來順吃涮羊肉，怎麼涮，怎麼蘸料，怎麼吃……我一遍一遍地回味那一段，眞好……並不是說寫得好，我是說肉好。」

「我的意思是，你懂麼？人們爲什麼要看電視？他們愛看什麼？如果一切都跟實際一樣那就不叫電視劇了。管他有沒有呢。」

「也許吧。」我說。

我的編輯點了點頭，繼續說道：「你首先要考慮的是老闆覺得行不行——他覺得什麼行呢？那就是《穆斯林之死》。他還寫信跟人家要過照片呢。」

「眞的？」

「當然了，那時候他還上大學呢。結果鬱悶了好幾天。」

「她如果寫一個羊肉鋪子的故事，」我笑著說：「可能好一點。」

「摩爾人的黑公羊。」他用舞臺腔調咬牙切齒地說，眼珠都凸出來了。

「你看他那個瞎樣兒。」我的編輯朝老闆那邊揚了揚下巴。

後者此時正在把一張獎券湊到鼻子上努力地辨認著。主持人站在旁邊滿懷喜悅地等待他念出那上面的數字。跳舞的人們把他們圍在中間。

「就這樣了還喝呢，你指望他知道什麼是好什麼是賴麼？他拿鼻子給你聞去？」

我剛要說話，就被他用手勢攔住了。

「你中過獎麼？」他說，把手裡的獎券扔到桌子上。

「也許中過吧，我沒有印象了，我唯一記得的一次——號碼是多少——哦，那不是我。」

「我唯一記得的一次，」我繼續說，因爲良心得到了解脫而激動不已，幾乎無法自控：「是在我小的時候，那時候我們家住在郊區。離我們家不遠有一條公路，路的一段兩頭高中間低就像盤子一樣。每到下暴雨的時候，經常有汽車在那兒拋錨，我們就跑到附近的高處看熱鬧——我跟我爸——那是我們一樣重要的娛樂。那些從城裡開來的車冒冒失失地從坡上衝下來，起初就像海豚劃水一樣劈波斬浪，瀟灑極了，緊接就開始左搖右晃，車燈一閃一閃的，終於再也動不了了。我們打賭誰能衝得最遠。有時候一個下午那個水坑裡能聚上二三十輛車，老遠的就能看見，就像在水坑裡的一群河馬一樣。」

不知爲什麼，這一次沒有人領獎，於是我們的老闆宣佈把獎金增加一倍。所有的人，包括我和我的編輯在內，都歡呼起來。

「誰要是中了這個就算抄上了。」他說。

「咱倆換換，我感覺我能中獎。」我說。

「你原來一次都沒中過？」

「沒有。」

「我考慮考慮。」

「然後，有一次。」我繼續回憶道，「有一個人走到我們跟前，拿著十塊錢，讓我們給他推車。他穿了一件開領的綢襯衫——我到現在還記得那襯衫的顏色和花紋——夾了一個小皮包，挽著褲腿。我爸看了他一眼，說——」

「說什麼？」

「他說：『這天兒王八蛋才去攪和水呢。』」

「這跟中獎有什麼關係？」我的編輯困惑地看著我。

「這是環境和人物的鋪墊，你懂不懂。後來在那段路上，有一天晚上我們撿了一個西瓜，它當時在路邊的水渠裡一沉一浮的，跟一個人腦袋似的。我們把它撈回家吃了兩天，特別甜，特別特別甜。」

「所以？」

「這就是我中過的最大的獎。」

「我懂了。」我的編輯說。

「我跟你說過我是怎麼開始寫東西的麼？」我的編輯問。

「沒有。」

「也是在我小的時候，有一次我老爹給我唸報紙，那時候我還不太認字呢。」

「你現在不也是麼。」我說。

「他給我看了一個外國人的照片，禿腦袋，戴眼鏡，大鬍子。」

他停了下來，瞇縫著眼睛盯著面前的湯碗，像是在認眞回憶。

「但是也許那時候他還沒禿頭呢——我老爹跟我說：這人的命值一百萬美元，他被到處追殺，因爲他寫了一本書，把很多人惹惱了。」

「你猜怎麼著，」他拍著我的肩膀說，「於是我下決心自己也寫個差不多的，然後讓我們家樓下的小孩拿去發表，再帶著他去領賞。」

「所以你當編輯了。」我說。

「我也很久沒吃過西瓜了。我可以吃兩塊。」過了一會，他望著擺在一堆汁水橫流的菜盤子上的水果拼盤說

第二天早晨，在回家的路上，我又想起了我爹。我一邊開車一邊回憶我們倆的事兒。這些年每當我不得不孤零零地坐在寫字臺前面努力寫出點什麼來的時候，就總會想起那時我們一起度過的那些週末。他曾經強迫我抄寫《小學生行爲規範》、《禮貌歌》和乘法口訣——在我寫完所有作業之後。不知爲什麼我有些懷念那些日子，起碼那個時候我不用爲應該寫些什麼操心，而且對自己所寫的東西也總是充滿信心。

我總記得工人們來修理熱水器的那一次。他們毫無徵兆地就敲開了我家的門。當他們幹完了活準備離開的時候，其中那個似乎比我大不了多少的小孩一邊喝著我爹給他的啤酒，一邊很得體地提出想看一會兒電視。出乎意料的是老爹很痛快地答應了。於是我們就一字排開地坐在客廳裡看了一場足球比賽和一部電影。那部電影我沒什麼印象了，可是比賽還記得很清楚——中國隊像往常一樣輸了。

眞是一個快樂的下午。

我把汽車停好，朝四下看了看，下意識地摸了摸外衣口袋裡裝錢的信封，朝院子裡走去；與此同時發現院牆外面正對書房窗戶的那塊荒地，不知什麼時候已經被擋板圍了起來。

在回家之前我懷著不安的心情在坑窪不平的土地上徘徊了好一會，想從藍色擋板的縫隙裡看看裡面究竟發生了什麼。（完）

國家圖書館出版品預行編目資料

牆上的將軍 / 陳鉞 著
--初版-- 臺北市：博客思出版事業網：2024.3
面； 公分. -- ()
ISBN：978-986-0762-62-4(平裝)

857.63　　112012743

現代文學 79

牆上的將軍

作　　者：陳鉞
編　　輯：塗宇樵、古佳雯、楊容容
美　　編：塗宇樵
封面設計：塗宇樵
出　　版：博客思出版事業網
地　　址：臺北市中正區重慶南路1段121號8樓之14
電　　話：(02) 2331-1675 或 (02) 2331-1691
傳　　真：(02) 2382-6225
E - MAIL：books5w@gmail.com或books5w@yahoo.com.tw
網路書店：http://5w.com.tw/
https://www.pcstore.com.tw/yesbooks/
https://shopee.tw/books5w
博客來網路書店、博客思網路書店
三民書局、金石堂書店
經　　銷：聯合發行股份有限公司
電　　話：(02) 2917-8022　　傳真：(02) 2915-7212
劃撥戶名：蘭臺出版社　　帳號：18995335
香港代理：香港聯合零售有限公司
電　　話：(852) 2150-2100　　傳真：(852) 2356-0735
出版日期：2024年3月 初版
定　　價：新臺幣300元整（平裝）
I S B N ：978-986-0762-62-4